KB098259

어느 날 은유가
찾아왔다

어느 날 은유가
찾아왔다

박이강 소설

교유서가

차례

혼들리는 것들

복도 끝방이라고 했다. 걸음을 떼어놓을 때마다 마룻바닥은 참았던 숨을 내쉬듯 삐걱 소리를 냈다. 사방의 정적을 환기시키는 소리였다. 발걸음이 절로 조심스러워졌다. 일정한 간격으로 이어지는 방문엔 히비스커스 꽃문양의 문고리가 달려 있었다. 방문을 열자 짙은 호박색 어둠에 잠겨 있는 실내가 희미하게 모습을 드러냈다. 고요했다. 가운데 놓인 침대 모서리에 엉거주춤 걸터앉았다. 사원에서 맡았던 것과 같은 향내가 났다. 긴 머리를 동여맨 여자가 조심스레 방문을 열고 들어왔다. 작은 체구의 여자는 어둠 탓인지 웃자란 아이처럼 보였다. 옷을 벗으라는 손짓과 함께 여자가 건넨 팬티는 습자지처럼 얇고 가벼웠다.

오케이?

두번째 음절을 길게 끌어올리는 독특한 억양으로 여자가 말했다.

눈을 감자 등부터 뒤꿈치까지 맨살을 쭉 훑어내려가는 부드러운 천의 질감이 기분좋은 이물감을 주었다. 여자는 양 손바닥으로 지그시 내 어깨를 누른 다음 천천히 나를 만지기 시작했다. 시작부터 여자의 손은 내게 딱 맞는 지압력을 찾아냈다. 차갑지도 따뜻하지도 습하지도 않았다. 예감이 좋았다. 연인 간의 첫 키스처럼 낯선 손길을 감각하는 첫 순간은 처음 만난 두 몸이 호응하는 정도를 알려주는 정직한 시그널이다. 여자의 손길은 내 척추를 따라 허리까지, 다시 허리에서 골반을 지나 정강이까지 압박을 유지하며 내려갔다. 여자는 마치 내 마음이 들리는 것처럼 원하는 지점을 정확히 눌렀고 좀더 눌러줬으면 싶을 땐 이렇게? 하고 되묻듯 시간을 끌었다. 모처럼 말을 안 해도 마음을 알아주는 사람을 만난 기분이었다.

마사지는 부동성의 쾌감이다. 말할 필요도, 움직일 필요도, 노력할 필요도, 생각할 필요도 없다. 무엇보다 나른한 정지 상태에서는 자신에게 관대해진다. 괴로운 관성처럼 돌아가는 것들도 참을 만하다. 카드명세서를 받고 한숨을 쉬면 월급날이 오고, 회사를 그만두겠다는 결심이 고비가 지나면 희미해지는 것처럼 말이다. 수년을 함께한 부장과의 관계도 마찬가지다. 한바탕 나를 들볶아대면 한동안은 잠잠할 걸 알기에 안도하는 것처럼, 잠깐 불편하고 오랫동안 편해지는 원리를 터득하면

관계는 나빠지지도 좋아지지도 않는다. 그렇게 나는 전진과 후진을 반복하며 늘 제자리를 맴돈다.

오케이?

조심스레 나를 깨우는 손길에 놀라 황급히 몸을 일으켰다. 여자는 어둠 속에서 허연 이를 드러내며 웃고 있었다. 거짓말처럼 두 시간이 지나 있었다. 여자는 나가라는 말을 다정한 톤의 오케이로 대신하고 방을 나갔다. 주섬주섬 옷을 입고 아까 지나온 복도를 되돌아 걸었다. 맨발에 닿는 마룻바닥이 석양의 온기를 머금은 해변의 고운 모래처럼 부드러웠다.

입구에 도착하자 똑같이 머리를 하나로 묶고 딱 달라붙은 검정 티를 입은 여자 셋이 나란히 서서 나를 향해 웃고 있었다. 누가 내 마사지사였는지 구별이 되지 않았다. 계산을 마치고 팁으로 지폐 한 장을 꺼내 그들 앞에 어정쩡하게 내밀었다. 셋 중 가운데 여자가 두 손을 합장하며 돈을 받았다.

마사지가게를 나왔다. 그사이 바깥에는 어둠이 내려와 있었다. 부장에게 온 카톡을 다시 열어 읽어보았다. 답을 할까 망설이다 핸드폰 전원 버튼을 꾹 눌렀다. 기다리든 말든. 여기는 발리 아닌가. 골치 아픈 일은 일단 월요일 아침으로 미뤄놓고 나서는 금요일 퇴근길처럼 나는 부장 생각을 하지 않으려고 애쓰며 호텔을 향해 걷기 시작했다.

지난주부터 있대. 연락하라고 할 테니까 맛있는 거 좀 사줘.

나는 전날 부장이 보낸 메시지를 해독이 안 되는 암호처럼 읽고 또 읽었다. 내가 왜? 발리까지 와서? 갑자기 풀장이 내려다보이는 레스토랑의 창가 테이블이 부장에게 등을 보이고 앉는 사무실 책상처럼 불편하게 느껴졌다. 부장에게 휴가 계획을 말했을 때 발리가 그의 대학생 조카와 연관어가 되리라곤 상상도 못했던 일이었다. 그럼 우리 조카 만나보면 좋겠네. 사회 선배로서 조언도 해주고 말이야. 반찬으로 나온 계란말이를 밥이 나오기도 전에 다 집어먹으며 그가 말했다. 그의 조카는 호주에서 워킹홀리데이를 마치고 몇 달째 배낭여행중인데 아마 지금 발리에 있을 거라고 했다. 그는 생면부지의 사람이 하는 조언이 조카에게 도움이 될 거라 믿을 정도로 나이브하기에 내게도 이제껏 그렇게 어쭙잖은 조언을 아끼지 않았던 걸까. 늘 자기중심적으로 주위 사람들의 쓸모를 가늠하고 상황에 따라 태도가 돌변하는 위인인 줄은 알지만, 아무리 공사 구분이 희미해도 휴가중인 내게 진짜 연락을 할 줄은 몰랐다. 곧 상반기 인사고과였다. 한참을 고민하다 그가 기대하는 답을 보냈다.

그 딸 같은 조카라는 분 말이죠? 좋죠.

딸 같은 조카라니. 징그러운 표현이라는 생각이 들었다. 답을 보내자마자 웃는 이모티콘이 날아왔다. 아침 먹은 게 위 속에서 뭉치는 것 같았다. 부장이 동행하는 휴가를 온 기분이었다. 이상하게 떠날 때부터 내키지 않던 휴가였다.

이틀 전 새벽, 잠에서 깬 나는 공항에 제시간에 도착하려면 언제 일어나야 하나를 머릿속으로 계산하고 있었다. 그러다 문득, 어차피 여기로 다시 돌아올 텐데 왜 떠나나 싶었다. 발리 행이 무의미한 무위처럼 느껴졌다. 앞으로의 며칠이 빤한 예고편 같았다. 캐리어를 끌고, 비행기를 타고, 호텔에 짐을 풀고, 관광명소나 맛집을 찾아가고, 수영장에서 낮잠을 자기 위해 그 많은 돈과 시간과 수고가 필요하다니. 다 귀찮았다. 비행기를 타기 위해 공항으로 가야 하는 게 다른 사람 탓이라면 화라도 내고 싶었다. 차라리 동네에서 마사지나 실컷 받고 잠이나 자고 싶었다. 시든 채소 같은 꼴로 매사에 심드렁해진 지가 꽤 오래되었다는 자각에 이르자 더 꼼짝도 하고 싶지 않았다.

한때 몰려다녔던 친구들은 이런저런 이유로 이번 여행에 결국 아무도 동행하지 못했다. 그들의 이런저런 이유는 다 고만고만하게 옹색하거나 딱했기에 나도 별다른 토를 달 수 없었다. 주위 사람들 모두가 오래전에 쓰인 헐거운 각본대로 사는 것 같았다. 그래도 그 정도면 볼만하다며 보는 줄거리 빤한 연속극처럼. 그럴 때마다 내 삶의 각본을 빨리 수정해야 한다는 생각이 들었지만, 내 마음은 변화를 갈구하는 만큼 변화에 저항했다. 부장을 참을 수 없어 하면서도 10년째 같은 회사에 다니고 있고, 늘 자책하면서도 여전히 습관처럼 공과금 연체료를 내며. 하물며 전 남자친구와는 그만 만날 결심을 하면서 몇 년을 더 만나지 않았던가. 어쩌면 변화에 대한 저항이야말로 지금의 삶을 지탱하는 힘인지도 모르겠다.

나는 침대에 누운 채 5분 간격으로 울리는 알람을 끄며 수십 가지 시나리오를 상상했다. 하지만 환태평양조산대에 위치한 발리의 공항이 지진으로 폐쇄되거나 북한의 도발로 인천공항이 난장판이 될 가능성은 없어 보였다. 당장 출근하라고 다그치는 부장의 전화도 오지 않았다. 아침에 눈을 뜨니 벌레가 되어 있는 것도 아니었다. 그렇게 나는 퇴근하기 위해 출근하는 사람처럼 발리에 왔다.

모녀를 본 것은 이름 모를 작은 사원을 지날 때였다. 사원은 한쪽 벽이 무너져내려 꽤 을씨년스러운 분위기를 풍겼는데, 입구에 쪼그리고 앉아 있는 모녀의 모습은 마치 쇠락한 사원의 정경을 강조하기 위해 연출된 한 컷의 기행 사진 같았다. 그들은 기다란 닭꼬치를 하나씩 들고 먹고 있었는데, 어쩌나 맛있게 먹던지 나도 먹고 싶어질 정도였다. 여자아이는 대여섯 살 정도 돼 보였는데, 꼬치를 한입 베어 물 때마다 맛있어 죽겠다는 듯 장난스럽게 눈동자를 굴렸다. 반짝이는 두 눈이 흑단 구슬 같았다. 젊은 여자는 나와 눈이 마주치자 또 보네요, 하면서 웃었다.

저를 아세요?

팁을 많이 주셨잖아요.

고개를 갸우뚱하자 마사지! 하고 여자가 소리쳤다. 순간 아, 하면서도 내 몸을 어루만지던 어린 소녀가 넉살 좋은 아줌마가 되어 나타난 것 같아 좀 당황스러웠다. 여자는 처진 눈매가 선해 보이면서도 도드라진 광대가 단단한 인상을 주었다. 두 사람은 나를 쳐다보며 뭐라고 말을 주고받더니 한참을 킥킥거렸다.

애가 당신을 TV에서 봤대요.

여자는 아이가 한국 사람만 보면 다 한국 드라마에서 본 사람인 줄 안다고 했다. 그러고는 자기 이름은 하스나라며 통성명을 요구하듯 나를 빤히 쳐다보았다.

저는 미소예요. 한국말로 스마일이라는 뜻이죠.

그러자 하스나는 오, 미스 스마일! 하면서 엄지척을 했다.

의외로 하스나는 좀 엉터리이긴 해도 의사소통에 문제가 없을 정도로 영어를 잘했다. 붙임성도 좋았다. 매일 밤늦게까지 일하느라 닷새 만에 아이 얼굴을 본다고, 아이는 닭꼬치를 제일 좋아한다고 했다. 아이가 귀엽다고 칭찬을 해서였을까. 그녀는 아이가 가게로 자기를 찾아올 때가 있는데, 사장이 그걸 질색한다고 하소연했다. 사장은 자기와 같은 힌두 신을 믿으면서도 돈 욕심만 많다고, 하지만 그를 위해 항상 기도한다고 묻지도 않은 말을 늘어놓았다. 천성이 밝고 수다스러운 여자 같았다. 저렇게 말하기를 좋아하는 사람이 일하면서 하는 말이 고작 오케이 한 마디뿐이라니. 대충 대화를 마무리하고 뒤돌아 걷는데 미스 스마일, 하고 부르는 소리가 들렸다. 뒤를 돌아보자 여자가 함박웃음을 지으며 소리쳤다.

마사지 받으러 오세요!

미스 스마일? 부장이 기분이 좋으면 종종하는 칭찬이 생각났다. 이 과장은 잘 웃어서 좋다니까. 그럴 때마다 나는 웃기가 싫어졌지만 더 활짝 웃었다. 그 생각이 들자 지금은 그 말에 웃어주고 싶지 않았다.

다음날 마사지가게로 가서 하스나를 찾았다. 그녀는 나를 반기면서도 첫날처럼 오케이? 단 한 마디만을 건네고 조용히 마시지를 시작했다. 나를 잘 아는 사람이 시치미를 뚝 떼고 모른 척하는 것처럼 느껴졌지만 기분이 나빠지는 않았다. 공기를 다 빼낸 튜브처럼 널브러져 몸을 맡겼다.

아! 나도 모르게 신음이 튀어나왔다. 오른쪽 견갑골 부근을 누르는데 어찌나 날카로운 통증이 느껴지는지 정신이 확 들 정도였다. 오케이? 나는 말없이 고개를 끄덕였다. 그녀의 손길은 등, 허리, 골반에서도 신음을 토하게 하는 지점을 기막히게 찾아냈고 집요한 손놀림이 계속될수록 통증은 옅어졌다. 이완과 치유를 위한 통증이라는 걸 본능적으로 알 수 있었다. 아, 매일 아무것도 안 하고 마사지만 받을 수 있다면 얼마나 좋을까. 하스나가 문지르는 손길에 아예 지우개처럼 닳아 없어지고 싶었다.

마사지가 끝났다. 흡족한 미소를 지으며 일어나 앉자 어둠 속에서 말없이 나를 쳐다보는 하스나가 보였다. 언뜻 그녀의 얼굴이 운 것처럼 부어 보였다.

무슨 일 있어요?

…… 미스 스마일.

약간 울먹이는 소리였다.

아까 사장이 또 딸애에게 호통을 쳤어요. 나한테도요. 아이가 꾀죄죄한 몰골로 찾아와 손님들 있는 데서 엄마를 불러달라고 했다고. 아이는 매일 밤 나를 기다리다 잠들어요. 하지만 나는 돈을 벌어야 해요.

전통의상을 빼입고 리셉션에 앉아 있던 사장의 모습이 떠올랐다. 포마드로 깔끔하게 빗어 넘긴 숱 없는 머리에다 얼굴엔 그려넣은 것 같은 미소를 가진 남자였다. 뭐라고 말을 해야 할지 몰라 가만히 있자 하스나는 풀죽은 목소리로 내게 물었다.

어느 호텔에 묵으시나요?

왜요?

당신 호텔로 가서 마사지해도 될까요?

호텔방에서요?

그럼 당신은 10만 루피만 내면 돼요. 여기서 하는 마사지는 내 몫으로 받는 게 요금의 10분의 1밖에 되지 않거든요.

그러니까 알바를 하게 해달라는 거였다. 하스나는 한 번에 대여섯 명을 마사지한 돈을 벌 수 있고 나는 싼값에 출장마사지사를 부를 수 있으니 나쁘지 않은 제안이었다. 셈법으로 치자면 꿩 먹고 알 먹고 같은 표현이 맞겠지만, 그보다는 내가 도움을 베풀 수 있는 기회로 들렸다. 호텔 이름을 알려주며 말했다.

그럼 매일 오도록 해요. 이번주 토요일에 떠나니까 떠나기 전날까지. 오케이?

대답 대신 하스나는 두 손을 합장하고 연신 고개를 조아렸다. 그날 사원 앞에서 둘도 없이 다정해 보이던 모녀의 모습을 떠올리자 대단한 선심을 쓴 것처럼 느껴졌다.

어찌나 깊이 잠이 들었던지 나를 깨우는 하스나의 얼굴이 눈에 들어온 순간에도 내가 호텔방 침대에 누워 있다는 사실을 깨닫지 못했다. 이상하게 호텔방에서는 마사지를 받기 시작만 하면 곯아떨어지기 일쑤였다. 그녀의 마사지는 가장 고대하는 일과가 되었다. 하루 단체관광을 나갔다 종일 비슷비슷하게 생긴 사원을 보며 질린 뒤로는 더 그랬다. 마사지하면서 나누는 대화도 기대 못 했던 재미였다. 대화라기보다는 하스나의 수다를 들으며 맞장구를 치는 것에 가까웠지만, 내 뭉친 어깨를 근거로 내가 책을 많이 읽는 사람이라고 단정한다거나, 그녀가 아는 한국 여배우가 나와 같은 고등학교를 나왔다는 걸 듣고 탄성을 지르는 건 듣기에 나쁘지 않았다.

당신 마사지는 정말 최고예요.

정신을 차리고 지갑을 찾으며 내가 말했다. 지갑에는 팁으로 주기에는 과한 액수의 지폐밖에 없었다. 살짝 망설이다 지폐를 건넸다.

참, 하스나. 어젯밤에 내가 무슨 꿈을 꿨는지 알아요?

꿈속에서 나는 마사지사가 되어 있었다. 수영장에는 벌거벗다시피 한 사람들이 일렬로 누워 있었다. 가슴이 봉긋하게 솟은 소녀부터 미식축구복을 입은 것처럼 상체를 부풀린 청년, 배가 임산부처럼 부른 중년남자, 쭈글쭈글한 피부가 헐렁한 옷처럼 늘어진 할머니까지 마치 육체의 변천사를 전시해놓은 것 같았다. 나는 한 사람씩 차례로 그들의 몸을 어루만졌다. 보물찾기 놀이를 하듯 귓불 뒤에 숨은 점, 허벅지 안쪽의 희미한 흉터, 종아리 뒤에 길게 선을 그린 푸른 핏줄을 눈으로 더듬고 손으로 익혔다. 손끝에 느껴지는 감각은 황홀할 정도로 생생했다.

저런, 나쁜 꿈을 꾸었군요. 짐을 챙기며 하스나가 말했다.

전혀요. 굉장히 기분좋은 꿈이었어요.

꿈이라서 다행이네요.

뭐가요?

마사지사가 됐다니까 말이에요.

마사지사가 어때서요?

그건 어쩔 수 없이 하는 일이지 하고 싶어서 하는 일은 아니잖아요.

덤덤한 얼굴로 불룩한 가방을 여미는 그녀의 모습이 왠지 영화에 나오는 고집 센 하녀 같았다. 그녀의 반응에 좀 멋쩍어져서 시선을 돌리자 진동모드로 해놓았던 휴대폰이 떨리는 게 보였다. 발신자 불명의 번호였다. 망설이다 전화를 받았다. 여보세요, 라고 하기도 전에 경쾌한 하이톤의 목소리가 내게 물었다.

미소 과장님이죠? 저 써니예요.

써니요?

어, 삼촌이 연락하라고 했는데. 부하 직원 맞으시죠?

얼굴도 모르는 여자애의 입에서 나온 부하 직원이라는 말이 뜻은 알지만 발음은 생경한 단어처럼 귓속에 들어와 박혔다. 여자애는 당찬 어조가 인상적이었다. 워킹홀리데이를 하며 배운 서양식 매너가 이상하게 발전한 건지, 원래 당돌한지는 알 수 없는 일이었다. 말도 거침이 없었다. 내일 점심을 사주겠다고 하자 저녁만 가능하다고 했고, 이유를 묻자 서핑 수업 때문이라고 했으며, 어떤 음식이 좋겠냐는 질문엔 서로의 중간쯤 위치한 식당에서 만나자고 했고, 만날 시간을 제안하자 친구랑 같이 가도 되냐고 물었다.

아주 재밌는 친구예요.

아, 친구랑 여행중이군요.

아뇨. 오늘 서핑하다 만난 친구예요.

얼른 대화를 마무리하는 게 낫겠다 싶었다. 끝까지 상냥한 말투를 유지하며 전화를 끊으려는데 불쑥 여자애가 말했다

참, 삼촌이 약속 잡으면 알려달랬는데 대신 좀 말해주실래요?

어쩌면 저렇게 말하는 게 부장과 똑같을까. 욕이라도 들은 것처럼 불쾌했다. 써니? 그래, 너는 참 좋겠다. 이름처럼 햇빛은 쨍쨍, 모래알은 반짝이라서. 옆에서 누가 장난을 치는지 킬킬대는 남자 목소리가 들렸다. 부장의 목소리가 겹쳐 들리는 것 같았다. 이 과장은 잘 웃어서 좋다니까. 그래, 너도 좋겠다. 그렇게 잘 웃는 부하 직원을 둬서.

저…….

전화를 끊자 하스나가 내 표정을 살피며 조심스럽게 운을 뗐다.

내일은 제 딸애를 데려와도 될까요? 봐줄 사람이 없어서요. 얼마 전 오토바이 사고로 크게 놀란 뒤로 애가 좀처럼 떨어지려고 하질 않아서…… 얌전하게 있을 거예요.

내가 말이 없자 그녀의 말은 사정조로 변했다.

싫으시면 호텔 로비에 있으라고 할게요. 하지만 여기 직원들이 시비를 걸까봐…… 제가 여기 오는 걸 사장에게 일러바치기라도 하면 큰일나거든요. 아주 좁은 동네라서요.

아이 볼 사람이 없어요? 아빠는요?

없어요.

나는 황급히 굳어 있던 얼굴을 풀고 미안하다고 말했다. 하스나는 씁쓸한 미소를 지었다.

보통은 그렇게 대답해요. 그럼 손님들이 팁을 더 주거든요. 하지만 당신한테까지 그렇게 얘기하고 싶진 않아요. 애아빠, 있어요. 얼굴 보기가 힘들어서 그렇지. 우리에겐 남 같은 사람이에요. 아이는 그동안 험한 걸 많이 봐서 아빠를 보면 피하기부터 해요.

잠시 어색한 침묵이 흘렀다.

그럼…… 내일은 아이랑 좀 일찍 와줘요. 저녁 약속이 있거든요.

고마워요. 당신도 여기 있는 동안 필요한 게 있으면 말해줘요. 이제 당신은 내 친구니까.

그녀의 마지막 말에 이상하게 말문이 막혀 나는 그냥 어색하게 웃고 말았다.

막 샤워를 하고 나온 탓인지 아이의 손에 들린 닭꼬치에서 풍기는 냄새가 거슬렸다. 아이는 내가 아는 체를 해도 눈을 내리깐 채 닭꼬치만 우물거렸다. 하스나는 눈으로 아이를 살피며 침대를 정리했다. 준비가 끝나자 그제야 내가 마사지 오일을 사다놓기로 했던 게 기억났다. 아차, 하는 내 표정을 읽자마자 하스나는 얼른 자기가 나가서 사오겠다고 말했다. 이어 아이에게 뭐라고 당부하는 듯한 말을 했다. 그게 아이를 두고 나간다는 뜻이라는 걸 깨달은 순간 말리려 했지만, 그녀는 순식간에 문을 열고 나가버렸다.

아이와 단둘이 남겨지자 갑자기 호텔방이 낯설게 느껴졌다. 나는 손님 응대가 영 서툰 아르바이트생처럼 아이에게 웃어 보이거나 말을 걸어볼 타이밍을 번번이 놓친 채 어정쩡하게 서 있었다. 아이는 닭꼬치를 다 먹자 나무 꼬치를 카펫 바닥에 휙 던져버렸다. 픽 웃음이 나왔다. 나도 다 먹은 아이스바 막대기를 그렇게 휙 던지곤 했었다. 슈퍼집 외동딸이었던 나는 학교에서 돌아오면 가게 앞 평상에 앉아 아이스바를 먹었다. 친구들은 마음껏 아이스바를 꺼내 먹을 수 있는 나를 부러워했지만, 나는 정신없이 바쁜 엄마 아빠를 멀거니 바라보며 늘 허전한 마음이었다.

콜라 줄까? 최대한 친절하게 묻자 아이는 말없이 나를 빤히 쳐다보았다. 냉장고에서 콜라 캔을 꺼내 마개를 따서 아이에게 내밀었다. 아이는 콜라를 꿀꺽꿀꺽 소리 내 마시고는 처음으로 씩 웃었다. 그 미소가 고마워 뭔가를 더 해주고 싶었다. 음악 틀어줄까? 블루투스 스피커를 가리키며 말했다. 하지만 아이가 좋아할 만한 음악을 모른다는 걸 깨달았다. 맛있는 거 줄까? 하고도 물었지만 술안주 말고는 아이가 먹을 만한 게 없었다. 무엇보다 아이와 말이 통하지 않는 게 문제였다.

볼래? 이번에는 TV를 가리키며 물었다. 전원을 켜고 볼륨을 높였다. 예스? 말똥말똥 나를 쳐다보는 아이에게 채널을 바꿔 다시 물었다. 노? 예스? 내가 장난을 하는 거로 생각한 모양이었다. 아이는 나를 따라 하기 시작했다. 예스? 하면 노, 노? 하면 예스를 외쳤다. 예스? 노! 노? 예스! 점점 목소리에 힘이 들어가자 아이는 자기의 대답이 우스워 죽겠다는 듯 웃음을 터뜨리기 시작했다. 서로 반대말을 외치는 것뿐이지만 놀랍게도 그게 재밌는 모양이었다. 예스와 노를 번갈아 외칠 때마다 화면에는 바하사어로 더빙된 한국드라마가, 곰과 물개가 경주를 벌이는 만화영화가, 클로즈업한 무당벌레가 나오는 다큐멘터리가, 총싸움이 한창인 외국영화가 나타났다 사라졌다. 그러다 아이는 나의 예스에 더는 노를 외치지 않았다.

아이가 넋을 놓고 바라보는 화면에는 아이와 비슷한 또래의 서양 아이들이 대형 트램펄린 위에서 신나게 놀고 있었다. 내가 채널을 돌리려 하자 아이는 손사래를 치며 화면을 가리켰다. 아이는 화면 속 아이들이 하늘로 튕겨오를 때마다 경이에 찬 표정으로 발꿈치를 들썩였다. 나는 구석에 있는 소파를 끌고 와 아이를 소파 위로 들어올렸다.

자, 너도 저렇게 해봐!

내가 두 손을 잡아주며 마주서자 아이는 정확히 내 말을 이해한 것처럼 위로 뛰어올랐다. 아이는 기쁜 비명을 질렀다. 풀썩풀썩 공중으로 뛰어오를 때마다 아이의 얼굴은 세상을 다 가진 것처럼 극적으로 변했다. 아이는 점점 더 힘껏 뛰어올랐고 어김없이 중심을 잃고 소파에 고꾸라졌다. 그럴 때마다 아이를 간지럽히면 아이는 기겁하며 자지러지게 웃어댔다. 아이의 웃음에 나도 전염되는 느낌이었다. 어느새 우리 둘은 숨넘어갈 듯 깔깔대며 소파 위를 뒹굴고 있었다. 온몸으로 웃어본 지가 마지막으로 언제였는지 기억조차 나지 않았다. 그렇게 단순한 놀이가 즐거울 수 있다니. 화면 속 아이들은 이제 야외로 나가 강가를 걷고 있었지만 우리는 여전히 가상의 트램펄린 위를 뛰어오르고 있었다.

하스나는 어안이 벙벙한 얼굴이었다. 그사이 돌아온지도 모르고 있었던 엄마를 보자 아이는 달려가 흥분한 목소리로 한참을 떠들었다. 아이의 볼을 어루만지며 하스나는 여러 번 고개를 끄덕였다. 그녀는 감격스러운 얼굴로 나를 보며 말했다.

당신이 하늘을 날게 해줬대요. 높이 올라갔대요.

나는 웃음을 터뜨렸다. 하스나가 말한 높이 올라갔다는 영어 표현이 마약에 취해서 기분이 좋다는 뜻이었기 때문이었다. 나야말로 마약 비슷한 것에 취해 있다 깨어난 기분이었다.

아이가 이렇게 좋아하는 건 처음 봐요. 너무 재미있었대요. 그리고 이 방이 너무 좋대요. 여기서 살고 싶대요.

하스나의 얼굴은 아까 아이가 공중으로 튀어오를 때의 표정과 닮아 있었다. 아이보다 그녀가 더 기뻐하는 것 같았다. 부러웠다. 저렇게 단번에 감정을 고양시키는 존재가 있다는 게. 나는 아예 오늘밤 자고 가면 안 되겠냐고 묻고 싶은 충동을 느껐다. 셋이 룸서비스를 시켜 먹고, 침대에 나란히 누워 TV를 보고, 함께 아이를 목욕시키고, 눈이 스르륵 감길 때까지 이야기를 나눌 수 있다면 좋지 않을까. 하지만 이내 마음을 접고 말았다. 저녁 약속 때문에 나갔다 와야 하는 것도 신경이 쓰였고 기대가 실망이 될까봐 두렵기도 했다. 그럼 그렇지. 뭐든 결국 아예 안 하는 쪽을 택하는 나 자신이 너무 뻔하다는 생각이 들었다. 쓴웃음이 나왔다.

마사지를 시작할 채비를 마치자 하스나는 TV를 끄려고 리모컨을 찾았다.

애가 보는데 그냥 놔둬요, 하스나.

그건 안 되죠. 미스 스마일이 마사지할 때 듣는 음악을 틀어야죠.

순간 앗, 하는 아이의 새된 소리가 들렸다. 소파 주위를 돌아다니다 콜라를 쏟은 모양이었다. 하스나는 아이에게 달려가자마자 허겁지겁 뭔가의 물기를 닦아냈다. 그게 블루투스 스피커라는 걸 깨달은 순간 나는 입술을 깨물었다. 면세점에서 큰맘먹고 거금을 주고 산 스피커였다. 아무리 해도 스피커는 먹통이었다. 하스나는 엄청 화가 난 표정으로 겁에 질린 아이의 두 팔을 움켜잡았다. 아이는 도망치듯 내게로 달려와 내 다리를 부둥켜안았다. 내가 몸을 숙이자 아이는 나를 꽉 끌어안고 눈물을 글썽이며 가슴에 얼굴을 비벼댔다. 생각지도 못한 누군가로부터 연서를 받은 것처럼 당황스러웠다. 작고 따뜻하고 물컹한 무언가가 내게 안겨 있었다. 나는 아이의 등을 토닥이며 말했다.

괜찮아.

하스나는 어쩔 줄 몰라 했다.

정말 미안해요.

괜찮아요.

이거, 제가 어떻게 하면 좋을까요?

괜찮대두요. 어차피 어떻게 할 수도 없잖아요.

네?

800달러예요.

대번에 하스나의 얼굴이 하얘졌다.

농담이에요. 괜찮다니까요.

애써 의연한 얼굴을 하고 아이를 소파에 앉힌 다음 아까 보던 채널을 찾아주었다. 아이는 딴 아이가 된 것처럼 TV에 시선을 고정한 채 얌전히 앉아 있었다. 하스나가 볼륨을 무음으로 조정해도 가만히 있었다.

마사지가 시작되었다. 어느 때보다도 하스나가 정성을 다하는 게 느껴졌다. 노련하게 내 몸을 어르고 달래고 보듬는 그녀의 손길은 내 마음마저 어르고 달래고 보듬는 것 같았다. 그래, 스피커는 잊자. 앞으로 발리를 떠올리면 하스나의 마사지가 가장 그리울 것 같았다. 나른한 선잠이 들려던 찰나 난데없이 카톡 소리가 연달아 울렸다. 써니일지도 모른다는 생각에 일어나 휴대폰을 찾았다.

급한 일로 저녁 불가. 대신 이따 늦게 호텔로 가도 돼요? 맥주 사갈게요.

나는 얼굴을 찌푸리며 그럼 내일 점심을 하자고 답을 했다.

ㅋㅋ 내일 아침에 서핑 스쿨서 만난 친구와 롬복섬으로 넘어가요. 거기 재미없으면 곧장 스리랑카로 가려구요.

대꾸를 안 하자 다음 메시지가 이어졌다.

삼촌한테는 밥 얻어먹었다고 할게요.

선심이라도 쓰는 듯한 말투였다. 헛웃음이 나왔다.

'빈탕' 드셔보셨어요? 발리에선 발리 맥주 마셔야죠.

휴대폰 전원을 꺼버렸다. 다시 눕자 부아가 치밀어올랐다. 부아를 누르자 잡념이 올라왔고 잡념은 익숙한 자책으로 이어졌다. 마사지에 집중이 되지 않았다.

오케이? 대답이 없자 하스나는 다시 물었다. 마사지하다보면 손끝으로 그 사람 마음이 느껴질 때가 있어요. 당신은 지금 슬퍼요, 아니에요?

대답을 할 수 없었다.

나는 부모님 생각을 하고 있었다. 나는 그들처럼 그렇게 지독하게 평생 열심히 일한 사람을 알지 못한다. 그들은 동네에서 슈퍼를 운영했고 지금도 여전히 매일 새벽부터 밤까지 쉬지 않고 일한다. 마치 죽어라 일하는 게 그들의 관성이 된 것처럼. 부모님은 항상 내게 다음에, 라고 말했다. 아직은 여유가 없으니까 다음에. 아직은 괜찮으니까 다음에. 아직은 시간이 있으니까 다음에. 그 지겨운 다음에. 아무리 간절히 바라도 부모님이 약속한 다음은 오지 않았다. 그들은 모든 것을 다음으로 유보하는 방식으로 그들 자신 역시 지금과는 다를 거라고 믿는 미래로 유보했다. 나는 부모님의 다음에를 불신했고 나중엔 혐오했다. 그러면서도 삶에 큰 불만이 없는 그들이 비겁하게 느껴졌다. 무엇보다 그들과 비교하면 나는 영영 나태한 사람이 될 수밖에 없는 게 싫었다. 나는 내일이 오늘과 다를 거라고 믿지 않았다. 그들처럼 모든 걸 다음으로 유보하는 대신, 다음을 기대하지 않음으로써 아예 아무것도 하지 않는 방식을 택했다. 같은 방식으로 나 자신에 대해서도 무심해지는 편을 택했다.

언젠가 부장은 다짐하듯 말했다. 이 회사에서 은퇴까지 해야지. 참 끔찍하게 들린 말이었는데, 그건 언젠가는 나도 똑같은 말을 하게 될 것 같은 예감 때문이었다. 이 지루하고 길고 똑같은 하루하루가 그때까지 계속된다면 정말이지 견딜 자신이 없었다. 지금의 내 모습을 좋아할 수 없게 만드는 모든 관성의 중심에는 회사가 있었다. 아무것도 하지 않는 것의 대척점으로 나아가려면 회사를 그만둬야만 한다는 걸 나는 알고 있다. 하지만 엄두를 못 내는 건 그만둔 다음이 문제이기 때문이다. 다음에는 뭘 해야 하나. 그 질문에 답을 주듯 하스나가 말했다.

이제 몸을 뒤집어 천장을 보고 누우라고.

등줄기가 서늘해지는 낯선 소리에 나와 내 팔을 주무르던 하스나의 눈이 동시에 마주쳤다. 쇠와 유리처럼 이질적인 것들이 부딪혀 생기는 기분 나쁜 소리였다. 나도 모르게 벌떡 몸을 일으켰다. 창문이 덜컹거리고 침대 협탁 램프와 벽에 걸린 목욕 가운이 동시에 흔들리기 시작했다. 방 전체가 부들부들 떠는 것 같았다. 화장대에 놓인 화장품 병들이 와르르 쓰러지고 냉장고 문이 벌컥 하고 열리자, 아이는 자지러지는 울음을 터뜨렸다.

서둘러요!

아이를 번쩍 들어 안고 문 앞으로 뛰어가며 하스나가 소리쳤다. 내가 두리번거리며 옷을 찾자 그녀는 안 돼, 서둘러요!, 라고 다시 재촉했다. 할 수 없이 마사지를 받을 때 덮었던 천을 허겁지겁 몸에 두르고 그녀를 뒤따라나갔다. 공포가 온몸을 조여왔다.

복도에는 사람들이 모두 한 방향으로 뛰고 있었다. 한 나이든 여자는 뛰는 와중에도 연신 으어, 으어, 짐승처럼 그르렁대며 울고 있었다. 어디선가 펑, 하고 굉음이 터지자 사람들은 일제히 비명을 질렀다. 비명은 더 큰 비명을 불렀다. 비상계단 출입구에서도 사람들이 몰려나오고 있었다. 로비 한쪽은 엎어진 장식장 때문에 엉망이었다.

호텔 정문 앞은 밖으로 쏟아져나온 사람들로 가득했다. 사람들은 방금 겪은 일이 믿어지지 않는다는 듯 자신이 빠져나온 10층짜리 건물을 넋 나간 표정으로 바라보고 있었다. 군데군데 일행의 어깨에 얼굴을 파묻고 훌쩍이는 여자들과 아이들도 보였다. 말도 안 돼. 지진이라니. 이게 영화가 아니라 실제 상황이라니. 주위를 두리번거리며 하스나를 찾았지만 보이지 않았다. 살았다는 안도감에도 불구하고 심장이 터질 듯이 방망이질 쳤다. 몸에 두른 천의 앞섶을 움켜쥔 주먹이 뻐근해 고개를 숙이니 한쪽 가슴이 불거져나와 있었다. 소스라치며 황급히 천을 추슬러 올리는데 바로 앞에서 한 남자가 얼빠진 얼굴로 나를 쳐다보고 있었다. 눈이 마주치자 남자는 얼른 시선을 돌렸다.

한참이 지나자 웅성대던 사람들은 하나둘 호텔 안으로 들어가기 시작했다. 할 수 없이 사람들을 따라 안으로 들어갔다. 프런트 데스크 주위에 사람들이 잔뜩 몰려 있었다. 로비 한쪽 TV에는 무너지는 쇼핑센터 벽을 등지고 비명을 지르며 피신하는 사람들, 검은 연기가 피어오르는 건물, 도로 양쪽에 처박힌 자동차들이 화면에 반복 재생되고 있었다. 자막은 섬 반대편 해안가에서 진도 6.5의 지진이 발생했고, 최소 5명의 사망자가 확인되었으며, 피해 지역이 현재 통신 두절 상태로 정확한 피해 상황을 파악중이라고 전하고 있었다.

호텔 총지배인이 로비 한가운데서 큰 소리로 사람들을 불러모았다. 지진이 발생했다. 앞으로의 추이는 지켜봐야겠지만 여진은 계속될 것으로 예상한다. 최악의 경우 쓰나미 경보로 이어질 가능성도 배제하지 않고 있다. 우리는 투숙객들의 안전이 최우선이며, 필요한 모든 조치를 할 것이다. 다행히 우리 호텔 투숙객 중 부상자는 한 명도 없다. 현재 당장 떠나기를 원하는 투숙객들이 많다. 그런 분들을 위해 곧 공항으로 가는 셔틀버스가 준비될 것이다. 무료다. 오늘 떠나실 분들은 지금 짐을 싸서 속히 체크아웃하기 바란다.

객실로 돌아와 몸에 두른 천을 벗어던지고 서둘러 짐을 쌌다. 짐을 싸는 내내 손이 부들부들 떨렸다. 옷을 입은 후 욕실에 걸려 있던 젖은 수영복을 마지막으로 가방에 쑤셔넣고 방을 나왔다. 정신없이 가방을 끌고 가는데 누군가가 뒤에서 나를 덥석 끌어안았다.

미스 스마일! 없어져서 걱정했어요. 괜찮아요?

하스나는 그녀의 딸을 어루만질 때처럼 양손으로 내 두 볼을 감싸쥐었다.

괜찮아요.

왈칵 눈물이 쏟아질 것만 같았다. 뻐근해지는 목울대를 느끼며 하스나에게 말했다.

당신도 빨리 피해요.

어디로요?

어디든요.

어딜 가요. 여기가 제가 사는 곳인데. 오래전에 저의 삼촌도…… 괜찮아요. 저는 항상 신에게 기도해요. 그런데, 저는 지금 얼른 아이를 데리고 가야 할 것 같아서요.

그때 멀리 로비 쪽에서 공항버스를 탈 손님들은 서두르라고 외치는 소리가 들려왔다. 나는 하스나에게 또 보자는 눈짓을 하고는 허겁지겁 자리를 떴다.

겨우 체크아웃을 마쳤을 때, 공항으로 가는 마지막 버스가 출발한다고 외치는 소리가 들렸다.

기다려요! 기다리라니까요!

어디선가 쏜살같이 달려온 벨맨이 내 캐리어와 어깨에 멘 배낭을 낚아채고 나를 앞장섰다. 버스는 호텔 정문에서 한참 떨어진 도로변에 정차해 있었는데 이미 사람들로 꽉 차 있었다. 창문 너머로 나를 내려다보는 사람들의 초조한 시선이 느껴졌다. 짐칸에 짐이 실리는 걸 확인하고 버스 출입구를 향해 걸음을 서둘렀다. 나를 본 기사가 창문 밖으로 고개를 내밀고 어서요, 어서, 하고 소리쳤다.

미스 스마일!

아이를 업은 하스나가 헐레벌떡 나를 향해 달려오고 있었다. 숨이 넘어갈 듯 그녀는 버스에 막 올라타려는 나를 멈춰 세웠다.

그냥 가시면 어떡해요.

네?

돈이요.

돈?

마사지!

나는 다급한 얼굴로 버스 뒤쪽의 짐칸을 가리켰다

아, 가방이 저기, 저기에 있어요. 난 지금 가야 해요.

그래도 돈은 주고 가야죠.

순간 그녀가 내 덕에 번 과외 수입과 매번 후하게 준 팁과 망가진 블루투스 스피커가 전부 생각나면서 참을 수 없을 정도로 화가 났다. 기사가 시동을 걸며 어서 앉으라고 재촉하는 소리가 들렸다. 할 수 없이 나는 그녀를 달래듯이 말했다.

우린 친구라면서요. 난 지금 진짜 가야 해요. 다음에 줄게요.

다음이란 게 어딨어요!

그 말과 동시에 버스 문이 닫혔다. 창 너머 억울한 표정으로 나를 바라보는 하스나가 보였다. 버스가 움직이기 시작했다. 하스나는 내게서 눈을 떼지 않고 그대로 서 있었다. 아이는 등에 업힌 채 웃으며 내게 손을 흔들고 있었다. 아이에게 손을 흔들어주고 싶었지만 그럴 수가 없었다. 하스나의 눈빛은 세상의 모든 낙담이 담긴 것처럼 무거웠고 나는 알 수 없는 철렁함에 시선을 돌려버렸다. 순식간에 뭔가가 다 끝나버린 느낌이었다. 그들이 시야에서 사라지고 한참이 지나서야 기사 옆 보조석에 털썩 주저앉았다.

버스 안 공기는 무겁게 가라앉아 있었다. 버스는 노면 상태가 좋지 않은지 몇 번을 튀어오르듯 흔들렸고 그럴 때마다 기운을 내듯 그르렁거리는 엔진소리를 냈다. 흔들리는구나…… 세상이 온통 흔들리고 있었다. 나를 둘러싼 세계가 약속이나 한 듯 관성의 법칙을 거스르는 것 같았다. 나는 덜덜 떨리는 어금니를 악물고 두 팔을 교차해 나를 붙잡듯 감싸안았다. 이상하게 부끄러운 기분이 들었고 이 모든 걸 앞으로 잊지 않을 자신이 없어서 두려웠다. 어쨌든 지금은 무사히 공항까지 가는 게 급선무다. 만약 비행기를 놓쳐 제때 출근을 못 한다면 그거야말로 재앙이 될 테니까. 나는 눈을 감고 심하게 방망이질 치는 가슴 위에 손바닥을 갖다대었다. 버스는 어둠을 가르며 울퉁불퉁한 도로를 전속력으로 달려갔다. ■

오피스

피 이사의 방에 들어갔다 나올 때면 내 뒤통수에는 항상 같은 말이 날아와 박힌다. 닫아줄래? 매번 문이 닫히는 걸 확인하는 그녀 때문에 나는 문은 열기보다는 닫기 위한 필요 때문에 생겼을 거라는 생각을 종종 한다. 독립된 공간이란 닫힌 문으로 완성되니까. 남녀가 사랑을 나누는 침실에, 볼일을 보는 화장실에, 외부인을 막는 아파트 출입구에 문이 있는 것도 다 마찬가지일 것이다.

내 자리는 피 이사 방 바로 앞에 있다. 나는 이 자리가 마음에 들지 않는다. 사람들이 수시로 지나다니는 통로에 면한 것도 불편하지만, 무엇보다 여기 앉아 있는 내 모습이 새로 들어온 마케팅부 차장이라기보다는 피 이사 비서 같은 이미지를 주기 때문이다. 다른 빈자리가 있는데도 굳이 나를 여기에 앉힌 이유는 그걸 의도했는지도 모르겠다.

이 회사에는 총 16개의 개인 오피스가 있다. 9제곱미터 크기의 사각형 공간에는 허리 높이의 캐비닛, 책상, 허먼밀러 의자, 접객용 의자, 옷걸이가 하나씩 비치되어 있다. 기업 세계의 소수에게만 허락된 그 공간을 나의 상사인 피 이사도 차지하고 있다. 그리고 그녀는 닫힌 문으로 그 영예의 공간을 완성한다.

피 이사의 방문은 수시로 닫힌다. 종일 닫혀 있을 때도 있다. 그건 중요한 일을 하고 있으니 방해하지 말라거나 뭔가 심기가 언짢다는 뜻이다. 그럴 때 그녀는 인터폰으로만 대화를 나눈다. 단답형의 답변을 요구하는 짧은 질문만 던지고 전화를 끊는다. 본사의 보스인 스티브와 통화를 할 때도 문은 예외 없이 닫힌다. 반투명 유리벽 너머로 정확한 의미는 파악하기 힘들지만, 분위기 정도는 감지할 수 있는 그녀 목소리가 들리면, 내가 할 수 있는 거라곤 그들의 밀담을 상상하는 것뿐이다. 유쾌한 웃음소리가 들릴 때도 있는데, 계산된 웃음소리일 때는 그녀 특유의 하이톤이 더 높아진다.

드물지만 문은 피 이사와 나 둘만을 위해 닫히기도 한다. 우리는 다른 부서에 새로 들어온 직원의 흉을 보기도 하고 그녀가 사온 조각 케이크를 나눠 먹기도 한다. 갑자기 친절해진 애인을 마주한 것처럼 어리둥절한 기분으로 그렇게 아기자기한 시간을 보내고 자리로 돌아오면, 피 이사가 한없이 멀게 느껴진다. 내 자리에서 몇 걸음 안 되는 그 방이 이질적인 공간으로 다가온다. 그 안에서 할 수 있는 일이란 얼마나 무궁무진할까. 가끔 그녀가 급히 사온 팬티스타킹을 갈아 신고 나오는 걸 내가 눈치채는 것처럼 말이다.

방금 미팅에서 돌아온 피 이사는 나와 짧은 눈인사를 나누고 자기 방으로 들어갔다. 탕, 하고 문이 닫히는 소리에 나는 타이핑을 하다 멈칫한다. 그녀는 자기가 얼마나 세게 문을 닫는지 알고 있을까? 나는 문이 닫히는 강도만으로 그녀의 기분을 짐작할 수 있다. 앞으로 몇 시간 저 문은 열리지 않을 것이다. 내 머릿속은 밤눈 어두운 걸음걸이처럼 조심스레 피 이사의 기척을 살핀다. 내게 그녀는 문이 닫혀 있을 때 더 강하게 의식된다.

나의 첫 직장은 직원이 다섯 명인 작은 광고대행사였다. 애초에 입사를 목표로 했던 대형 광고대행사는 아니었다. 막상 취업을 준비하다보니 나의 광고동아리 부회장 이력이나 공모전 수상 경력은 평균적 수준의 스펙에 지나지 않았다. 자신감이 가장 자신 없는 단어가 되었을 즈음 유일하게 합격 소식을 받은 곳이 그 회사였다.

처음 면접을 보러 갔을 때 회사 건물을 보고 실망했던 게 기억난다. 논현동 주택가 골목의 작은 2층 건물이었다. 1층에 미용실이 있었는데, 한참을 두리번거리고 나서야 2층 구석에 붙어 있는 '리&다윗'이라는 작은 간판을 찾을 수 있었다. 계단에 쭈그리고 앉아 담배를 피우는 미용실 직원을 지나쳐 2층으로 올라갔다. 회사 입구에서 들여다보이는 실내 풍경도 건물 외관처럼 추레하기는 마찬가지였다.

면접을 보는 동안 국장은 몇 번이나 자랑처럼 우리는 가족적인 분위기의 회사라고 말했다. 우리는 사장님도 방이 없어요. 권위적인 걸 싫어하셔서. 나는 그가 말하는 '가족'이라는 단어가 마뜩잖았다. 나중에 알게 됐지만 사장님 방이 없는 건 아니었다. 사장이 창가 구석 자리에서 일하길 좋아해서 원래 사장실로 만들어진 방은 회의실 겸 창고로 쓰이고 있었다. 회사의 분위기는, 가족적이라는 말이 직장에서 통상적이지 않은 인간관계를 뜻한다면, 가족적이긴 했다. 사장과 그의 대학 후배인 국장은 서로를 형, 성훈아, 하고 불렀다. 사장은 기회가 될 때마다 다섯 명이 같이 밥 먹는 걸 중요시했고 그런 경비에는 인색하지 않았다. 사장을 잘 아는 이라면, 부친상을 당한 직원의 조문객들이 그를 상주로 오해했다거나 국장이 결혼할 때 전세금을 해주었다는 유의 일화는 그리 놀라운 게 아니었다. 사장은 회식 자리에서 술이 오르면 우린 끝까지 함께 간다, 라고 외치며 건배를 청했다. 내색을 한 적은 없지만 그 건배사가 항상 듣기 불편했다. 사장의 소박한 꿈을 완성해주는 일부가 되고 싶진 않았다. 미래의 가능성을 그 조그만 회사의 초라한 사무실에 한정한다는 건 나 자신에게 비겁한 일 같았다.

다행히 일은 재미있었다. 작은 회사였지만 알짜배기 고객 덕에 월급이 밀릴 일은 없었고 업계 베테랑인 사장과 국장에게 배울 점도 많았다. 하지만 일에 욕심이 생길수록 대행사 일이 고급 심부름센터 같다는 생각이 들었다. 까다로운 고객들의 인정을 받을수록 내가 그들의 자리에서 주도권을 가지고 일하고 싶었다. 언젠가는 멋지게 작별 인사를 고한다는 일념으로 그 회사에서 8년을 보냈다.

지금 회사에 처음 면접을 보러 왔던 날, 빌딩 로비에서부터 주눅이 들었던 기억이 난다. 최첨단 고층빌딩의 로비는 어찌나 천장이 높은지 크게 소리를 질러도 소리가 천장까지 가닿을 것 같지 않았다. 게다가 꼭대기 층에 위치한 회사 리셉션까지는 엘리베이터를 한 번 갈아타야 했다. 인사 담당자는 나를 정해진 약속 시각까지 기다리게 한 다음, 곧장 마케팅 부서 이사의 방으로 안내했다. 뭔가를 적다 노크 소리에 고개를 든 여자가 나를 보더니 웃으며 책상 앞에 마주 놓인 의자를 가리켰다.

최세영씨? 앉으시죠.

나는 그토록 부드러우면서도 위압적으로 들리는 음성을 들어본 적이 없었다. 지금도 피 이사의 첫인상을 떠올리면 그때의 목소리가 가장 먼저 떠오른다. 그녀는 날렵한 커트머리에 검은 터틀넥스웨터를 입은 모습이었는데, 상자 모서리처럼 각이 잡힌 자세에서 풍기는 당당함이 예쁘장한 느낌을 압도했다. 면접 내내 피 이사는 자주 묘한 미소를 지었다. 그게 호감의 표현인지 거부감의 표현인지 가늠이 되지 않아 그녀가 미소를 지을수록 더 긴장이 되었다. 꽉 쥔 주먹에 땀이 흥건히 배었을 즈음 인터뷰는 끝이 났다. 왠지 같이 일하게 된다면 쉽지 않겠다는 예감이 들었다.

새 회사에서의 생활은 하루하루가 살얼음 위를 걷는 것 같았다. 나와는 태생이 다른 외국인들 사이에 던져진 기분이랄까. 서울 토박이인 내가 시골에서 온 전학생처럼 느껴지기는 처음이었다. 게다가 시간이 지나도 자로 잰 듯 일정한 거리를 두고 나를 대하는 피 이사의 태도는 부하 직원 입장에서 긴장을 강요당하는 느낌이었다. 회사는 규모도 문화도 사람들의 옷차림도 모두 전 직장과 대조적이었다. 사무실 구조도 중앙에는 낮은 파티션으로 자리 구분만 되어 있는 일반 직원용 사무공간이, 창가에는 빙 테두리를 치듯 부서장과 임원용 개인 오피스가 있었다. 그중에서도 피 이사의 오피스는 특별했다.

꽃 때문이었다.

전임자는 인수인계를 마치며 내게 말했다.

참, 한 가지 더. 이사님은 일주일에 한 번씩 지하 꽃집에서 꽃을 주문해요. 주인 여자가 프랑스 유학파 플로리스트인데 이사님 후배라나. 아무튼 꽃의 종류는 매번 이사님이 직접 통화해서 정해놓으니까 매주 월요일 오전 10시에 꽃 배달이 오면 받고 영수증을 챙기면 돼요. 꽃은 시즈널이 콘셉트예요.

얼굴을 찡그리며 전임자는 이어 말했다.

꽃은 일주일이 지나면 무조건 바뀌는데, 매일 꽃병의 물을 갈아줘야 해요. 하루라도 안 하면 큰일나는 줄 알거든요. 그걸 왜 청소 아주머니를 안 시키고 나를 시켰는지 모르겠지만, 어쨌든 저는 싫다는 말을 못 했어요. 세상에 요즘이 어떤 시댄데 부하 직원한테 그런 걸 시키느냐고 다른 부서 사람들이 이러쿵저러쿵 말이 많았죠. 남의 속도 모르고. 그쪽은 앞으로 어떻게 할지 알아서 해요.

월요일 10시가 되자 전임자 말대로 리셉션에서 꽃 배달 왔다는 전화가 왔다. 첫 주에 배달된 꽃은 길게 뻗은 연두색 꽃대와 와인색 꽃봉오리가 보색대비를 이루는 카라였다. 흔한 꽃다발을 상상했던 나로서는 처음 보는 색깔의 카라도 신기했지만, 꽃이 매일 조금씩 달라 보이는 것도 신기했다. 꽃은 피 이사의 이미지를 연출하는 훌륭한 소품이었다. 열린 방문 사이로 열심히 자판을 두들기는 그녀의 옆얼굴과 나란히 꽃이 보이는 모습은 그 자체로 근사한 프레임이었다. 전임자의 언질과는 달리 피 이사는 꽃에 대해 별다른 언급을 하지 않았다.

어느 날 꽃병의 물을 갈고 있는 피 이사와 우연히 마주쳤다.

영, 이 꽃, 너무 예쁘지 않아?

환하게 웃으며 그녀가 말했다. 그 표정이 놀랍도록 천진난

만해 보여서 좀 당황스러웠다. 얼떨결에 네, 라고 하자 그녀는 흐뭇한 얼굴로 꽃병을 들고 가버렸다. 영? 영어 이름을 안 쓰겠다고 하자 자기 마음대로 나를 영으로 부를 모양이었다. 싫다고 말을 해야 할지 판단이 서지 않았다.

다음 월요일이 되자 꽃집 주인이 직접 꽃을 들고 올라왔다. 보랏빛 꽃봉오리가 탐스러운 꽃이었다. 여자와 인사를 나누며 이건 무슨 꽃이냐고 물었다.

히아신스요. 언니가 제일 좋아하는 꽃이에요. 봄을 알리는 꽃이죠. 작년에도 이맘때 이 꽃을 구해달라고 했었어요.

꽃을 받아들고 걸어가는 동안 몇 번이나 꽃에 얼굴을 파묻었다. 후각이 전하는 아름다움에 흠, 숨을 깊이 들이마셨다. 그 향기가, 내가 집에서 나오려고 매달 붓는 적금액만큼의 돈을 낮에 머무는 공간을 위해 소비하는, 나와는 다른 삶의 향기처럼 느껴졌다.

며칠 뒤 나는 그녀 방에서 미팅을 마치고 꽃병을 들고 자리에서 일어섰다. 의아한 표정으로 나를 쳐다보는 그녀에게 활짝 웃으며 말했다.

이 꽃, 너무 예쁘지 않아요?

그녀는 씩 웃더니 응, 하고 대답했다.

그때부터 꽃병의 물을 가는 건 자연스럽게 내 일이 되었다. 기꺼이 시작한 일이었지만 돌이켜보면 비굴에 가까운 선의가 아니었나 싶다.

언젠가 피 이사는 꽃을 보며 말했다.

영, 꽃이 왜 아름다운지 알아?

왜요?

예쁘지 않으면 꽃이 아니니까.

꽃은 원래 예쁜 거 아니에요?

그러니까 이 회사엔 꽃보다도 못한 인간들이 수두룩한 거야. 영업부는 세일즈 잘하는 게 당연한데 그걸 못하고, 인사부는 자기 팀 관리도 못하질 않나, 사장은 리더십이 없잖아.

뭐라고 반박하고 싶었지만, 이상하게 피 이사 앞에서는 금방 입이 떼어지지 않았다.

사람들 말로는 내 모든 전임자가 예외 없이 피 이사 눈 밖에 나서 회사를 떠났다고 했다. 나의 존재는 '얼마나 버틸 것인가'가 관전 포인트로 회사 사람들의 흥미를 끄는 것 같았다. 겪어보니 나의 상사는 머리가 나쁜 사람을 혐오하는 사람이었다. 특히 이견을 싫어해서 부하 직원의 반기는 무능보다 더 참기 어려워하는 것 같았다. 중요한 결정엔 동의해?라고 물었지만 그 질문은 동의해, 라는 명령어에 가까웠다. 그녀는 교묘한 방식으로 사람들을 잘 부렸고 자기 페이스대로 끌고 가는 데 능수능란했다. 물론 그 능력이 모두에게 해당하는 건 아닌 것 같았다.

그날 밤 나는 깜빡 잊고 나온 물건 때문에 회사에 들른 참이었다. 텅 빈 사무실엔 피 이사 방만 불이 켜져 있었다. 살짝 물건을 챙겨 나가려는데 닫힌 문 사이로 그녀의 격양된 목소리가 들렸다.

준이를 그렇게 만든 건 내가 아니라 당신이야. 이혼? 헛수고하지 마.

머릿속으로는 얼른 자리를 떠야 한다고 생각했지만 홀린 듯 귀를 기울였다. 그렇게 해서 알게 된 사실은 그들 부부가 아들 문제로 갈등을 빚어왔고, 최근 극도로 사이가 나빠졌으며, 피 이사는 미국에 있는 남편이 전화를 받는 유일한 시간대에 맞춰 끈질기게 대화를 시도하고 있다는 거였다. 집으로 가는 내내 헛수고 말라는 그녀의 목소리가 귓가에 맴돌았다. 내게도 똑같은 말을 했었다.

내가 제일 싫어하는 단어가 뭔 줄 알아? 헛수고야. 헛수고! 제일 나쁜 보고서는 뭔 줄 알아? 엉터리 보고서가 아니라 쓸데없는 보고서야! 생각해보라고. 이걸 이 회사에서 누가 알아주지? 이번 프로젝트 더 잘할 수 있었다고 고해성사라도 하면 누가 박수를 쳐주나? 그래서 내년엔 예산을 더 주나?

형형한 눈빛에 질려 아무 말도 못 하고 고개를 숙였다. 맹금의 눈빛이 저렇겠다 싶었다.

나는 '열심히'보다는 '우선순위'가 훨씬 중요하다는 걸 피 이사와 일을 하면서 깨닫는 중이었다. 나도 일머리 있다는 말은 꽤 들어봤지만, 피 이사가 말하는 일머리는 좀 다른 차원이었다. 그녀는 매사에 이기는 방법이 뭔지를 아는 사람 같았다. 애써볼 가치가 있는지, 얼마만큼의 노력과 시간을 할애할지, 결과가 자신에게 어떤 영향을 미칠지, 그런 것들에 관해 동물적 감각이 있었다.

앞으로 나랑 일하려면 쓸데없는 데 시간 낭비하지 마. 뭐든지 헛, 헛이 제일 나빠. 헛걸음, 헛물, 헛소리, 헛다리, 헛고생, 알겠어?

네.

내 대답이 성에 차지 않는지 날선 목소리로 다시 물었다.

그 자리에 천년만년 있고 싶어?

그렇다고 답하면 혐오로 일그러질 것 같은 얼굴이었다.

그렇다면 할말 없고. 하지만 그게 아니라면 지금부터 일할 때 하나만 더 생각해. 자기가 나라면, 지금 내 자리에 있다면, 어떻게 할까를. 알겠어?

할말이 끝났다는 듯 피 이사는 모니터로 시선을 돌렸다. 우물쭈물 일어서는데 고개도 돌리지 않은 채 그녀가 말했다.

갈아줄래?

닫아줄래?라고 할 때처럼 온기 없는 말투였다. 꽃병을 들고 방을 나왔다. 알아서 조심스레 문도 닫았다. 입술을 깨물었다. 언젠가부터 피 이사와 나의 관계는 원치 않는 상하관계로 굳어지고 있었다. 여기서도 나는 고급 심부름센터에 지나지 않는 일을 하고 있었다. '네, 이사님' 소리만 하고 있었다. 내 안의 뭐가 변한 건지, 피 이사를 인간적으로 어떻게 생각해야 할지 혼란스러웠다. 적어도 겉으로는 우리는 상사와 부하 직원으로 잘 지내는 편이었다. 그녀는 기분이 좋을 땐 우리는 같은 배를 탄 거야, 라는 영어식 표현을 즐겨 썼다. 나 역시 전 직장 동료들을 만나면 조금은 뻐기듯이 잘 지낸다고, 배우는 게 많다고 얘기했다. 뭘 배우는데?라는 질문을 받으면 이렇게 대답했다.

음…… 내가 그 사람이라면, 이 자리가 아니라 저 자리에 있다면, 어떻게 할까. 그걸 꼭 한번 더 생각해보는 거지.

이 자리가 아니라 저 자리에 있다면.

어디까지나 그건 가정일 뿐이었다. 한 번도 현실적인 가능성으로 생각해본 적은 없었다. 하지만 미국에 간 피 이사의 휴가가 길어지면서 나는 어쩌면,이라는 가능성에 설레기 시작했다. 회사에서는 피 이사가 한국으로, 그러니까 회사로 돌아오지 않을지 모른다는 소문이 돌고 있었다. 누구는 병가를 낸 거라고 했지만 그건 사실이 아니었다. 휴가를 가기 전 피 이사는 나를 불러 간단히 상황을 말해줬었다. 불운일 뿐이라고 그녀는 아들이 당한 사고를 담담히 정의했는데, 그때도 그랬지만 지금도 불운은 그녀와 어울리지 않는 단어처럼 느껴진다. 그녀의 전화기는 계속 꺼져 있다. 메시지를 남겨도 회신은 없다.

혼자 암울한 시간을 보내는 건 아닐까 싶어 마음이 안 좋지만, 그런 마음과는 별개로 나는 피 이사의 방이 어쩌면 내 차지가 될지도 모른다는 기대를 하고 있었다. 집에 없는 내 방이 회사에 생긴다는 건 상상만으로도 달콤했다.

고등학교 1학년 때 아빠는 무모한 주식투자로 거금을 잃었다. 우리 가족은 어쩔 수 없이 이사를 해야 했다. 소심하고 고지식한 아버지가 도박에 가까운 주식투자를 했다니, 믿기지 않았다. 하지만 인생이 요 모양 요 꼴로 끝나버릴 것 같아서 그랬다는 술 취한 그의 넋두리를 듣고 나는 처음으로 아빠 인생의 모양새에 문제의식을 느꼈다. 아빠만의 문제가 아니었기 때문이었다.

이사한 집은 방이 두 개뿐이었다. 나와 중학생 남동생이 한방을 썼는데, 공부를 잘하는 누나와 게임에 빠진 남동생의 동거는 시험 기간마다 진통을 겪었다. 그날도 집중이 안 된다는 이유로 내가 소리를 지르면서 시작된 싸움은 급기야 몸싸움으로 번졌다. 싸움을 말리는 아빠가 동생보다 더 미웠다. 결국 아빠와 동생이 안방을 쓰고 엄마와 내가 작은방을 쓰는 것으로 결론이 지어졌다.

엄마와의 동거도 편치 않긴 마찬가지였다. 매일 밤 책상 스탠드 불빛 때문에 뒤척이는 엄마가 신경 쓰이는 것도, 점점 심해지는 엄마의 신세타령을 듣는 것도, 처음 사귄 남자친구에게 연락이 올 때마다 화장실로 가야 하는 것도 다 지겨웠다. 동생이 학교에서 연합 캠프 참가자로 뽑혀 집을 비운 날, 엄마는 한마디 말도 없이 아빠 방에 가서 잤다. 그게 그때는 왜 그렇게 불쾌했는지 모르겠다. 회사에 내 방이 생긴다면 남동생이 군대에 있는 동안 혼자 방을 썼을 때의 만족감에 못지않을 것이다.

늦은 시간 스티브와 화상회의를 마치고 피 이사의 방에 들어가보았다. 낯익은 전망인데도 그 방에서 바라보는 야경은 각도를 달리해서 찍은 사진처럼 새로워 보였다. 책상엔 서류철과 책자들이 치워지고 빈 꽃병만 남아 있었다. 늘 여벌의 재킷과 스카프가 걸려 있던 옷걸이도 앙상한 가지만 남은 나무처럼 휑했다. 휴대폰이 들린 한 손을 위로 쭉 뻗어 표정을 바꿔가며 셀카를 찍어보았다. 마지막 사진이 마음에 들게 나와 한참 들여다보니, 웃는 모습이 왠지 피 이사와 닮아 보였다.

의자를 좌우로 천천히 움직이며, 스티브와 나누었던 대화를 머릿속으로 되감기해보았다. 사실 그와의 독대는 처음이었는데, 말끝마다 영, 하고 내 이름을 불러주는 게 듣기 좋았다. 회의는 피 이사의 공백이 길어질 가능성을 전제로 그동안의 업무 내용과 향후 계획을 검토하기 위한 자리였다. 나는 그동안 내가 주도했거나 기여했던 일들을 최대한 강조했고, 그는 내 존재감을 새롭게 인식하는 눈치였다. 그는 만족스러운 표정으로 당분간 나를 임시 부서장으로 한 대행체제로 부서를 운영하겠다고 말했다. 회의를 마치며 그가 농담을 건넸을 때, 나는 큰 소리로 웃음을 터뜨렸다. 회의실을 나오고 나서야 내 웃음소리가 계산된 웃음이라고 느껴질 때의 피 이사 웃음소리와 비슷했다는 걸 깨달았다.

피 이사 대신 처리하는 일들이 점점 늘어갔다. 출근이 기다려지기는 처음이었다. 사장은 월간 경영진 회의에 부서 대표로 참석하라고 지시했고, 파이낸스 부서는 그녀의 결재가 필요한 마케팅부 비용정산 보고서에 내 사인을 해서 올려달라고 요청했다. 넘겨받은 보고서를 훑어보던 중이었다. 뜻밖에도 매달 헬레나 플라워에서 결제된 금액이 고객 접대비로 둔갑해 회사로 청구되고 있었다. 쓴웃음이 났다. 혹시나 해서 다른 비용들도 뒤져보았지만 그 외에 변조된 내역은 찾을 수 없었다. 피 이사가 그 자리에서 누려온 많은 혜택도 우편물을 정리하면서 알게 되었다. 주로 협력사나 거래처에서 보내온 초대권이나 상품권, 특별할인권 같은 것들이었는데, 우편물을 열 때마다 맛있는 것이 잔뜩 쌓여 있는 남의 집 벽장을 뒤지는 기분이 들었다.

그러다 발견하게 된 음악회 VIP 초대권 하나가 내 눈길을 확 잡아끌었다. 피아니스트 유리 아리스토프의 내한공연. 피 이사가 꼭 보고 싶다고 했던 공연이었다. 그때 그녀는 내게 물었었다.

영, 피아노 칠 줄 알아?

아니요, 라고 대답했지만 사실 나는 피아노를 칠 줄 안다.

어릴 땐 바이엘, 체르니가 삼촌, 이모라는 호칭보다 더 친근했었다. 엄마는 유치원생인 나의 음악적 재능이 예사롭지 않다는 피아노학원 선생의 말에 거실에 덜컥 피아노를 들였고, 나는 매일 피아노를 장난감처럼 가지고 놀았다. 나의 재능이 평범한 수준이라는 걸 깨닫기까지는 오래 걸리지 않았지만, 엄마에겐 매일 예쁘게 옷을 차려입고 나를 피아노학원에 데려다주던 그때가 아마도 가장 행복했던 시절이었을 것이다. 초등학교 고학년이 되면서 학원에 다니는 것도 연습도 시들해졌지만 내게 피아노는 없는 걸 상상할 수 없는 집의 일부였다.

이삿날 나는 옛날 거실에 있던 살림살이가 들어가기에는 턱도 없이 좁아 보이는 새집의 거실을 보고 있었다. 피아노는 방에 놓을 거야? 그때까지 나는 피아노가 이사하면서 엄마가 급하게 처분한 살림 중 하나라는 걸 모르고 있었다. 엄마는 미안하다는 말조차 하지 않았다. 무언가를 통째로 부당하게 도둑맞은 느낌이었다. 그제야 나는 나를, 그리고 우리 가족을 감싼 세계가 변했음을 깨달았다.

어수선한 잠자리에서 첫 밤을 보내고 다음날 눈을 떴을 때였다. 갑자기 가슴이 철렁 내려앉으며 피아노 의자 속에 숨겨놓았던 중학교 때 일기장이 생각났다. 누군가에게 발견될 내은밀한 소망과 치기어린 감상을 생각하자 모멸감이 밀려왔다. 나는 책꽂이에서 악보집을 꺼내 미련 없이 쓰레기통에 처넣어버렸다. 그뒤로 집에서 피아노 얘기는 꺼내지 않았다. 다시는 피아노를 치지도, 칠 줄 안다는 말도 하지 않았다.

음악회 날짜를 곰곰이 따져보았다. 나중에 피 이사가 이 초대권의 존재를 알게 되더라도 부재중에 무용지물이 된 티켓으로 생각할 수밖에 없다는 계산이 나왔다. 조심스레 티켓 한 장을 핸드백 속에 집어넣었다. 아까웠지만 남은 한 장은 쓰레기통에 넣었다.

고대했던 금요일, 퇴근을 서두르는데 지나가던 어린 직원이 눈을 크게 뜨며 말했다.

와, 차장님 오늘 근사하신데요. 어디 좋은 데 가시나봐요.

나는 예술의 전당에 간다는 말 대신 웃으며 주말 잘 보내라는 인사를 건넸다.

일찌감치 VIP석에 자리를 잡은 나는 주변 좌석들이 채워지는 광경을 주시하고 있었다. 앞에서는 고교 동창쯤 되어 보이는 부인들 여럿이 자리를 잡느라 부산했다. 같은 열에 앉아 있던 중년부부는 근처에서 좌석번호를 확인하던 비슷한 연배의 남자와 인사를 나누고 있었다. 남자의 낯익은 얼굴이 언뜻 협력사 임원 같아 괜히 가슴이 철렁했다. 얼른 손에 쥐고 있던 프로그램으로 시선을 돌렸다. 한참 후 고개를 들자 남자는 멀찍이 뒤통수를 보인 채 앉아 있었다.

무대에는 그랜드피아노 한 대만 덩그러니 놓여 있었다. 어릴 땐 나중에 어른이 되면 그랜드피아노를 집에 들여놓고 살고 싶었다. 지금도 나는 누군가가 세상에서 가장 아름다운 물건을 꼽아보라고 한다면 주저 없이 그랜드피아노를 떠올릴 것이다. 다리와 몸통, 직선과 곡선, 흑과 백을 완벽한 비율로 형상화한 악기. 그 속엔 물성의 아름다움을 초월하는 무한한 음의 세계가 존재했다. 가까운 거리에서 까맣게 빛나는 그랜드피아노를 보자 그리워하던 첫사랑을 만난 것처럼 설레었다. 음악을 들은 지도, 음악회를 찾은 지도, 너무 오랜만이라는 생각이 들었다.

콘서트홀의 불이 꺼졌다. 박수 소리가 홀을 가득 메운 가운데 밝게 조명을 비춘 무대에 유리 아리스토프가 드디어 모습을 나타냈다. 꼬챙이처럼 마른 몸에 백발에 가까운 금발머리 남자였다. 모습이 프로그램에 실린 사진과 너무 달라 도대체 언제 적 사진을 쓴 건가 싶었다. 그는 경건한 태도로 피아노 앞에 앉더니 묵념하듯 고개를 숙였다. 그 단순한 동작이 숙련된 마임 배우의 극적인 몸동작 같아 눈을 뗄 수가 없었다. 관객들은 일제히 숨을 죽였다. 마른기침 소리 하나 들리지 않았다. 한참 만에 고개를 든 그의 두 손이 단숨에 허공으로 치솟더니 벽력처럼 건반을 내리쳤다.

연주가 시작되었다. 일상에 무뎌진 감각을 강타하듯 거대한 음의 파도가 몰려왔다. 순식간에 선율은 소리가 아닌 공기의 형태로 공간을 꽉 채우며 그 안의 모든 존재를 압도했다. 그는 피아노라는 무기를 가진 유일자이자 무법자였다. 오랫동안 잊고 있었던 내 안의 세포가 그의 손에 하나둘 깨어나는 것 같았다.

눈을 감자 선율은 더 명징해졌다. 나는 밤바다를 상상했다. 멀리 철썩, 철썩, 파도 소리가 들려왔다. 단단하게 나를 고정했던 무언가가 조금씩 무너져내리고 있었다. 탕, 하고 그녀의 방문이 닫히는 소리도, 졸졸 꽃줄기를 적시는 물소리도, 수화기 건너편 사람들의 성마른 목소리도, 출근길 내 총총걸음이 대리석 바닥을 울리는 소리도, 모두 잊었다. 저 소리에 닿기까지 그는 얼마나 긴 세월 밤바다를 떠돌았을까. 피아니스트의 백발을 떠올리자 무언가가 돌덩이처럼 꾹꾹 목울대를 눌러댔다. 마지막 곡인 쇼팽의 발라드 1번이 끝나갈 즈음 밤바다는 조용히 끓어올랐다. 연주가 끝났다. 나는 벅차오르는 마음으로 터져나오는 박수 소리를 들으며 천천히 밤바다에서 빠져나왔다. 놀라운 무대였다.

피아노 앞에 미동도 없이 앉아 있던 피아니스트는 그제야 정신을 차린 듯 자리에서 일어나 인사를 했다. 커튼콜이 이어졌다. 꼿꼿한 걸음걸이로 무대로 나왔다 다시 들어가기를 반복한 그는 마지막 커튼콜이 끝나자 박수 소리에 흠씬 두들겨 맞기라도 한 것처럼 휘청거리며 무대에서 사라졌다.

앙코르! 앙코르! 앙코르!

흥분한 관객들은 앙코르를 외쳐댔다. 그가 나오기를 애타게 기다리는 박수 소리는 멈추지 않았다. 그만 일어나야 하나 망설여질 정도로 박수 소리가 길다 싶을 때였다. 마침내 그가 다시 무대에 모습을 드러냈다. 관객들은 오랜 기다림을 보상받을 태세로 조용히 그를 주시했다. 그는 피아노 앞으로 가 앉더니 신경질적인 동작으로 피아노 뚜껑을 탕, 하고 내리쳐 닫아버렸다. 그러고는 자리에서 일어나 객석을 바라보았다. 그의 무표정은 얼음장보다 더 차가워 보였다. 내 눈에 그의 눈빛은 경멸을 담고 있었다. 당신들은 나를 방해한 무례한 침입자라고, 당신들이 나를 어떻게 생각하든 상관없다고 말하는 것 같았다. 그는 인사도 없이 무대를 떠났다. 그뿐이었다.

관객들은 얼떨결에 무안을 당한 사람들처럼 한동안 아무런 반응도 하지 않았다. 방금 지켜본 연주자의 반응을 어떻게 받아들여야 할지 몰라서 애써 황당함을 감추는 것 같기도 했다. 이내 여기저기 웅성거리는 소리와 함께 사람들이 하나둘 자리에서 일어나기 시작했다.

나는 벌떡 자리에서 일어났다. 박수를 멈출 수가 없었다. 피아노 뚜껑이 닫히며 났던 그 사나운 탕 소리의 잔향이 귀에 쟁쟁했다. 그 소리는 그가 선사한 연주가 끝났음을 선언하는 완벽한 마침표였다. 눈물이 나올 것만 같았다. 손바닥이 따가울 정도로 미친듯이 박수를 치는 동안 내 마음속에는 그동안 무음으로 사라졌던 수많은 탕, 탕, 탕 소리가 되살아나 요동치고 있었다. 옆자리에 있던 사람이 그런 나를 힐끗 보며 지나가야 하니 좀 비켜달라는 시늉을 했다.

　휴가가 끝나고 피 이사는 돌아왔다. 3개월의 공백이 무색하게 그녀는 출근 첫날부터 착착 업무를 해치웠다. 마치 주말을 보내고 월요일에 출근한 사람 같았다. 별문제 없었지? 피 이사가 인사 대신 물었을 때, 그녀의 웃는 얼굴은 이제 꿈에서 깨라고 나를 비웃는 것만 같았다. 내심 그녀가 돌아오지 않기를 바라며 부서장으로 승진하지 않을까 그녀의 방이 내 차지가 되지 않을까 한동안 설렜던 사실이 씁쓸했다. 나는 어떻게 그렇게 순진한 기대를 했던 걸까. 하지만 그런 기대 때문에 지난 3개월 동안 필요 이상으로 열심히 일했다는 걸 깨달았다. 변한 건 없었다. 나는 여전히 같은 자리에서 일했고, 피 이사가 없는 동안 최선을 다해 부서장 역할을 한 사실은 아무도 관심 없는 옛날 일이 되어버렸다.

　피 이사가 돌아온 후에도 사람들의 수군거림은 여전했다. 특히 그녀의 휴가가 어디까지 유급이고 무급인가에 관해 말들이 많았다. 혹자는 그녀의 휴가가 한국지사에서 전례가 없었던 안식년 휴가였다고 했고, 혹자는 그녀가 멀쩡한 아들을 아픈 아들로 만들어 장기휴가를 받아냈다고 했다. 그런 얘기들이 더는 귀에 솔깃하지 않았다.

　피 이사의 오피스는 전보다 더 닫혀 있을 때가 많았다. 돌아오자마자 그녀는 정신없이 바빴는데, 왜 바쁜지는 대충 짐작하고 있었다. 소문만 무성했던 국내기업 인수 건이 프로젝트 알파라는 코드명으로 극비리에 진행중이었다. 아마 피 이사는 자신의 존재감이 돋보일 타이밍에 딱 맞춰 돌아와 다행이라고 생각할 것이다. 그녀는 하루에도 몇 번씩 사장의 호출을 받았고, 사장실에 다녀올 때마다 기밀자료나 프린트물을 한아름 들고 돌아왔다. 매일 오전 11시와 오후 5시에는 관련 콘퍼런스콜을 하는 것 같았다. 그러니까 문을 닫고 싶어서가 아니라 열어놓을 수가 없어서 종일 방안에 갇혀 일하는 거였다. 누가 시켜서 그러는 거라면 참 딱하다고 할 만한 일이었다. 어쨌든 나는 그들만의 리그에서 어떤 결정이 날 때까지 모른 척하고 내 일을 하면 될 뿐이었다.

대신 나만의 프로젝트를 만들었다. 유리 아리스토프가 콘서트 때 연주했던 곡 중 브람스의 인터메조 118번을 처음부터 끝까지 연주하는 프로젝트였다. 어느 날 퇴근길에 나는 한 건물 2층 창문에 '성인 클래식피아노 교습―직장인 환영'이라고 쓰여 있는 걸 보고 무작정 그곳으로 올라갔다. 다음날부터 퇴근 후 내가 고대하는 목적지는 피아노학원이 되었다. 그곳에서 브람스를 연습하는 시간만큼은 나만의 방에서 머물 수 있었다.

종일 방문을 닫고 있는 피 이사와 한마디 말도 나누지 못하고 퇴근시간이 가까워진 어느 날이었다. 피아노 레슨 시간에 맞춰 나가기 전까지 월말 보고서를 끝내려고 정신없이 키보드를 두드리던 중이었다. 영, 하고 나를 부르는 소리가 들렸다. 문을 열고 들어가자 피 이사가 나를 보며 꽃병을 가리켰다.

갈아줄래?

꽃병에는 탐스럽게 생긴 수국이 꽂혀 있었다. 꽃 주문을 다시 시작한 모양이었다.

담담한 얼굴로 꽃병을 들고나와 걸어가는데, 마주치는 사람들과 나누는 눈인사가 갑자기 견딜 수 없었다. 탕비실에 도착해 꽃병에서 꽃을 꺼냈다. 이상하게 줄기 끝이 발이 잘린 것처럼 보였다. 활짝 핀 꽃봉오리는 꽃병에 갇혀 있는 게 뭐 좋다고 백치처럼 웃고 있는 것 같았다. 꽃이 구차해 보였다. 더는 예뻐 보이지 않았다. 꽃을 물끄러미 바라보다 쓰레기통에 처넣어버렸다.

빈 꽃병을 들고 피 이사 방으로 갔다. 꽃병을 책상 위에 올려놓으며 말했다.

매일 꽃병에 물 가는 거, 인사부에 신고하면 어떨지 생각해봤어요.

피 이사는 방금 자신이 들은 말이 무슨 말인지 이해가 안 간다는 표정으로 나를 쳐다보았다.

우리 회사 글로벌 직원 윤리강령 보면 충분히 문제될 수 있잖아요. 그건 확실한데, 헛수고일지 아닐지가 헷갈려서요. 헛수고, 절대 하지 말라고 하셨잖아요.

영, 뭐라는 거야 지금? 좀 앉아볼래?

아뇨. 저녁에 일이 있어서요. 저는 지금 퇴근하겠습니다.

방을 나왔다. 문을 닫으려고 몸을 돌리자 피 이사의 황당해하는 얼굴이 보였다. 나는 시야에 있는 그녀의 얼굴을 덮어버리듯이 세게 문을 닫았다.

탕.

처음 들어보는 낯선 소리였다. ■

도시는 밤

아가씨, 이 집은 야경이 백만 불짜리야.

이 집을 처음 보러 왔을 때, 집주인은 내게 그렇게 말했지.

처음에는 그 말이 귀에 들어오지 않았어. 열 평 남짓한 공간
은 한눈에도 뜨내기 세입자들을 거치며 홀대받은 흔적이 역
력했거든. 언덕배기에 있는 건물이라 버스 정류장까지 가파
른 길을 오르내려야 하는 것도 맘에 걸렸고. 집주인 성화에 도
로변 유리창 앞에 서니까 키가 들쑥날쑥한 건물들의 지저분한
정수리가 훤히 내려다보였어. 탁 트인 전경은 그나마 괜찮네
싶더라고. 내 반응이 탐탁지 않았던지 집주인은 다시 말했어.
진짜 백만 불짜리라고. 그런데 평생 달러는 써본 적도 없었을
것 같은 분이 자꾸 백만 불, 백만 불 그러니까 좀 웃긴 거야. 네,
하고 피식 웃고 말았지. 그분이 부럽기도 했어. 자신이 사는 도

시에 그렇게 자부심을 느끼는 건물을 소유하는 건 어떤 기분일까. 든든하지 않을까? 도시를 다 가진 기분이겠지? 아니다. 그럼 세금이니 부동산 시세니, 연연하게 되는 것들이 너무 많아질 것 같아. 아무튼 이사 첫날 밤 그의 자랑이 허풍은 아니었다는 걸 알았지.

이 야경 좀 봐.

저멀리 남산타워에서 마포대교까지 한눈에 다 들어오는 게 굉장하지 않아? 낮에 봤을 때는 이런 풍경을 상상도 못했어. 도시의 낮과 밤은 내가 화장을 했을 때와 하지 않았을 때처럼 달라 보여. 역시 도시의 바탕색은 검은색이 제격이야. 칠흑 같은 검은색 말고 검푸른 검은색. 검은 바탕 위에서 화려하게 깜박이는 불빛들은 도시의 숨구멍 같아. 종일 참았던 숨을 내쉬는 것 같아. 특히 지금처럼 새벽 2시쯤이 참 좋지. 거리엔 차가 줄고 불빛들도 하나둘 자취를 감추며 도시가 잠드는 시간이 좋아. 가끔 차가 요란하게 경적을 울리고 지나가면 궁금해져. 저 사람은 어디로 저리 급하게 달려가는 걸까. 이 도시의 그 많은 사람이 밤이 되면 모두 돌아갈 곳이 있다는 게 신기하지 않아?

여기에 이사온 후로 싱가포르에서 만났던 그 남자 생각을 자주 해. 그는 어둠 속에 서 있는 빌딩들이 거대한 묘비 같다고 했었지. 그 말을 이제는 이해해. 밤마다 창가에 앉아 이렇게 혼잣말을 하고 있으면 세상 평화로운 묘지기가 된 기분이거든.

뭐야. 딱 한 캔만 마시기로 했잖아. 내일 출근해야 하는데 또 마시면 어떡하라고. 그나저나 첫 출근인데 어쩌면 이렇게 긴장이 안 될까. 안 되겠다. 이제 그만. 훌쩍거리다보면 꼭 이렇다니까.

빌딩 로비의 대리석 바닥은 엘리베이터로 향하는 내 발걸음에 유독 또각거리는 구두 소리를 냈다. 나를 바라보는 빌딩 경비원의 눈초리가 날카로웠다. 어쨌든 출근길 동선 확인은 끝난 셈이었다. 다음날부터는 정확히 8시 55분 도착이 목표였다. 늦지 않되 일찍 도착하지도 않는 계약직의 이상적인 출근 시간을 맞추는 게 이제부터 하루를 시작하는 재미가 될 터였다. 회사 입구에 도착해 미리 받았던 출입카드를 대자 사뿐히 문이 열렸다. 빈 사무실은 조용했다. 나는 낯선 회사에 무단침입이라도 한 것 같아 '임시'라는 빨간 글자가 찍힌 출입카드를 괜히 만지작거렸다.

전임자가 쓰던 사무실은 단출했다. 책상, 데스크톱컴퓨터, 쓰레기통, 소형 캐비닛과 세 단짜리 서류함이 있었다. 재킷을 벗은 다음 자리에 앉아 책상 서랍을 한 개씩 열어보았다. 가운데 서랍에는 기본 사무용품이 들어 있었다. 왼쪽 맨 마지막 서랍은 잠겨 있었다. 한참 열쇠를 찾는데 문가에 놓인 종이상자가 눈에 들어왔다.

상자를 여니 머그잔이 가득했다. 대충 스무 개는 넘어 보였다. 맨 위에 가로누운 머그잔 문구를 보자 웃음이 나왔다. 커피를 마시면 똥이 마려워! 쭈그리고 앉아 색깔도 문구도 제각각인 잔들을 하나씩 살펴보았다. 누가 나보고 나쁜 년이래?, 나와 키스하려면 100달러, 나는 결코 사랑하는 보스를 죽이지 않았습니다…… 하나같이 위악적인 취향이 느껴졌다. 문구는 다 영어였다. 대한고속버스운전자연합회라고 적힌 스테인리스 잔만 제외하면.

"새로 오신 부장님인가 보네요."

진회색 유니폼을 입은 청소 아주머니가 문을 열고 들어오며 말했다.

"아, 네, 안녕하세요. 부장은 아니고요."

그녀는 주섬주섬 머그잔이 담긴 상자를 가슴팍에 감싸 안았다.

"뭐하시는 건가요?"

"뭐하긴요. 버려야죠."

"이걸 다요?"

나도 모르게 당황한 목소리가 튀어나왔다.

"정 부장님이 싹 다 버리라고 했거든요."

말이 끝나기가 무섭게 그녀는 상자를 들고 나가버렸다. 왠지 아쉬웠지만, 책상으로 돌아와 서류함에 있는 자료들을 읽으며 업무를 시작했다.

10시쯤 인사부 정 부장이 와서 직원들에게 인사를 시켜주겠다고 했다. 혹시 영어 이름이 있냐길래 그냥 김지수로 하겠다고 하자 자기는 제니퍼인데 편한 대로 부르라고 했다. 함께 사무실을 돌며 스무 명 남짓한 직원들과 인사를 나누었다. 잘 부탁드린다는 하나 마나 한 인사말이 연이어 오고갔다. 나를 주시하는 낯선 이들의 시선을 느꼈지만, 그런 경계의 시선은 익숙한 사람들이 타성적으로 범하는 무례보다는 낫기에 개의치 않았다. 누군가는 내가 차가워 보인다고 수군댔을 테고, 누군가는 내가 어느 회사에서 일하다 왔는지 궁금해했을 것이다. 정 부장이 나를 새로 온 마케팅 담당자라고 소개하자 한두 사람은 놀라는 표정을 지었지만 특별히 인상에 남는 사람은 없었다. 기대도 없었다. 어차피 이름을 외울 필요 없이 대충 직함으로만 부르며 버티기에 적당한 시간을 보낼 곳이었으니까.

회사는 정오가 되기도 전에 다시 텅 비어버렸다. 정 부장과 마지막으로 사무실을 나왔다. 회사 사람들 다 좋죠? 식당으로 가는 길에 그녀가 물었다. 그렇다고 대답했다. 맛이 형편없는 파스타를 앞에 놓고서도 맨숭맨숭한 대화는 계속되었다. 계약서 사인이 늦어져 불편한 점은 없었냐는 질문도 받았는데, 그녀의 매끈한 미소는 그렇다고 내게서 불편했다는 답변을 기대하는 건 아니라고 말하는 것 같았다. 그녀는 회사 커피머신 가격에서부터 경쟁사 비리까지 화제를 이어갔고, 매번 어떻게 생각하느냐고 물었다. 대화는 알맹이는 없지만 끊어지지 않고 이어졌다. 그녀의 표정이나 말투는 전 회사의 인사 담당자와 놀랄 정도로 비슷했는데, 특히 긍정도 부정도 하지 않으면서 상대의 의중을 떠보는 솜씨가 그랬다. 그녀는 이번 포럼을 망치게 될까봐 사장님이 걱정을 많이 하셨다고, 그런 사장을 가장 걱정했던 사람처럼 여러 번 말했다.

회사에서는 명분과 상관없이 지나치게 중요한 일들이 있다. 아무리 연 마케팅 예산의 상당 부분을 쏟아붓는 첫번째 국제 포럼이라 해도, 내가 듣기에 이 포럼은 회사 내부의 특수 상황 때문에 지나치게 중요해진 행사 같았다. 나는 오전에 검토한 자료 중에 이해가 안 가는 부분이 있는데, 전임자 연락처를 알 수 있겠느냐고 물었다.

"지복희 부장 말인가요?"

"그분 성함이 지복희이신가보죠?"

전화번호는 알려줄 수는 없고 자기가 필요한 부분을 직접 알아봐주겠다는 대답이 돌아왔다. 의아한 표정을 짓자 그녀는 '회사 입장이 지금 그렇다'는 애매한 이유를 대고는 화제를 바꾸려는 듯 어색하게 웃으며 물었다.

"그런데 궁금해서요. 그 정도 경력이시면 충분히 좋은 데 가실 텐데⋯⋯."

언뜻 칭찬 같은 그 말은 그러니까 '넌 왜 하찮은 계약직을 전전하느냐'는 뜻이었다. 진심을 말하려다 관두었다.

"변화가 없으면 일이 재미가 없잖아요."

농담이었는데 그녀는 동감한다는 듯 고개를 끄덕였다.

"세상 사람들이 다 김지수씨처럼 그렇게 프로페셔널하면 얼마나 좋겠어요."

그녀를 따라 웃긴 했지만, 뭐가 프로페셔널하다는 건지 알수 없었다. 어쨌든 좋은 말이라고 생각하기로 했다.

P도 툭하면 프로페셔널을 운운했었다. 어느 날 어떤 이가 프로페셔널하다고 하도 감탄하길래 물었다. 프로페셔널한 게 뭔데요? 그의 대답은 명쾌했다. 마음가짐이지. 이 일이 나의 전부라는 마음가짐.

3년 전이었다. 다감하고 성실한 상사였던 그는 구조조정을 겪으며 조금씩 괴물이 되어갔다. 무단결근을 할 정도로 회사에서 힘들어했을 때 병가 처리까지 해줘가며 나를 보호해줬던 이였다. 나중에야 고마웠다고 말했던 내게 그는 말했었다. 우린 같은 팀이니까. 그 말이 고마워 나는 최선을 다해 그가 원하는 팀원이 되었다. 팀워크가 뭔지를 배워갔다. 하지만 회사 상황이 갑자기 나빠지기 시작하면서 팀워크는 조금씩 변해갔다. 넌 가장은 아니잖아. 그 소리를 세번째 들었을 때, 그가 가장이라는 이유로 그리고 그 일이 그의 전부라는 마음가짐으로 합리화할 일들은 계속될 거라는 걸 깨달았다. 둘 중 한 사람은 나가줘야 하는 상황이었다. 결국 내가 그 한 사람이 되었다. 나는 그가 신용대출까지 받아가며 부인과 부모님의 병원비를 대고 있다는 사실을 차라리 몰랐으면 좋았겠다고 생각했다.

옛 동료가 6개월만 출산휴가 공백을 메워달라는 부탁을 해왔을 때만 해도 이렇게 계약직을 떠돌게 될 줄은 몰랐다. 6개월은 금방 지나갔다. 계약 종료일, 나는 낯선 헤드헌터의 전화를 받았다. 다른 회사에 비슷한 자리가 났다는 내용이었다. 절묘한 타이밍에 좀 어리둥절했지만, 아직 새 직장이 정해지지 않은 상황에서 한번 더 하는 것도 나쁘지 않을 것 같았다. 그렇게 1년을 보내며 나는 계약직의 미덕에 익숙해졌다. 반년 남짓한 시간은 사람들과 인간적인 관계를 맺기엔 애매한 시간이라 좋았다. 뜨내기를 바라보는 사람들의 경계심이나 무관심도 의외로 나쁘지 않았다. 가까이 일하는 이가 삶에서 어떤 시간을 축적해왔는지 몰라도 상관없었다. 더는 누군가를 알아가고 그 사람이 다른 사람이 되는 걸 볼 필요가 없었다. 나는 스쳐지나가는 누군가가 되는 것으로 족했다. 회사에 가면 나를 어딘가에 떼어놓고 무대에서 주어진 배역을 연기하는 기분이었다. 이거야말로 진짜 프로페셔널이 아닌가 싶었다. 잠시 내가 쓸모 있는 자리가 또 나타날까, 하는 불안감도 희미해졌다. 가벼워져야 쉽게 부유할 수 있다고 믿게 되었다.

점심을 다 먹어갈 즈음 정 부장은 덕담을 건네듯 내게 말했다.

"연말 포럼만 잘 끝나면 특별히 고생하실 일은 없을 거예요."

결과적으로 틀린 말은 아니었다.

오늘밤은 싱가포르에서 그 남자를 만났던 날을 떠올리지 않을 수 없네. 오늘 회사에서 누가 사무실 책상 열쇠라고 주길래 잠겨 있던 서랍을 열어봤거든. 뭐가 들어 있었는지 알아? 싱가포르 래플스호텔의 편지지와 편지봉투. 한 묶음이나 있었어. 봉투에 찍힌 낯익은 호텔 로고를 보니 기분이 묘하더군. 여행자의 나무던가, 뭐 그 비슷한 이름의 야자수가 그려진 로고 잖아. 싱가포르에서 일하는 사촌네 집에서 한 달을 있었을 때 그 호텔에 자주 갔었지.

싱가포르에 도착해 처음 며칠은 휴대폰을 꺼놓고 잠벌레처럼 내리 잠만 잤어. 며칠 만에 휴대폰을 켜니까 회사를 그만둔 뒤 처음으로 P에게 문자가 와 있었어. 회사일로 물어볼 게 있으니 연락 달라는 문자였지. 그와의 인연이 남긴 게 이런 것뿐인가 싶어 쓸쓸했어. 답하지 않았어. 그리고 그날 처음으로 외출해서 사촌이 가보라고 했던 곳 중에 맨 먼저 찾은 곳이 바로 래플스호텔의 야외 바였지. 거기에서 몇 시간을 앉아 있었는지 몰라. 어둑어둑해졌을 때 나왔으니까. 집으로 돌아오는데 처음으로 그 도시가 눈에 들어오더라고. 화려한 빌딩들과 축축한 공기 그리고 다양한 피부색의 사람들까지. 이후 종종 그 바를 찾았어. 거기에 있으면 인생이 간만에 나를 특별대접하는 기분이 들었거든.

그 남자를 만난 건 천장의 팬 소리가 마냥 한가롭게 들리던 오후였어. 나와 대각선 방향에 앉아 있었는데 자꾸 눈길이 갔지. 책 읽는 모습이 근사했거든. 남자는 고고학이나 철학을 전공하는 대학원생 같은 분위기를 풍겼는데, 도서관에서 공부한다면 딱 그런 모습일 것 같았어. 나는 조심스럽게 그를 힐끔거리며 밍밍해진 아이스티를 홀짝였지. 그러면서도 그가 갑자기 고개를 들어 내 쪽을 볼까봐 조마조마했어.

그는 한 번도 고개를 들지 않았어. 한 백인 부부와 함께 온 아이가 큰 소리로 떼를 쓸 때까지는. 아이는 급기야 서럽게 울기 시작했어. 그제야 고개를 든 그는 나와 눈이 마주쳤고 우리 어떻게 할까요, 라고 묻는 듯한 어색한 웃음을 지어 보였지. 우리는 아이의 부모가 무안하지 않게 최대한 자연스럽게 일어나 바를 나왔어. 그리고 약속이나 한 것처럼 나란히 걷기 시작했지. 녹음이 우거진 고풍스러운 건물을 배경으로 걷는데 멋진 산책 장면을 촬영하는 배우라도 된 기분이 들었어. 근처 어딘가에서 우리를 지켜보는 감독이 컷! 하고 외칠 것만 같았다니까. 그의 손에는 열대어류도감이 들려 있었어. 그게 그렇게 열심히 읽던 책이었다니. 피식 웃음이 나오더라고.

"싱가포르 사람, 아니죠?"

그가 처음으로 입을 떼며 내게 물었어.

"한국 사람이요."

"그럼 성이 킴?"

고개를 끄덕이자 그는 자기가 그렇게 쉽게 알아맞힌 게 믿기지 않는지 정말 기쁜 미소를 지었어. 그는 알래스카에서 왔다고 했어. 몇 마디를 더 나누고서야 알래스카가 미국이라는 걸 알았지. 내가 무안해하자 그는 웃으며 말했어. 괜찮아요. 나도 이젠 알래스카가 어디였는지 기억이 희미해요. 우리는 한참을 더 걷다 아이스크림을 먹었어. 망고아이스크림. 아이스크림 스탠드 앞에 섰을 때 둘 다 동시에 손가락으로 그걸 가리켜서 웃음을 터트렸기 때문에 정확히 기억해. 우리는 계속 걸었어. 느린 걸음으로. 아이스크림을 다 먹어갈 때쯤 페라나칸 박물관 앞에 도착했지. 자연스럽게 걸음은 박물관 안으로 향했어. 그곳엔 화려한 색감의 전통공예품이 많았는데, 그는 몇 번이나 '해피 컬러'라고 중얼거렸어. 행복한 색깔이라, 그럼 불행한 색깔도 있나? 속으로 나는 그런 생각을 했을 거야.

박물관을 거의 다 둘러보았을 때 그는 색색의 구슬로 장식된 배 모형 앞에서 한참을 서 있었어. 가까이 다가가서야 그의 눈이 젖어 있는 걸 알았지. 눈이 마주치자 그는 갑자기 정신이 든 사람처럼 억지로 웃어 보였어. 하지만 눈물을 멈추진 못했지. 나는 이유를 묻고 싶지도 알고 싶지도 않았어. 따뜻한 포옹만이 그 순간 내가 해야 할 가장 자연스러운 일처럼 느껴졌을 뿐.

기억을 더듬어보면 그에게 이상한 점은 있었어. 아이스크림을 살 때도, 박물관에서 앙증맞은 티스푼을 사서 내 손에 쥐여줬을 때도, 그는 주머니에서 손에 잡히는 대로 지폐를 꺼내 계산을 하고는 거스름돈은 받을 생각도 안 하고 자리를 뜨곤 했지. 래플스호텔에 묵은 지 얼마나 되느냐고 물었을 때도 정확히 기억하지 못했어. 아마 한 달? 그러더니 아니 거의 두 달이 돼갈 거라고 했어. 지금의 나였다면 총숙박요금부터 대충 머릿속으로 계산해봤을 거야. 하지만 그땐 그의 대답이 이상하게 들리지 않았어.

우리는 호텔로 돌아와 차이니스 레스토랑에서 저녁을 먹었어. 아주 길게. 처음에는 열대어류도감에 나오는 물고기 얘기만 했는데, 둘 다 얼마나 깔깔댔는지 몰라. 어느새 나는 P와 있었던 일들을 이야기하고 있었어. 그동안 내 안에 쌓였던 말들을 전부 다 끄집어내는 기분이었지. 그는 고향에서 하던 바다낚시가 제일 그립다고 했어. 당신도 해보면 좋아할 거라면서. 영영 그 바다를 다시 못 보게 될까봐 두렵다고도 했어.

그의 방은 무덤처럼 고요했어. 우리 두 사람의 숨소리밖에 들리지 않았지. 나는 어색해진 공기가 갑갑해서 커튼을 활짝 열어젖혔어. 창밖에는 싱가포르의 도심이 그때까지 본 중에 가장 아름다운 모습으로 어둠 속에서 빛나고 있었어. 내가 감탄을 터뜨리자 그는 커튼을 확 닫아버렸어. 그리고 말했어. 자기는 야경을 견딜 수가 없다고. 어둠 속에 서 있는 빌딩들이 다 묘비 같아 보인다고. 이 도시가 당신한텐 거대한 묘지처럼 느껴지지 않느냐고 말이야. 그때가 유일하게 그가 낯설었던 순간이었어. 하지만 그 순간뿐이었지.

그의 몸은 참 따뜻했어. 아니 편안했다는 게 더 정확한 표현일 거야. 그날 밤 내가 경험한 형용하기 힘든 쾌감은 해방감이었어. 드넓은 바다에서 맘껏 헤엄을 치는 기분이었다고나 할까. 아무도 나를 모르는 곳에서 다시는 만날 일이 없을 사람과의 일탈 그리고 아무도 그걸 모를 거라는 안도감에 나는 고무되었던 것 같아. 그렇게 거리낌없이 누군가에게 빗장을 열어젖혔다는 것만으로도 기억에 남을 밤이었지. 자정쯤 우리는 시체처럼 천장을 보고 나란히 누워 있었어. 나는 그에게 말했어.

"멋진 일이에요."

"뭐가요?"

발가벗는 것이라는 말이 떠올랐지만 내가 하고 싶은 말을 담은 표현은 아닌 것 같았어. 말없이 침대에서 빠져나왔어. 내가 옷을 입는 모습을 쳐다보는 그의 눈빛은 가지 말라고 말하는 것 같았지.

"당신은 알래스카의 여름 같아요. 모처럼의 온기지만 오래 갈 거라는 기대는 금물이죠."

그게 그의 마지막 말이었어.

그 기사는 이틀이 지나서야 봤어. 한 30대 미국인이 래플스 호텔 객실에서 자살했다는 기사. 그날 밤이었고 그 남자였어. 기사는 자살한 남자가 불법체류중이었고 횡령 전과가 있다는 것 외에 더 밝혀진 건 없다는 내용으로 끝을 맺고 있었어. 갑자기 숨이 쉬어지지 않아 테라스로 뛰쳐나갔을 때, 나는 거대한 묘비로 가득찬 도시를 봤어. 그리고 그날 밤 만끽했던 해방감은 감당하기 힘든 혼란스러움으로 변했어. 함께 있는 동안 그는 도대체 무슨 생각을 했던 걸까. 옆에 있어줬다면 상황은 달라졌을까. 내가 자살의 목격자가 됐다면 어떤 일을 겪었을까. 그 방에 내가 남긴 흔적은 없었을까? 호텔 레스토랑 웨이터는 그가 어떤 동양 여자와 저녁을 먹었다고 경찰에게 진술하지 않았을까? 서울행 비행기에 탑승할 때까지 나는 경찰이 나를 쫓고 있을지 모른다는 불안감에 사로잡혀 있었어. 그런 나를 그 남자가 어디선가 지켜보고 있을 것만 같았지.

효과적인 인수인계를 위한 완벽한 교본 같은 걸 기대했던 건 아니었다. 지복희 부장이 꼼꼼한 사람인 건 분명했다. 메모 강박증이 있나 싶은 정도였는데, 예를 들어 프로젝트 진행 상황은 20여 개로 나눈 세부 항목에 'remark'라는 별도의 난까지 만들어 빼곡히 메모가 되어 있었다. '프라임 내일 다시 통화, 계단식, 업체는 3일 나는 5일, 80%일 경우 답변하지 말 것, 사장님 7.13 이사회, what if 시나리오 1번' 같은 식이었는데, 후임자인 나로서는 그런 메모가 도움이 되기는커녕 끝없이 나열된 암호 같다는 게 문제였다. 게다가 컴퓨터엔 엇비슷한 내용으로 중복되는 파일들이 많아서 그것들을 일일이 다 열어본

다음 어떤 파일을 기준으로 삼아야 할지 가늠하는 것도 일이
었다. 많은 파일의 마지막 저장 시간이 자정이 넘은 시간인 것
도 놀라웠다. 어쨌든 그녀는 부지런하고 디테일에는 공을 들
이지만 일의 우선순위를 정하거나 문제를 논리적으로 접근하
는 데는 훈련이 잘 안 된 사람 같았다.

자료를 읽어나갈수록 포럼의 윤곽이 잡히기보다는 지복희
라는 인물이 구체화되는 느낌이었다. 왠지 웃음소리도 크고
말도 많은 사람일 것 같았다. 특히 연사들에게 포럼 참석을 의
뢰하는 메일은 몇 번이나 읽다가 웃음이 나왔다. 그녀는 그럭
저럭 무난한 영어를 구사했는데, 꼭 마무리 문장에 가서 과한
형용사와 부사를 남발하는 버릇이 있었다. 이런 식이었다. '귀
하가 저희의 요청을 수락해주시길 열렬히 희망하는 바이며,
영광스럽게도 긍정적인 답변을 주신다면 형용할 수 없을 정도
로 기쁠 것입니다.' 재미삼아 페이지를 넘기며 'tremendous',
'extraordinary', 'eagerly', 'wholeheartedly' 같은 단어를 찾
고 있을 때였다. 내선전화가 울렸다.

"저…… 지복희라고 하는데요."

나는 짓궂은 장난을 치다 들킨 것처럼 움찔했다.

"김지수씨…… 맞으시죠?"

여자의 목소리는 잔뜩 가라앉아 있었다.

"아무리 생각해도 도움을 청할 분이 김지수씨밖에 없어서
요. 제가 경황없이 회사를 나오는 바람에."

침묵이 흘렀다. 할 수 없이 네, 말씀하세요, 라고 말했다.

"제가 썼던 사무실에 계시죠? 창가 구석에 머그잔들이 있을 텐데, 그중에 대한고속버스운전자연합회라고 적힌 낡은 스테인리스 컵이 하나 있어요. 그걸 꼭 가져와야 해서요."

목소리가 이상하게 애처롭게 들려 벌써 청소 아주머니가 다 치워버렸다는 말이 나오지 않았다.

"음…… 직접 오셔서 찾아가시겠어요?"

"아시잖아요. 회사 안으로 들어갈 방법이 없어요. 누가 열어주지 않는다면. 설령 그런다 해도 들어갈 용기도 없고요. 사실 친했던 동료에게 부탁했다가 거절당했어요. 사람들이 어떻게 저를 그렇게 오해할 수 있는지…… 억울해요."

억울하다니, 개입하고 싶지 않은 수위의 말이 이어질 것 같은 예감에 방어막을 치듯 말했다.

"찾아보겠습니다. 이 번호로 연락드리면 될까요?"

"아, 아뇨. 조만간 번호를 바꿀 거라서요. 앞으로 한동안 연락을 못 드릴 수도 있는데, 어쨌든 무슨 일이 있어도 꼭 다시 연락드릴게요."

"네."

"꼭 좀 부탁드릴게요. 개인적인 부탁이라는 건 알아요. 하지만 아버지가 남긴 물건이라 저한텐 소중한 거라서요."

"네."

"마지막으로 한 가지만 더요."

말없이 그녀의 다음 말을 기다렸다.

"저…… 포럼 잘 치를 자신 있으신 거죠?"

"네?"

"저한텐 중요한 문제라서요. 정말 열심히 준비했던 행사라서…… 뭐라도 한마디 해주시면 제가 마음이 좀 편해질 거 같은데."

"제가 답할 의무가 없는 질문 같은데요."

"네……."

이상한 여자였다. 갑자기 불쾌한 기분이 들었고 그 불쾌함의 정체를 알 수 없어 더 불쾌했다. 전화를 끊고 한참이 지나서도 그 목소리의 독특한 질감이 남긴 여운은 가시지 않았다.

오늘밤은 무슨 얘기를 할까? 아까 현관문 비밀번호를 누르다가 복도 끝방에 사는 사람을 처음 봤어. 늘어진 헌옷처럼 추레한 인상의 늙은 여자였는데, 느낌에 혼자 사는 사람 같았어. 여자는 현관문을 열고 나오다 나랑 눈이 마주치자 못 볼 거라도 본 것처럼 문을 도로 닫아버리더라고. 닫힐 때 탕, 하는 소리가 얼마나 크게 났는지 몰라.

그 여자 때문인지 예전에 레지던스에서 장기 투숙했을 때가 생각난다. 처음엔 마냥 신이 났었지. 6개월 해외연수를 보내주는 회사라니 횡재한 기분이었거든. 그때는 그게 쉽게 떠날 수 없게 회사에 발목 잡히는 일이라는 걸 몰랐으니까. 어떤 식으로든 받으면 몇 배를 토해내야 한다는 것도. 연수를 갔던 그 미국의 소도시는 그냥 하루하루가 똑같은 곳이었어. 지겨울 정도로 비가 내렸고 업무도 궂은 날씨 같았지. 게다가 한 달이 지나도 숙소에 정이 붙지 않으니까 불쑥 그런 생각이 들더라고. 이곳에서 투숙객 중 하나가 갑자기 죽는다면 직원들은 죽은 이가 쓰던 방에 들어와 무슨 생각을 할까. 연고자를 수소문해야 하는 상황이라면 방에 있는 물건들밖에 그가 어떤 사람이었는지 유추할 방법이 없을 거 아냐. 가령 바이브레이터나 포르노 잡지, 여러 사람과 동시에 주고받은 연서, 쪼잔하기 그지없는 가계부 같은 게 나온다면, 그 사람은 그냥 색을 밝히는 바람둥이에다 구두쇠가 되는 거잖아.

그런 생각이 들면 내 방을 한 번씩 둘러보지 않을 수 없었어. 비닐 커버를 벗기지도 않은 세탁물, 먹다 만 샌드위치, 냉장고 속에 있는 쉬어빠진 김치, 냄새나는 스타킹과 속옷 뭉치, 각종 변비약, 한글로 쓰여서 해독 불가일 일기장, 그리고 거기에 적힌 헛된 희망과 자책까지. 그럼 나는 만성변비에 시달리다 악취나는 김치를 남기고 위아래 짝이 안 맞는 속옷 차림으로 죽어버린 외국인 여자가 되겠지?

지나온 자리에 흔적을 남긴다는 건 자신에 대한 무책임한 방임 같아. 물건을 남기는 것도, 누군가에게 기억될 말을 남기는 것도. 가끔 신문에서 고독사한 노인들 기사를 보면 한참이

나 눈을 떼지 못하곤 해. 그 어떤 부고보다도 엄숙한 기분이 들거든. 고독사야말로 혼자 죽을 수밖에 없는 운명에 어울리는 마감이 아닐까. 나는 추도하는 마음으로 얼굴도 모르는 그들이 인생에서 가장 빛났던 순간을 상상해봐. 그럼 그들의 죽음이 덜 쓸쓸하게 느껴지지. 나는 고독사가 두렵지는 않아. 어차피 유언을 남길 일도 헤어짐에 가슴 저릴 사람도 없을 테니까. 다만 무방비 상태에서 생각지도 못한 순간에 스위치가 꺼지듯 생이 멈추어버릴까봐 그게 두려워. 내 의지와 상관없이 남겨진 흔적들이 악취를 풍기며 낯선 이들의 시선 속에 방치되는 건 상상만 해도 끔찍하거든. 내가 왜 강박적으로 방에 있는 짐들을 정리하는지 알겠지? 또 쓸데없는 소리 한다고? 나는 집에만 오면 왜 이렇게 말이 많아지는지 모르겠어. 이 시간이 제일 편해서 그런가봐.

청소 아주머니 말로는 머그잔들을 버리긴 했지만 없어진 건 아니라고 했다. 알쏭달쏭한 그 말은 빌딩의 지하 분리수거함을 비우는 요일이 하루 남았으니 마음먹고 찾는다면 찾을 수도 있다는 뜻이었다. 의외로 흔쾌히 한번 찾아보겠다는 그녀가 고마웠지만, 내가 왜 지 부장의 스테인리스 컵을 찾으려고 하는지 지나치게 궁금해하는 건 당황스러웠다. 그녀는 어설프게 둘러댄 내 대답을 끝까지 반신반의하는 눈치였다.

다음날 케이크 상자를 들고 청소용역원 휴게실을 찾았을 때, 그녀는 나를 보고 반색했다. 그러고는 주위를 두리번거리며 뒤춤에서 검은 비닐봉지를 꺼냈다. 지 부장이 찾던 컵이 거기 있었다.

"지 부장, 참 안됐어. 이 빌딩에서 일하면서 그렇게 열심히 일하는 사람 못 봤는데."

그녀는 자기가 지금은 이런 일을 해도 사람을 많이 부려봤기 때문에 딱 보면 다 안다고 했다. IMF만 오지 않았어도, 가죽공장이 문을 닫지만 않았어도, 애들 아빠가 갑자기 죽지만 않았어도, 그렇게 안타까운 가정법으로 시작하는 후렴들이 한참 이어졌다. 언제 얘기를 끊어야 할지 난감해질 즈음 화제는 다시 지 부장으로 돌아갔다.

"얼마나 싹싹했는지 몰라. 요즘 아가씨답지 않게 참 정이 많았지. 간식 같은 걸 먹고 있을 때 내가 나타나면 꼭 손을 잡아 끌면서 드셔보시라고 하질 않나. 언젠가는 내가 허리를 삐끗한 것 같다니까 책상 서랍을 뒤져 파스를 꺼내더니 괜찮다는데도 직접 붙여주더라고. 자기 아빠도 평생 운전을 해서 허리가 아프다면서." 안타깝다는 얘기였지만 그녀는 신이 난 얼굴이었다. "그때 쫓겨난 직원 엄마 장례식에서 얼마나 꺼이꺼이 울던지. 사람들이 글쎄 그걸 흉처럼 말하더라니까. 그 오지랖을 누가 말려. 지 부장이 사장님 집까지 찾아갔다잖아. 내가 지 부장 얘기를 왜 잘 아냐면 말이야."

억울해요, 라고 했던 지 부장의 목소리가 들리는 것 같았다. 죄송하지만 올라가봐야 한다고 양해를 구하고 일어섰다. 본격적으로 얘기를 풀어놓을 기세였던 그녀는 못내 아쉬운 표정을 지었다.

이 컵이야. 이걸 왜 집으로 가져왔는지 나도 모르겠어. 이걸 찾은 걸 알면 지 부장은 무척 기뻐하겠지?

오늘 외출했다 사무실에 돌아왔을 때 리셉셔니스트가 전화 메모를 내밀었어. 13시 17분, 발신인 지복희 그리고 그녀의 휴대폰 번호와 함께 전화 부탁한다는 메시지가 적혀 있었어. 글씨가 참 예쁘다고 말하려다 말았어. 사실 아직까지 리셉셔니스트에게 말을 걸지 않은 건 마음에 걸리긴 해. 늘 생글거리는 그 아이의 얼굴이 이상하게 내 눈에는 겁먹은 얼굴처럼 보여 자꾸 눈길이 가는데도 말이야. 얼핏 직원들 얘기를 들으니까 점심으로 항상 식빵에 땅콩잼을 발라 먹는다던데. 그 아이에게 말해주고 싶었어. 너무 겁먹을 필요 없다고. 하지만 그러지 않은 건 가면을 써야 하는 공간에서 시작된 관계의 끝을 잘 알고 있기 때문일 거야. 연락하자, 언제 한번 보자, 그런 빤한 약속들…….

그나저나 지복희 부장에게 전화를 해야 할까? 만나자고 하면 어떡하지? 택배로 보내준다고 할까? 솔직히 만나보고 싶기도 해. 그녀를 좋아하게 될 것 같은 예감이 들거든. 다시 전화가 올 때까지 당분간은 이 컵을 가지고 있을까봐. 대한고속도로운전자협회는 언제 이런 컵을 만들어 회원들에게 나눠줬을까. 여기에 맥주를 따라 미지근해질 때까지 홀짝이고 있으면 내게도 딸내미를 떠올리며 신나게 고속도로를 달리던 아빠가 있었던 것 같아.

　회의를 마치고 자리로 돌아오자 책상에 장기 출장에서 돌아온 사장이 찾는다는 메모가 놓여 있었다. '포럼 진행 상황 보고 요망!'이라는 말과 함께였다. 20분 후, 조심스레 사장실 문을 연 나는 움찔하고 말았다. 아침에 엘리베이터를 같이 탔던 남자가 거기 있었기 때문이었다. 그는 만삭의 임산부가 우리가 탄 엘리베이터를 보고 뒤뚱거리는 걸음을 서두르자 재빨리 닫힘 버튼을 눌렀었다. 내릴 때까지 그에게선 지나치게 좋은 향수 냄새가 났다.

　"반갑습니다. 이지수씨?" 악수를 건네며 그가 말했다.

　"김지수입니다."

　"아, 미안합니다. 내가 사람 이름 외우는 데 젬병이라. 앞으로 김지수씨 이름은 특별히 기억하겠다고 약속하죠."

　제발 그러지 말았으면 싶었다. 그는 회의용 테이블에 앉으라는 손짓을 하고는 가지고 간 서류에서 전체 프로그램 스케

줄과 예산안을 빼서 문진으로 고정했다. 래플스호텔의 로고가 박혀 있는 투명 크리스털 문진이었다. 그는 한참 두 서류를 들여다보고는 대충 제니퍼에게 얘기는 들었다고 운을 떼며 질문을 시작했다. 막힘없는 대답이 이어지자 그는 비로소 안도하는 얼굴로 이 포럼이 얼마나 중요한 행사인지를 설명하기 시작했다. 나의 이해를 돕기 위해서라기보다는 자신의 노파심을 덜려고 하는 말 같았다. 그는 시원시원했다. 시의성 있는 주제를 다루는 세션을 전면에 내세우자는 나의 제안에 흔쾌히 동의했고 온라인 프로모션 계획에 수정이 필요하다는 의견에도 전적으로 위임하겠다고 말했다. 예산을 초과한 부분은 본사에 직접 지원 요청 메일을 쓰겠다고 했다. 미팅을 마치며 나는 '어반 딜라이트' 프로젝트도 이른 시일 내에 검토를 부탁드린다고 말했다.

"그게 뭐죠?"

"작년에 기획된 사회공헌프로그램으로 알고 있는데요."

"꼭 해야 한다고 판단해서 그렇게 말하는 겁니까?"

"네?"

"파올라가 벌여놓은 일이라고 다 해야 하냐고요."

"파올라요?"

"지복희 부장 말이요."

갑자기 필요 이상으로 정색하는 그에게 적당한 미소가 지어지지 않았다.

"나는 쓸데없는 일에 시간 낭비하는 걸 제일 싫어합니다. 전임자가 일을 어떻게 해놓았건 간에 자기 생각으로 일해야 하지 않겠어요? 우리 스마트하게 일합시다."

그는 앞으로 잘해보자면서 한마디를 더했다.

"이지수씨나 나나 프로페셔널 아닙니까."

오늘밤엔 뭘 할까. 어제처럼 영화나 하나 보고 잘까? 그러지 말고 기운내자. 며칠째 말도 없고 뚱해 있잖아. 이제 이 회사도 떠날 때가 된 거 같아. 점심 먹자고 하는 사람들이 하나둘 생기는 걸 보니. 그러니까 좀 편하게 해주면 안 돼? 계약직은 마지막이 제일 힘들어. 마음은 떠났는데 몸은 안 그런 척 시치미를 떼고 있어야 하는 시간을 견뎌야 하거든.

포럼이 끝나니까 행사 마무리와 관련된 잡무 외에는 일이 별로 없어. 사장이 느긋해진 덕도 있고. 이번 계약직도 그럭저럭 잘 끝난 거 같아. 앞으로 레퍼런스 체크를 위해 헤드헌터가 사람들에게 전화를 건다면 업무 능력은 특별히 흠잡을 데가 없었다는 얘기 정도는 해줄 거라고 믿어. 그래. 이 회사도 사람들은 나쁘지 않았어. 아니 회사 사람들이란 어디를 가든 아주 나쁜 사람은 없어. 오래 일한 사람일수록 직장생활에 최적화된 타성 같은 게 있고 직접적인 이해관계가 없으면 적당히 무관심한 사람들이니까.

오늘 오후에 정 부장이 커피를 사들고 사무실로 찾아왔어. 내 계약기간이 끝나서 아쉽다고, 지 부장이 엉망으로 만들어 놓은 일을 어려운 시기에 맡으신 분이라 그동안 마음은 굴뚝같았지만 못 한 말이 많았다나. 그 말이 내 귀엔 이제 자기와 아무 상관없는 사람이 되니까 마음을 털어놔도 되겠다는 뜻으로 들렸어. 듣고 싶지 않았지만 딱히 막을 핑계가 없었어. 대충 이런 얘기였어.

연초에 사장과 지 부장을 포함한 네 명의 직원은 2주 일정으로 싱가포르 출장을 갔다고 해. 나중에야 밝혀졌지만, 그중 막내 직원이 엄마를 데려와 호텔에서 같이 지냈고. 그런데 그 엄마가 혼자 외출했다가 사고를 당한 게 문제였어. 영어도 서툴고 여행자보험도 없는 상태라 병원에서 한바탕 소동이 일어났고, 결국 사장까지 알게 된 거지. 중요한 행사를 치르느라 다들 경황이 없는 와중에, 지복희 부장은 그 직원의 엄마를 출국시키는 걸 돕는 데 정신이 팔려 사장의 화를 더 돋우었고. 지 부장은 자기가 그 직원에게 출장에 엄마를 데려오라고, 아무도 모를 거라고 종용했다고 했대. 정 부장은 말했어.

"그냥 잘 넘어갈 수도 있는 일이었어요. 그 직원을 자르는 건 회사로선 정당한 사유가 있었으니까. 맹랑하게 항공권까지 비즈니스 클래스를 이코노미 두 장으로 바꿔서 갔더라고요. 지 부장은 내게 찾아와 그 직원이 안 잘리게 도와달라고 사정했어요. 그 직원을 세상에서 제일 딱한 소녀 가장으로 만들면서. 둘뿐인 모녀, 딸의 출장중에 환갑을 맞은 홀어머니, 뭐, 그런 식으로요. 지 부장이 현지에서 모녀가 최대한 시간을 같이 보낼 수 있게 음으로 양으로 신경써준 건 사실인 것 같아요. 그런데 그렇게 알아듣게 얘기했는데도, 한밤중에 사장님 집까지 찾아가 읍소를 하질 않나, 페이스북에 어처구니없는 글을 올리질 않나. 이 일을 하다보면 말이죠. 세상엔 이해할 수 없는 사람들이 너무 많아요."

그녀는 생각만 해도 피곤하다는 듯이 고개를 흔들었어. 나는 정 부장의 말을 다 믿지는 않아. 정 부장, 사장, 지복희 부장이 말하는 각자의 진실은 조금씩 다를 테니까. 듣는 동안 지 부장이 측은하기도 했어. 우연히 생긴 특급 호텔 숙박권을 P에게 건네며 '요즘 언니 우울하다면서요. 결혼기념일에 쓰세요'라고 말했던 옛날의 내가 겹쳐졌거든. 자리에서 일어나며 정 부장은 말했어.

"지 부장은 항상 쓸데없는 말이 너무 많았어요."

그 마지막 말이 이상하게 가슴에 와 박혔어. 쓸데없는 말. 그래, 나는 그게 듣고 싶었던 거야. 결국 도시의 밤 속으로 형체도 없이 사라져버릴 거라는 걸 잘 알면서도. 이 컵을 전해준다면 지 부장은 내게 고마움을 표시할 테고 둘 사이엔 무언가가 계속 꼬리를 물게 되겠지? 그러다 그녀의 쓸데없는 말에 연연하게 될까봐 두려워졌어.

오늘밤은 야경이 유난히 좋다. 이런 날은 몇 시간이고 창밖을 바라볼 수 있어. 이렇게 야경이 아름다운 밤은 이 도시가 아무 일도 없다는 듯 시치미를 떼고 있는 것 같아 무섭기도 해. 그럼 이 작은 오피스텔이 세상에서 가장 안온한 무덤처럼 느껴져. 저 빌딩들이 묘비 같다고 했던 그 남자는 그 안에 알알이 박힌 무덤들을 봤던 걸까. 어쩌면 그 말은 그렇게 비관적인 말이 아니었을지도 몰라. 이 도시의 누군가에겐 이렇게 숨어 있을 수 있다는 게, 그리고 언젠가는 긴 휴식이 찾아올 거라는 사실이 위안이 될 테니까.

지복희 부장의 번호가 적힌 쪽지는, 찢어버렸어. 그게 내가 그녀에게 할 수 있는 최선의 정직이라는 걸 그녀는 알 수 없겠지만. 설마 나를 수소문해 연락해오거나 하진 않겠지?

마시자. 얘기는 그만하고. 갑자기 지겹다. 이렇게 밤마다 혼자 떠드는 것도. ■

파라다이스 리조트

또 비행기를 갈아탈 생각을 하니 희수는 한숨이 나왔다. 파라다이스 리조트까지는 경비행기를 타고 다시 한 시간을 가야 했다. 겨우 휴가의 시작인데 해도 해도 끝이 안 나는 숙제를 하는 것 같았다. 잰걸음으로 말레공항 입국장을 빠져나가는 사람들을 보며 희수는 조 비서를 떠올렸다. 미련해 보이는 인상이 뽑을 때부터 맘에 걸리더라니. 토 달지 말고 시키는 대로만 하라고 했던 게 새삼 후회스러웠다.

20일에 출발 가능한 아시아권 고급 휴양지 아무데나. 희수는 자신의 지시 사항이 명쾌하다고 믿었다. 비서는 전혀 토를 달지 않았다. 덕분에 떠나기 직전에야 예약된 휴양지가 비행기를 두 번이나 갈아타고 가야 하는 곳인 걸 알았다. 출발부터가 마음에 들지 않았다. 신혼여행객들 틈에서 혼자 뻘쭘하게 탑승을 기다리는 꼴이라니. 몰디브가 인기 있는 신혼여행지라는 것도 그제야 알았다.

공항 밖으로 나오자 열기가 후끈 전신을 감싸 열대지방에 도착했다는 걸 실감했다. 희수는 가죽 부츠를 가방 안에 미리 챙겨두었던 샌들로 바꿔 신었다. 발걸음이 훨씬 가벼웠지만 국내선 비행장까지는 꽤 걸어야 했다. 햇볕이 따가웠다. 희수는 선글라스를 캐리어 속 깊숙이 넣었다는 걸 떠올리고 얼굴을 찌푸렸다.

낡고 작은 비행기였다. 자유석은 또 뭐람. 희수는 못마땅한 표정으로 남자 승무원과 마주보는 앞자리에 자리를 잡았다. 비치된 가이드북을 펴자 '몰디브는 1200개의 섬으로 이루어진 나라'라고 쓰여 있었다. 하와이랑 비슷하겠지, 했는데 아닌 모양이었다. 하기야 몰디브가 어떻게 생겼든 어디에 있든 상관없는 일이었다. 망중한의 미학을 체험하기 위한 답사지일 뿐이니까. 희수는 앞으로 5일간의 휴가가 어떨지 도무지 상상이 되지 않았다.

이게 다 신임 사장 때문이었다. 일과 삶의 균형 'work & life balance'. 미국인인 그가 취임 연설에서 그 말을 했을 때 희수는 속으로 코웃음을 쳤다. '워라밸'은 무슨. 경험상 그런 허울 좋은 유행어를 강조하는 사람치고 잘나가는 이는 없었다. 본사와 한국지사 모두 승승장구하는 세월을 만났으니 가능한 얘기였다. 그렇게 사람 좋아 보이는 인간들일수록 실적이 나빠지면 얼마나 더 안달일지 희수는 잘 알고 있었다.

첫 일대일 미팅에서였다. 사장은 마케팅 부서의 높은 이직률과 야근수당을 문제삼았다. 그는 부서장으로서 직원들의 일과 삶의 균형을 배려하는 게 얼마나 중요한지 한바탕 연설을 늘어놓았다. 이 인간은 진짜 진지하구나. 희수는 동물적 감각으로 이건 무시할 수 있는 상황이 아니라는 걸 깨달았다. 기업도 하나의 생태계와 같아서 같은 종끼리 짝짓기를 하는 법이다. 희수에게 직속 상사와 닮아 보여야 한다는 것은 철칙이었다. 희수는 매무새를 고치고 사장의 말에 연신 고개를 끄덕였다.

그 정도에서 끝냈으면 좋았을 것을. 며칠 뒤 부서장 회식에서 사장의 질문에 오버를 한 게 문제였다. 연말 휴가가 화제에 오르자 사장은, 그에게 최고의 휴가란 열대 리조트 풀장에서 마티니를 마시며 밀린 책을 읽는 것이라고 말했다. 특히 헨리 데이비드 소로의 『월든』은 휴가를 갈 때마다 꼭 가져가는 책이라고 했다. 자연스럽게 화제는 '나의 인생 책'으로 넘어갔다. 그때까지 사장의 말에 맞장구를 치던 부서장들은 일제히 말문이 막혀버렸다. 어색한 침묵이 흐르자 사장은 화제를 바꿔야겠다고 생각했는지 마주앉은 희수에게 불쑥 물었다.

"희수는 최근 몇 년 동안 최고의 휴가가 언제였나요?"

순간 희수는 지난 2년 동안 휴가를 간 적이 없음을 깨달았다.

"음…… 당연히 이번 휴가죠. 정말 기대돼요. 사장님 얘기를 듣고 보니 저도 꽤 비슷한 컨셉의 휴가가 될 것 같은데요."

엉겁결에 둘러댄 것치고는 꽤 자연스러웠던 모양이었다. 사장은 오, 멋지군요, 하면서 흐뭇하게 웃었다. 폼나는 휴양지에서의 연말 휴가는 그렇게 희수가 두고두고 써먹어야 할, 특히 사장에게 꼭 각인시켜야 할, 알리바이 같은 게 되어버렸다.

비행기 창문 밖에는 청록색 캔버스에 여기저기 검은 잉크를 한 방울씩 떨어뜨려놓은 것처럼 섬들이 끝도 없이 이어지고 있었다. 그 풍경이 지루해진 희수는 머리를 닭볏처럼 꼿꼿이 세운 남자 승무원을 뚫어지게 쳐다보았다. 그는 공들인 게 역력한 헤어스타일 외에는 별다른 관심사가 없어 보이는 얼굴이었는데, 어딘지 모르게 예전 비서를 떠올리게 했다. 눈에 띄게 예쁘장한 얼굴에 천성적으로 게을렀던 아이. 그 아이는 좀 풀어준다 싶을 땐 콧소리를 내며 말했다. 이사님, 너무 일만 하시는 것 아녜요? 그럴 때마다 희수는 씩 웃어 보이며 속으로 말했다. 그래, 그러니까 너는 영영 그 모양으로 살겠지.

노동하는 자의 권태로운 얼굴은 세상 어디를 가도 어쩌면 저리 똑같을까. 새삼스레 희수는 감탄했다. 딱 일용할 양식을 구할 정도의 의욕과 능력밖에 없는, 부가가치 낮은 일에 거부감이 없는 인간들. 저런 표정은 매일 볼 수 있었다. 회사 리셉셔니스트도, 집 앞 편의점 노랑머리 알바생도, 모두 저런 표정이었다. 희수는 머리를 닭볏처럼 매만져 올리고 온종일 인도

양의 섬과 섬 사이를 떠다니는 남자 승무원의 하루를 상상했다. 동시에 자신은 그와 다르다는 사실에 안도했다. 하지만 비행기에서 내린 다음 다시 40분을 요트로 이동할 생각을 하자 또 짜증이 올라왔다.

"웰컴 투 파라다이스 리조트!"

요란한 엔진소리가 멈추자 선착장에 일렬로 서 있던 호텔 직원들이 한목소리로 외쳤다.

요트에서 내리는 순서대로 한 사람씩 목에 꽃목걸이가 걸리고, 한쪽에서는 민속의상을 입은 원주민 남자 서넛이 환영의 노래를 부르기 시작했다. '웰컴 투 몰디브'가 후렴으로 반복되는 노래였다. 끝까지 그들은 처음 보는 손님들이 반가워 미칠 것 같다는 표정으로 노래를 불렀다. 희수는 열성 신자 손에 이끌려 마지못해 부흥회에 참석한 이교도처럼 그 광경을 지켜보았다.

체크인 절차도 요란스럽긴 마찬가지였다. 아이 둘을 대동한 프랑스인 부부, 영어를 쓰는 동양인 신혼부부, 나이 지긋한 일본인 부부, 국적을 가늠하기 어려운 금발의 젊은 커플 그리고 희수, 이렇게 다섯 팀 앞에서 먼저 총지배인이라는 남자가 환영사를 했다. 그의 말은 심한 프랑스어 악센트와 과장된 미사여구 때문에 좀 우스꽝스럽게 들렸는데, 버릇처럼 모든 말에

'환타스티끄(fantastic)'를 갖다붙였다. 특히 파라다이스 리조트가 자랑하는 버틀러 시스템을 설명할 때 그의 얼굴은, 그처럼 말해보자면, 자부심으로 '환타스티끄' 하게 빛났다. 요지는 프라이빗 빌라 한 채마다 한 명씩 집사를 배정해 차별화된 서비스를 제공한다는 거였다.

총지배인 뒤에는 비슷비슷한 체격의 젊은 남자들이 미소를 띠고 서 있었다. 그들은 한 사람씩 자신이 맡은 고객 앞으로 나와 인사했는데, 희수의 버틀러는 여섯 명 중 유독 외모가 눈에 띄는 남자였다. 까무잡잡한 피부, 짙은 눈썹, 오뚝한 콧날이 매력적인 그의 모습은 언젠가 본 뮤직비디오 속 라틴 가수가 화면 밖으로 튀어나온 것 같았다.

"아니쉬입니다."

활짝 웃는 그의 한쪽 볼에 깊이 보조개가 패었다.

할렐루야! 희수는 서울을 떠난 후 처음으로 휴가 오길 잘했다는 생각이 들었다. 동시에 첫눈에 사람을 무장해제시키는 아니쉬의 잘생긴 얼굴에 호감과 반감이 교차했다. 어쨌든 이런 게 사장이 말한 워라밸의 미덕이라면 한번 믿어봐야겠구나 싶었다.

빌라는 기대 이상으로 호화로웠다. 빌라 앞뜰에는 수영장과 정원, 그리고 곧장 해변으로 이어지는 통로가 있었다. 아니쉬는 빌라 구석구석을 돌며 설명을 마친 후, 자신의 임무는 '당신이 이곳에서 행복한 시간을 보낼 수 있게 돕는 것'이라고 말했다. 하루 24시간 언제든지 호출하라고도 덧붙였다. 막 사랑 고백을 마친 지고지순한 연인처럼 그의 미소 띤 얼굴엔 조심스러움이 가득했다.

희수는 그의 말이 자신이 사장에게 했던 말과 비슷하다는 생각이 들었다. 저의 임무는 사장님을 잘 보필해서 회사가 최대의 성과를 내는 것이다, 필요하거나 원하시는 게 있으시면 언제든지 말씀해달라고 하지 않았던가. 희수는 한쪽 눈썹을 추켜세우며 장난스럽게 물었다.

"24시간이라고요?"

"물론이죠. 24시간. 언제든지요."

희수는 월급을 받는다는 건 24시간을 회사에 바친다는 묵계라고 믿었다. 그녀는 근무시간에 딴짓하는 부하 직원을 보면 항상 이렇게 야단을 쳤다. "월급을 받는 한 당신 시간은 당신 게 아니야." 희수는 그들이 회사가 기대하는 이상으로 헌신해야만 부가가치 높은 인간이 될 수 있다는 걸 깨닫길 바랐다.

대충 짐을 풀고 눕자 피로가 몰려왔다. 이메일을 체크해야 한다고 생각하면서도 희수는 쏟아지는 잠을 이기지 못했다.

이튿날 정오가 다 되어 희수는 킹사이즈 침대에서 눈을 떴다. 오랜만의 단잠이었다. 불면증 때문에 자기 전에 꼭 마시는 우유 한 잔도 지난밤에는 잊고 잠이 들었다. 곧장 점심을 먹으러 가기 위해 아니쉬와 나란히 골프 카트에 오르자, 그는 레스토랑으로 가기 전에 섬 전체를 한 바퀴 둘러보겠느냐고 물었다.

섬은 의외로 꽤 큰 규모였다. 독채 빌라들은 2, 3백 미터 간격으로 섬의 가장자리를 둘러싸듯 서 있었다. 풍경이 바뀔 때마다 아니쉬는 영국식 악센트로 설명을 이어갔다. 그는 유창한 영어는 아니지만 뭐든 귀에 쏙쏙 들어오게 표현하는 희한한 재주가 있었다. 무엇보다도 옆에서 바라보는 아니쉬의 모습은 매력적이었다. 이런 남자가 연인이나 비서라면 어떨까. 상상만으로도 가슴이 설레었다. 숲속으로 방향을 틀어 한참을 갔을 때였다. 코코넛을 따고 있는 인부들이 보였다. 희수가 신기해하자 아니쉬는 잠깐 카트를 세웠다.

"전 어릴 때부터 코코넛 따는 데는 선수였어요. 코코넛 따는 직업이 있었다면 정말 성공했을 거예요. 하지만 몰디브에선 우리 아버지처럼 참치잡이를 하거나 호텔에서 일하는 거 말고는 할일이 없어요."

"나도 저거와 비슷한 일을 해요."

"당신은 저런 일을 할 사람 같지 않은데요?"

"아, 나는 회사에서 일해요. 열매 따기와 비슷한 일이죠. 해마다 연말이면 보스는 내게 내년엔 몇 개의 코코넛을 따올 수 있냐고 물어요. 한 열 개쯤 딸 수 있겠다 계산이 나오면 일곱 개를 따오겠다고 하죠."

"왜 열 개가 아니고요?"

"어차피 보스는 열다섯 개를 원할 거고 그럼 결국 열 개 정도로 합의를 보게 되죠."

아니쉬가 와, 하며 웃었다.

"뭐, 그렇다고 좋아할 건 없어요. 해마다 따야 할 코코넛 수는 점점 더 많아지니까. 새 코코넛 나무를 미리 심지 못했든 아니면 찾지 못했든, 어떤 이유도 용납은 안 돼요. 정 안 되면 바나나나 파인애플이라도 따죠."

"그렇군요. 우리가 하는 열매 따기는 달라요. 그냥, 코코넛이 익으면 따는 거죠."

희수는 인도양 한복판에서 이런 한가한 대화를 나누고 있는 자신이 갑자기 낯설게 느껴졌다. 회사는 언제든지 혈기왕성한 열매 따기 선수를 데려올 수 있는 곳 아닌가. 불현듯 이메일을 체크한 지 하루 반이 지났다는 생각이 들었다. 황급히 가방을 뒤져 휴대폰을 꺼냈다. 계속 껐다가 켰지만 휴대폰은 먹통이었다. 아니쉬는 섬 안에서는 통신이 원활하지 않으니 나중에 숙소에 돌아가 해보라고 말했다. 원래 리조트 방침이 빌라에 인터넷을 설치하지 않는 거였는데, 최근에 바뀌었다는 말도 덧붙였다. 희수는 손톱을 물어뜯기 시작했다. 열매 따기 경쟁 막바지에 놀러온 게 한심하게 느껴졌다. 아니쉬는 핸들을 잡은 채 태평스럽게 점심 메뉴를 설명하고 있었다. 갑자기 답답한 기분이 들어 좀 빨리 가자고 하자 그는 예스, 마담! 하고 웃으며 소리쳤다.

레스토랑 앞에는 에메랄드빛 바다가 펼쳐져 있었다. 사람들은 대부분 커플 또는 삼삼오오 모여 앉아 식사를 즐기고 있었다. 잡지 화보를 그대로 옮겨놓은 듯한 멋진 풍경에 희수는 이메일 생각은 잠시 접고 여유롭게 식사를 즐기자고 마음먹었다.

주위를 둘러보니 넓은 레스토랑에서 홀로 테이블을 차지하고 있는 사람은 희수와 어느 노부인, 둘뿐이었다. 노부인은 커다란 선글라스에 흰색 리넨 바지와 셔츠를 입고 하늘색 실크 스카프를 한 모습이었다. 점심을 먹는 내내 희수는 그녀를 지켜봤는데, 비스듬히 고개를 숙이고 책을 읽는 모습이 어찌나 미동도 없는지 정지화면 같았다.

식사를 마친 희수는 수십 종의 티 메뉴를 한참 들여다본 다음 아니쉬를 불러 모로코산 민트티를 주문했다. 노부인도 오른손을 들어 멀찍이 서 있는 자신의 버틀러를 불렀다. 커피를 주문하는 것 같았다. 노부인 옆에 걸려 있었던 챙 넓은 모자가 바닥에 떨어져 있는 게 보였다. 희수가 다가가 모자를 집어주자 노부인은 메르시, 한마디를 하고는 다시 책으로 시선을 돌렸다.

"전 희수라고 해요. 굉장히 재밌는 책인가봐요?"

자연스럽게 말을 걸려고 한 말이었지만 순간 희수는 흠칫하고 말았다. 책이 거꾸로 펼쳐져 있었기 때문이었다. 천천히 노부인은 선글라스를 벗었다. 마른나무 껍질 같은 잿빛 눈동자가 희수를 쏘아보았다. 그녀는 신경질적인 어투로 알아들을 수 없는 말을 내뱉더니 다시 책으로 시선을 돌렸다. 어감상 분명 '꺼져' 비슷한 말이었다. 멋쩍어진 희수는 자리로 돌아왔다. 잠시 후 노부인이 언짢은 얼굴로 자리에서 일어나는 게 보였다. 희수도 기분이 상해 아니쉬에게 떠나자는 손짓을 했다.

빌라로 돌아오는 길, 이상하게 희수는 점점 기분이 가라앉았다. 흥이 깨지니 우울한 기억이 밀려왔다. 성적표를 가져오는 날이면 밥 먹으라는 소리를 하지 않던 엄마, 긴장해서 허둥댈수록 더 냉랭한 눈초리가 되던 옛 상사, 굼뜬 조 비서가 짜증스러워 견딜 수 없을 때 오히려 말투가 차분해지던 자신이 차례로 떠올랐다. 아니쉬가 조심스럽게 희수의 안색을 살피며 입을 뗐다.

"그분은 마담 모로예요. 해마다 이맘때 저희 리조트에 오시죠. 몇 년 전엔 제가 모신 적도 있어요. 늘 혼자이신데, 올해도 테라스 레스토랑에서 앉아만 있다가 가실 모양이에요."

노부인의 냉기와 침울함에 전염이라도 됐는지 희수는 아무런 대꾸도 하고 싶지 않았다. 빌라에 도착해서도 기분은 나아지지 않았다. 완벽하게 아름다운 자연은 감동을 강요하는 것 같았고, 평화로운 풍경은 위선자의 표정 같았다. 아, 지금 사무실에서 정신없이 일할 수 있다면 얼마나 좋을까. 노부인의 눈빛을 떠올리지 않으려고 애쓸수록 자꾸만 자신과 그녀의 모습이 겹쳤다. 홀로 고급 휴양지를 찾는 쓸쓸한 노년이 훗날 자신의 모습일지도 모른다고 생각하니 견딜 수 없었다.

노부인도 자신처럼 한밤중에 깨어 짐을 싸고, 들뜬 신혼여행객들 틈에서 묵묵히 탑승을 기다린 다음, 머리를 닭볏처럼 세운 비행기 승무원을 멍하니 바라보다, 24시간 당신의 안녕을 위해 대기한다는 미소년의 환대를 받았을 것이다. 곱게 화장을 하고, 혼자 밥을 먹고, 멍하니 책을 보는 노부인의 모습이 그려지자 희수는 입술을 깨물었다.

2년 전 마흔이 되었을 때, 희수는 자신을 괴롭히는 감정의 정체가 초조함이라는 걸 깨달았다. 운명의 상대나 열렬한 사랑 같은 건 막연한 희망만으론 요원했다. 희수에게 일을 제외한 나머지 삶이란 '설마, 이렇게 끝나진 않겠지' 하는 기대 때문에 참고 보는 지루한 영화 같았다. 노부인의 모습은 그 영화의 보고 싶지 않았던 결말을 본 기분이었다.

벌떡 일어나 휴대폰을 찾았지만 눈에 띄지 않았다. 한참을 헤매다 소파 구석에서 휴대폰을 찾아냈다. 여전히 먹통이었다. 제기랄. 망할 놈의 몰디브. 시커멓고 뚱뚱한 서체로 수신함 속에 켜켜이 쌓여 있을 메일을 생각하자 참을 수가 없었다. 희수는 소파에서 침대로, 침대에서 2층 계단으로, 다시 소파로 자리를 옮기며 시간을 죽였다. 백색증환자처럼 빌라 밖으로 나갈 엄두도 내지 못했다. 어떻게 노트북을 가져오지 않을 생각을 했을까. 희수는 자신을 원망하고 또 원망했다. 그럴수록 불안감은 더 커졌다. 지금 할일이 얼마나 많은데…… 회사는 오늘도 평상시와 다름없이 잘 돌아갈 거란 생각에 이르자 불안감은 이내 공포로 바뀌었다. 모두 전진하고 있는데 혼자만 멈춰 선 것 같았다. 희수는 손톱을 물어뜯기 시작했다. 빨갛게 부어 있는 왼손 가운뎃손가락 끝이 아려왔다. 가슴속에서 알 수 없는 감정들이 소용돌이쳤고 결국 희수는 울음을 터뜨렸다. 서러운 울음소리는 한참 동안 계속되었다.

소파에서 잠이 들었다 눈을 떴을 때 사방은 깜깜했다. 베란다 미등만이 주위를 가늠할 수 있을 정도의 불빛을 내고 있었다. 두리번거리다 찾은 시계를 보자 9시가 지나 있었다. 당장 서울로 돌아가고 싶었다. 무엇보다도 소리의 부재, 그 완벽한 고요함을 견딜 수 없었다. 희수는 아니쉬에게 전화를 걸었다.

잠시 후 나타난 아니쉬는 어두운 실내에 당황하는 것 같았다. 희수는 그의 출현이 자신도 의외일 정도로 너무나 반가웠다. 아니쉬는 우유를 건네며 더 필요한 게 없냐고 물었다.

"부탁이 있어요."

"뭐든지요. 마담."

"이 책 좀 읽어줄래요? 내가 잠들 때까지. 옆에서."

"……."

"제발. 하루 24시간 내가 원하는 건 뭐든지 한다고 했잖아요."

희수는 『월든』의 접힌 페이지를 펴서 아니쉬에게 건넨 후 소파에 길게 누웠다. 침묵이 흘렀다. 희수는 눈을 감았다. 이윽고 아니쉬의 책 읽는 소리가 들리기 시작했다. 긴장된 목소리였다. 헛기침 소리가 나기도 했다. 책의 내용은 하나도 귀에 들어오지 않았다. 어설픈 주기도문 같은 소리만이 웅웅거리며 귓속을 간지럽혔다. 희수는 아니쉬의 매력적인 보조개를 떠올렸다. 군소리 없이 따르는 부하 직원들처럼 내 맘대로 할 수 있다면 얼마나 좋을까. 밤새 책을 읽어달라고 조르고 싶었다. 한참이 지나 아니쉬의 목소리는 멈췄다. 이어 낮은 발걸음소리가 나는가 싶더니 딸각하고 현관문 닫히는 소리가 났다. 희수는 얼굴을 찡그렸다.

아침 일찍부터 배가 고팠지만, 테라스 레스토랑은 다시 가고 싶지 않았다. 희수는 룸서비스로 주문한 아침식사 트레이의 뚜껑이 열리자마자 울컥 짜증이 올라왔다. 아니 무슨 에그 베네딕트가. 한눈에 봐도 달걀이 너무 익었잖아요! 홀란데이즈소스는 이거 반만 뿌려서 다시 가져와요. 아니쉬는 정중한 태도로 뚜껑을 덮었다. 희수는 오늘은 밖에 나가지 않겠다고 나중에 룸서비스로 주문할 저녁 메뉴를 알려주겠다고 말했다. 이어 트레이를 들고 나가는 아니쉬의 뒤통수에 대고 소리쳤다.

"그리고 제발! 미칠 것 같으니 제발 좀 인터넷을 어떻게 해봐요!"

섬이 감옥처럼 느껴지는 하루였다. 맘껏 이메일을 할 수만 있다면 추가요금을 얼마든 내고 싶을 정도였다. 이제 이틀만 더 참으면 된다는 걸 위안 삼아 희수는 꾸역꾸역 『월든』의 페이지를 넘겼다. 페이지는 잘 넘어가지 않았다. 대체 뭐라는 소린지. 희수는 조 비서에게 전화를 걸어 이것저것 확인하고 싶은 마음이 굴뚝같았지만 구설에 오를까봐 참고 있었다. 하필이면 본사 임원의 방한 기간과 겹칠 게 뭐람. 이놈의 휴가 때문에 최근 프로젝트 성과를 과시할 최적의 타이밍을 놓쳤다는 게 생각할수록 억울했다.

무엇보다 금단현상처럼 자꾸 사무실에서의 저녁 시간이 생각나 미칠 지경이었다. 희수는 사람들이 퇴근한 후 아무의 방해도 받지 않고 업무에 집중할 수 있는 저녁 시간을 사랑했다. 방이 생긴 후부터 굳어진 버릇이었다. 딴생각할 틈을 주지 않는 그 꽉 찬 시간 속에 머물 때 희수는 살아 있음을 느꼈다. 시간도 잊은 채 일에 몰입해 있다보면, 보이지 않는 누군가와 밀폐된 공간에서 은밀한 사랑을 나누는 것 같은 착각이 들었다.

거실 창으로 내다보이는 하늘과 바다는 어느새 보랏빛으로 물들고 있었다. 해가 저물기 전에 빌라 밖으로 나가 산책이라도 해보기로 했다.

해변은 가도 가도 끝이 보이지 않았다. 사람의 흔적도 없었다. 한참을 걷고 나서야 커다란 수풀 너머로 꽤 큰 빌라 한 채가 나타났다. 계속 가야 하나 망설이는데 빌라 앞 해변에 뭔가가 꿈틀거리는 게 보였다. 희수는 조심스레 수풀을 헤집으며 가까이 다가갔다.

예상대로 긴가민가했던 형상의 정체는 맹렬하게 엉킨 두 개의 나신이었다. 희수는 황급히 몸을 숨겼다. 절로 마른침이 넘어갔다. 금발의 남녀는 격렬한 춤동작을 이어가듯 수시로 체위를 바꾸었고, 그들 아래 깔린 커다란 비치 타월도 어지럽게 움직였다. 그들이 신음을 토해낼 때마다 훔쳐보는 희수는 숨이 막힐 것만 같았다.

그들의 형체가 짙어지는 어둠 속에 희미해졌을 즈음 희수는 조용히 왔던 길을 되돌아 걷기 시작했다. 아랫도리는 흠뻑 젖어 있었다. 손으로 만져지고 체온이 느껴지는 이성의 존재가 먹먹할 정도로 그리웠다. 간절히 누군가의 육체와 엉키고 싶었다. 아니쉬의 미소가 떠오르자 얼른 따뜻한 우유도 마시고 싶었다.

아니쉬는 요청한 시간에 정확히 도착했다. 그사이 머리를 감았는지 머리칼이 약간 젖어 있었고 어딘지 모르게 피곤해 보였다. 희수는 전날처럼 소파에 비스듬히 누웠다.

"책을 읽어줘요."

"저어……."

"당신이 분명히 그랬잖아. 언제든지 원하는 걸 말하라고. 어제도 해줬잖아."

"물론 전 당신이 해피하길 바라요. 하지만 이런 청을 하는 손님은 한 번도 없었습니다."

"팁을 줄게."

"……."

"아주 많이."

순간 아니쉬의 얼굴에 희미하게 흔들리는 표정이 스쳐지나갔다. 희수는 자신감이 생겼다.

"다시 물을게, 아니쉬. 내가 잠들 때까지 책을 읽어줄 거지?"

"……."

"대답해!"

희수는 점점 대담해지는 자신이 놀라웠다. 다그치듯 다시 물었다.

"세이 예스!"

"…… 예스."

"벼엉신."

희수가 나지막하게 마지막 단어를 내뱉은 순간, 아니쉬의 눈동자가 흔들렸다. 당신이 뭐라고 하는지 안다는 듯한 표정이었다.

다음날이 되자 희수는 빌라에 갇혀 있느니 차라리 테라스 레스토랑에서 점심을 길게 하면서 시간을 때우는 게 낫겠다 싶었다. 식당에 도착하니 첫날 봤던 노부인이 같은 자리에 앉아 있었다. 희수는 멀찌감치 떨어진 테이블에 자리를 잡았다. 한 손으로 더디게 『월든』의 페이지를 넘기며 점심을 먹었다. 문득 시간이 꽤 흘렀다는 생각이 들었다. 고개를 들어 눈으로 아니쉬를 찾았지만 그는 보이지 않았다. 한참을 두리번거린 후에야 뜻밖에도 마담 모로와 대화를 나누고 있는 그가 시야에 잡혔다. 눈이 마주치자 아니쉬는 잰걸음으로 희수에게 다가왔다. 그들은 곧장 레스토랑을 나와 골프 카트에 올라탔다. 막 출발하려던 때였다. 누가 마드모아젤, 하며 희수를 불렀다. 마담 모로였다. 첫날 마주했을 때처럼 특유의 냉랭한 표정은 여전했다. 그녀는 말했다.

"단도직입적으로 말할게요. 아니 부탁할게요."

듣는 사람을 긴장시키는 사무적인 말투였다.

"뭘요?"

"빌라 나인, 맞죠? 나와 빌라를 바꿔 지낼 생각 없나요? 나는 예약할 때부터 그 빌라를 원했거든요. 분명히 요청했다고요, 분명히! 내 잘못이 아니고 호텔측 잘못이라고요."

그녀의 입술은 노여움으로 파르르 떨리고 있었다. 지나치게 매끈하게 발린 새빨간 입술이 좀 무서웠다. 희수는 얼굴을 찡그렸다.

"왜 저한테 이러시죠? 호텔측과 얘기하실 문제 아닌가요?"

"나는 도착 첫날부터 계속 얘기했어요. 당사자인 당신이 오케이를 한다면 호텔측도 더는 안 된다고 못 하겠죠."

"이봐요. 당신이 호텔측과 무슨 문제가 있는지는 모르겠지만, 분명한 건 나와는 상관없는 일이라는 거예요. 나는 굳이 숙소를 옮기는 수고를 할 의무도 의사도 없어요."

말이 끝나자마자 희수는 골프 카트에 올라탔다. 그러자 마담 모로는 내 말을 들어봐요! 하고 소리를 질렀다.

"처음 만나자마자 이런 말을 하는 게 당황스러울 거라는 건 알아요."

그녀는 자신이 이틀 전에 희수에게 무안을 준 걸 전혀 기억하지 못하는 것 같았다.

"마드모아젤, 내일은 내 생일이에요."

"그래서요?"

"나는 지난 10년 동안 해마다 이 리조트를 찾았어요. 빌라 나인은 개인적으로 특별한 추억이 있는 곳이에요. 내일은 파라다이스 리조트에서 보내는 내 마지막 생일이에요. 꼭 거기여야만 해요. 언더스탠? 나는 지금 당신에게 관대함의 미덕을 베풀 기회를 주는 거라고요."

희수는 더는 대꾸하지 않고 아니쉬에게 출발하자고 눈짓을 보냈다. 빌라로 돌아가는 내내 청구서를 내밀 듯 당당했던 마담 모로의 태도가 생각할수록 불쾌했다. 인터넷만 잘된다면, 고려해볼 마음이 없는 건 아니었다. 하지만 자기 세계에 매몰된 사람 특유의 날 선 그녀의 자의식이 거슬려서 운을 떼고 싶지조차 않았다. 아니쉬에게 물었다.

"아까 그 여자랑 무슨 얘기를 했던 거죠?"

"제게 빌라 나인을 맡고 있냐고 물었어요."

"그게 다예요?"

"왜 약속을 지키지 않느냐고도 했어요."

"약속?"

"작년에 제가 약속했다는 거예요. 올해 오시면 모신다고."

"그래서요?"

"앞으로 언제든지 다시 오시면 그러고 싶다고 했죠. 제가 그분의 버틀러였던 건 3년 전인데 착각하시는 것 같았어요. 이상해요. 원래 까다로운 분이시긴 했지만 좀 이상해지셨어요."

희수는 마담 모로가 아니쉬에게 했다는 말이 마음에 걸렸다. 정신이 오락가락하는 여자에게 속마음을 들킨 것 같기도 하고 전유물을 침범당한 것 같기도 했다. 무엇보다 아니쉬에게 동종의 호감을 느끼는 이가 마담 모로라는 게 불쾌했다. 그녀 옆에 서서 다정한 얼굴로 연신 고개를 끄덕이던 아니쉬의 모습이 떠올랐다. 뭐? 언제든지 다시 오시면 모시고 싶다고? 내가 비슷한 질문을 해도 똑같은 대답을 하겠지, 하는 생각이 들자 희수는 괜히 부아가 났다.

그날 저녁 희수는 우유 대신 뵈브 클리코 한 병을 가져다 달라고 주문했다. 희수는 인사말 대신 오늘은 처음으로 풀장에 들어갔었다고 아니쉬에게 말했지만, 그는 그녀의 비키니 차림이 불편한지 좀처럼 눈을 맞추지 않았다. 그가 조심스레 샴페인을 따는 동안 희수는 노래를 흥얼거리며 그의 주위를 어슬렁거렸다.

"한잔할래요?"

예상대로 정중히 거절하는 답변이 돌아왔다. 진한 골드빛 샴페인이 글라스의 반 가까이 차오르자 희수는 그만! 하고 말했다. 아니쉬는 샴페인 잔을 건네면서도 희수의 시선을 피했다.

"24시간 언제든지 불러도 된다고 했죠?"

"⋯⋯."

"오늘밤엔 밤새도록 당신을 호출할까 생각중이에요. 한 시간 간격으로. 내가 원래 불면증이 심하거든요. 그러니 어때요? 오늘밤은 그냥 여기 있는 게."

아니쉬는 굳은 얼굴로 아무런 말도 하지 않았다. 그는 샴페인 병을 아이스 버킷에 집어넣고 현관 쪽으로 걸어가며 말했다.

"필요하시면 언제든지요, 마담. 굿나잇."

다음날 희수가 테라스 레스토랑을 피해 섬 중앙에 있는 프렌치 레스토랑을 찾았을 때는 오후 2시가 다 된 시간이었다. 음식이 나오길 기다리는 동안 희수는 코스 요리를 주문한 게 후회가 되었다. 아니쉬는 레스토랑 입구에서 매니저로 보이는 남자와 대화를 나누며 웃고 있었다. 보조개 하나는 정말이지…… 하는 감상도 잠시, 시간만 낭비한 채 휴가의 마지막날이 되었다는 게 억울한 기분이 들었다.

웨이터가 가져온 화이트와인은 차지 않았다. 희수는 한 모금을 마시자마자 눈살을 찌푸렸다. 이어 빵과 함께 나온 버터가 적당히 녹지 않고 딱딱하다고 인상을 쓰고, 가리비 알레르기를 핑계로 아뮤즈 부쉬를 되돌려보냈으며, 미디엄 레어 스테이크의 익힌 정도에 화를 낸 다음, 마지막으로 에스프레소의 크레마가 적당하지 않다고 불평했다. 웨이터를 세워놓고 이게 6성급 호텔인 게 믿을 수 없다고, 당장 총지배인에게 컴플레인 레터를 쓰겠다고 구시렁거렸다. 식사를 마치고 나오는 희수를 기다리고 있던 아니쉬의 얼굴은 차분했다. 빌라에 도착한 희수는 저녁은 생각이 없으니 9시에 따뜻한 우유를 가져다 달라고 말하고 그를 보냈다.

이렇게 아무런 소득도 없이 서울로 돌아갈 수는 없는 노릇이었다. 희수는 『월든』이라도 끝내자고 마음을 먹었다. 회의 자료라고 생각하고 집중했지만 한 시간쯤 지나자 더는 읽을 수 없었다. 몇 번 소파에서 선잠이 들었다 깨는 동안 어느새 해가 저물고 있었다. 아니쉬는 지금 무얼 하고 있을까. 그의 매력적인 미소가 떠오르자 희수는 갑자기 부아가 치밀었다. 작은 양주병 하나를 꺼내 단숨에 비웠다. 내친김에 술 한 병을 더 땄다. 이번엔 마담 모로가 생각났다. 그녀를 머릿속에서 떨쳐내려고 더 마셨다. 미니바가 계속 열렸다 닫혔다.

희수는 되뇌었다. 내일이면 이곳을 떠나야 한다. 내가 아니쉬가 안고 싶어하는 여자이든 아니든 상관없다. 이곳은 나를 위해 존재하는 곳이다. 원하는 것은 뭐든지 이룰 수 있는 곳이다. 나는 그에 상응하는 많은 돈을 지불했다. 하루 24시간 행복하게 해주겠다는 약속은 그들이 먼저 하지 않았나. 나는 확인하고야 말 것이다. 아니쉬가 나를 위해 뭐든지 하겠다고 하는 것을. 나는 이 리조트에서의 체류기간 동안 그의 시간을 샀고 그는 나를 위해 존재해야 한다.

점점 눈에 보이는 것들이 흐물흐물해졌다. 희수도 흐물흐물해졌다. 그녀는 처음으로 기분이 좋아져서 거실에 있는 전신거울 앞으로 갔다. 중심을 잡으려고 애쓰며 천천히 가운을 벗었다. 거울 속 모습은 꽤 만족스러웠다. 희수는 흐뭇하게 웃으며 다시 술을 마셨다. 점점 시공간에 대한 감각이 흐려지며 멀리서 환청처럼 소리가 들려왔다. 계속되는 그 소리가 벨소리라는 걸 깨달았을 때 희수는 생각났다는 듯이 비틀거리며 자리에서 일어났다. 우유를 얌전히 들고 서 있을 아니쉬의 모습을 상상하자 클클 웃음이 새어나왔다. 현관으로 향하는 몸이 지그재그로 벽에 부딪칠 때마다 웃음이 터져나왔다. 마침내 현관에 도착한 희수는 신나게 확 문을 열어젖혔다.

문 앞에는 아니쉬보다 훨씬 키가 큰 낯선 직원이 쟁반을 들고 서 있었다. 희수는 상황이 이해가 가지 않아 게슴츠레한 눈으로 남자를 물끄러미 쳐다보았다. 남자는 얼이 빠진 얼굴로 두 눈만 끔벅거리고 있었다. 잠시 후 남자의 시선이 머문 곳이 자신의 음모라는 걸 깨달은 순간, 희수는 문을 쾅 하고 닫아버렸다.

다시 벨이 울렸다. 희수는 오른손 손톱을 격하게 물어뜯기 시작했다. 한참이 지나자 인기척은 현관으로부터 멀어져갔다.

마지막 밤이 지났다. 2층 테라스에서 내려다보는 바다는 이보다 더 평화로울 수는 없다는 듯 잔잔했다. 희수는 푸석푸석한 얼굴로 짐을 쌌다. 아니쉬는 요트 출발 시각에 맞춰 빌라에 도착했다. 그의 얼굴을 본 순간, 벌거벗은 모습을 들킨 것만 같아 얼른 시선을 돌렸다. 아니쉬는 예의 친절한 얼굴로 체크아웃 절차에 관해 설명했다. 그리고 전날 밤 자신이 직접 오지 못하고 다른 직원을 보낸 것을 사과했다.

"아직 모르시죠? 어제 사건이 있었어요. 마담 모로가 계단에서 굴러서 많이 다쳤는데, 여러 알약을 술과 같이 먹은 상태라 의식이 없는 상태에서 발견이 되었어요. 워낙 급박한 상황이라 현장에 동원된 저를 포함한 몇몇 직원들이 정신이 없었어요."

희수가 아무런 대꾸를 하지 않자 그는 말을 이어갔다.

"다행히 생명에는 지장이 없다고는 하는데, 의사 소견이 얼른 본국으로 송환해서 안정적으로 치료를 받아야 한대요. 문제는 마담 모로가 연고가 없어서 지금 프랑스 대사관과 얘기 중인가봐요."

"이봐요. 그게 지금 나랑 무슨 상관이죠?"

희수가 빽 소리를 질렀다. 이어 입술을 씰룩거리며 중얼거렸다.

"개뿔, 24시간 서비스는 무슨."

선착장에는 대여섯 팀의 투숙객이 벌써 도착해 있었다. 버틀러들은 환송 칵테일을 서빙하고 짐을 옮기느라 분주했다. 선착장 한쪽 구석에는 첫날 본 총지배인이 검은 슈트에 서류가방을 든 남자와 심각한 얼굴로 이야기를 나누고 있었다. 복잡한 표정으로 그들을 바라보던 아니쉬가 작별인사를 건넸다. 희수는 지갑에서 10달러짜리 하나를 꺼냈다.

"그동안 고마웠어요. 근데 당신은 이 일보단 코코넛이나 따는 게 더 나을 뻔했어."

아니쉬는 아무런 말도 하지 않았다.

"받아요."

"……."

"받으라구."

"……."

지폐를 그의 얼굴 앞에 대고 흔들며 희수가 재촉하자 아니쉬는 어이없다는 표정을 지었다. 희수가 보란듯 지폐를 쥐었던 엄지와 검지를 쫙 벌리자 지폐는 힘없이 땅으로 떨어졌다. 두번째 지폐도 똑같은 모양으로 떨어졌다. 허! 기가 막힌다는 듯 아니쉬가 혀를 찼다. 두 사람은 서로를 쏘아보았다.

"주워. 주우라니까!"

희수가 소리를 질렀다. 가까이에서 짐을 옮기던 버틀러가 놀라 두 사람을 쳐다보았다. 거칠게 숨을 몰아쉬는 희수와는 달리 아니쉬는 미동도 없었다. 지폐는 시차를 두고 계속 떨어졌다. 어느새 주위 사람들은 멈춰 서서 두 사람을 주시하고 있었다. 어떤 이들은 얼굴을 찌푸렸고, 어떤 이들은 재밌다는 표정이었다.

그때 대형 요트 한 대가 요란한 모터소리를 내며 선착장 쪽으로 달려왔다. 순간 센 바람이 불어오면서 바닥에 떨어졌던 지폐들이 여기저기로 흩어졌다. 주위에 있던 버틀러들이 일제히 팔랑거리는 지폐를 쫓기 시작했다. 이어 하나둘 아니쉬에게 다가가 자신이 주운 지폐를 건넸다.

아니쉬는 천천히 몸을 숙여 자기 앞에 떨어져 있던 나머지 지폐를 주웠다. 그런 다음 모든 지폐를 가지런하게 펴서 사방의 각을 맞춰 정리한 다음 한쪽 바지 주머니에서 지폐 한 장을 꺼냈다. 그는 성큼성큼 희수 앞으로 다가가 자신의 돈을 더한 지폐 뭉치를 내밀었다.

"당신에게 주는 팁이에요. 부디 해피하길 바라요."

그는 희수의 손을 낚아채듯 잡아 돈을 쥐여주고는 뒤돌아가버렸다. 순식간이었다. 끝까지 그는 뒤를 돌아보지 않았다.

요트가 도착했다. 사람들은 조금 전의 소동을 잊고 요트에 오르느라 정신이 없었다. 얼이 빠진 얼굴로 서 있던 희수는 맨 마지막으로 요트를 향해 발걸음을 옮겼다. 그때 한 호텔 직원이 살며시 다가와 귓속말을 했다.

"휴, 인사 못 드리게 될까봐 엄청 뛰어왔어요. 어제 비상이라 전 직원이 정신이 없었거든요. 마담 모로가 계속 아니쉬를 찾았다는 얘기는 들으셨죠?"

고개를 돌린 순간 희수는 얼어붙은 듯 멈추어 섰다. 전날 밤 아니쉬를 대신해서 왔던 직원이었다.

"아무튼 좋은 여행 되세요, 마담. 다음에 오시면 꼭 제가 마담의 버틀러가 되고 싶어요. 아니쉬를 기억해주세요. 전 정말 밤새도록 당신을 위해 책을 읽어줄 수 있다니까요."

남자는 눈을 찡긋하더니 허연 이를 드러내며 웃었다. 그의 셔츠 가슴팍에도 아니쉬라는 이름이 새겨져 있었다. 얼굴이 화끈해진 희수는 그를 무시하고 얼른 요트에 올랐다. 출발 후 조심스럽게 뒤를 돌아보니 아니쉬라고 한 남자만이 마지막까지 열심히 손을 흔들고 있었다.

리조트가 시야에서 멀어지고 있었다. 점점 작아지는 섬은 쓸쓸해 보였다. 간간이 파도가 성깔 사납게 요동칠 때마다 요트는 흔들렸고 마담 모로의 잿빛 눈동자가 떠올랐다. 희수는 극도로 지친 기분이었다. 빨리 서울로 돌아가고 싶은 마음뿐이었다. 돌아가자마자 조 비서에게 밀린 매출 자료부터 뽑아 달라고 해야 했다. 그래도 사장에게 이렇게 말하는 자신을 상상하자 조금 기분이 나아지는 것 같았다.

몰디브요? 최고의 휴가였어요. 제가 묵었던 호텔은 하루 24시간 개인 집사가 시중을 들어요. 호사 중에 그런 호사가 없죠. 전 이제 신혼여행지는 정했답니다. 아니, 아직 몰디브를 못 가보셨다고요? 그곳은 뭐랄까, 시간이 멈춰버린 천국의 섬 같아요. 태고의 자연이 주는 감동은 성스러울 정도라니까요. 그러니 그곳에서 읽는 『월든』이 어땠겠어요. 정말 100퍼센트 충전된 기분이에요. 일과 삶의 균형을 사장님이 왜 그렇게 강조하시는지 이제 알겠어요. ■

방문객

벨이 울렸다.

소파 쿠션 간격을 맞추던 여자의 손이 멈칫했다. 여자는 마지막 점검을 하듯 황급히 주위를 눈으로 훑고는 〈Sotheby's〉 최신호를 커피 테이블 위에 자연스럽게 펼쳐놓았다. 이어 거울 앞으로 가 매무새를 살폈다. 카메라 앞에서 포즈를 취하듯 미소를 지어 보는 것도 잊지 않았다. 자줏빛 캐시미어 카디건을 입은 여자의 모습은 우아했다.

다시 벨이 울렸다. 이번에는 연달아 두 번이었다. 여자는 미간을 찡그렸다. 안 그래도 내키지 않는 방문객 때문에 며칠째 신경이 곤두서 있던 참이었다. 남자는 저녁 메뉴까지 간섭하며 여자의 심기를 건드렸고, 날짜도 하필이면 아카데미에서 현대미술 강좌가 있는 날이었다. 큰집 소개로 오는 손님인 것만으로도 마땅찮은데, 게다가 외국인이라고 했다. 여자는 할 수 없다는 듯 한숨을 내쉬며 현관 쪽으로 발걸음을 서둘렀다.

문이 열리자 남자는 여자의 볼에 다정한 키스를 건넨 후 그들 집에서 하룻밤 묵고 갈 손님인 미스터 자파를 소개했다. 돌출된 눈과 커다란 입이 서글서글하면서도 공격적인 이미지를 풍기는 남자였다. 여자는 그의 낡은 워커와 조악해 보이는 여행 가방에서 재빨리 시선을 떼고 환하게 웃었다.

"어서 오세요. 반갑습니다."

여자가 인사말을 건네자 남자가 웃으며 이어 말했다.

"글쎄, 미스터 자파가 나를 먼저 알아봤다니까. 내가 형과 똑같이 생겼다지 뭐야."

"설마요. 이이가 형보다 훨씬 잘생겨서 눈에 띄었겠죠."

여자의 애교스러운 응수에 미스터 자파는 동의한다는 듯 큰 소리로 웃었다.

하지만 부부가 이끈 대화는 거기까지였다. 그는 잘 벗겨지지 않는 워커를 잡고 끙끙대면서도 쉬지 않고 말을 쏟아냈다. 쩌렁쩌렁한 목소리였다. 그가 한참이 걸려 워커를 벗고 몸을 일으킬 때까지 부부는 '네, 그러셨군요, 아니요, 잘됐군요' 같은 말 정도만 보탤 수 있었다. 게다가 상대방 얼굴에 자신의 얼굴을 어찌나 바짝 들이대고 얘기하는지, 그가 말하는 동안 여자의 상반신은 그와 거리를 유지하느라 점점 뒤로 떠밀렸다.

보다못한 남자가 그만 들어가실까요, 하고 물었다. 그제야 미스터 자파는 속사포 같은 말을 멈추고 능청스럽게 말했다.

"제가 미인만 보면 이렇다니까요."

여자는 카디건을 여미며 낯선 손님을 찬찬히 뜯어보았다. 오랜 대사관 근무로 외국인을 많이 접해본 여자였지만, 얼굴만 봐서는 도통 국적이나 출신을 가늠하기가 어려웠다. 진한 눈썹과 뚜렷한 이목구비로 봐서 중동이나 서남아시아 쪽 사람이 아닐까 짐작될 뿐이었다. 그는 오십은 훨씬 넘어 보였지만 새까만 곱슬머리와 다부진 몸집 때문인지 나이가 들어 보이지는 않았다.

부부가 미스터 자파에게 집안을 한번 둘러보시겠느냐고 묻자 그는 좋다마다요, 하면서 군용 점퍼 비슷한 웃옷을 벗었다. 여자는 그가 안에 입은 빨강과 초록 무늬 스웨터를 보고 기겁했다. 맙소사. 미국 시골 마을의 크리스마스 파티에서도 그런 옷을 입은 사람은 보기 힘들 것 같았다. 촌스러운 것은 둘째치고라도, 빌려 입은 옷처럼 소매까지 짧아서 털이 수북한 손목이 껑충했다. 가슴께에는 빨간 털실 하나가 올이 풀려 길게 삐져나와 있었다. 여자는 몇 번이나 그걸 깔끔하게 잘라내버리고 싶은 충동을 느꼈다. 그러다 슬그머니 웃음이 나왔다. 좋은 아이디어라는 생각이 들었다. 그래, '요란한 빨강과 초록'을 드레스 코드로 정하는 게 좋겠어. 부부는 이번 크리스마스이브에 와인 모임 멤버들을 집으로 초대해 파티를 열 계획이었다.

여자는 방문객이 떠나면 슬슬 파티 준비를 시작해야겠다고 생각했다.

"와, 전망 한번 끝내주는군요!"

테라스에 나간 미스터 자파가 눈앞에 펼쳐진 풍경에 탄성을 지르며 말했다. 해가 짧아져 하늘은 벌써 검푸른 보랏빛으로 물들어 있었다.

"초겨울엔 딱 이 시간대 전망이 제일 좋지요."

흐뭇한 얼굴로 남자가 말했다.

도시에서는 자연의 아름다움조차 만인에게 공평하지 않다는 것을, 남자는 이 집에 이사와서 깨달았다. 세상에는 멀리서 바라보고 위에서 내려다볼 때 비로소 최고조에 달하는 아름다움이 존재했다. 햇볕조차 여기에서는 유난히 투명하고 따뜻했다. 남자에게 이 테라스는 그의 삶이 안락한 지대에 속해 있음을 상기시키는 특별한 공간이었다.

부부의 집은 서울 고급 주택가의 빌라였다. 완공 당시 이태리의 유명 건축가가 설계했다는 것만으로도 화제를 모았던 단지는 각기 다른 디자인의 네 개 동으로 이루어져 있었다. 부부가 사는 동은 모든 세대가 복층구조로 널찍한 테라스와 미니 정원이 특징이었다. 부부의 집은 블랙 앤드 화이트 콘셉트의 모던한 인테리어로 꾸며져 있었다. 모든 가구와 소품은 미감을 극대화할 수 있는 정확한 위치에 놓여 있었다. 여자의 오랜 고심의 산물이었다. 부부에게는 아이가 없었기에 집안의 분위기는 생활의 흔적보다는 두 성인의 정연한 일상을 보여주는 완고함 같은 것이 배어 있었다.

미스터 자파가 다시 한번 테라스 전경에 감탄하자, 여자는 내심 그가 거실과 다이닝룸 사이 벽면에 걸려 있는 그림에도 관심을 보여줬으면 싶었다. 그 그림은 5년 전 부부가 뉴욕 프리즈에서 산 박서보의 추상화였다. 이 집을 방문한 사람이라면 누구든 그 그림을 지나쳐 보는 법이 없었다. 거대한 화폭을 채운 붉은색이 블랙 앤드 화이트 톤의 실내에서 시각적으로 워낙 강렬한 존재감을 드러내기 때문이었다. 게다가 보는 사람마다 단색화가 뜨기 전에 그런 작품을 알아본 부부의 안목에 감탄했기에 여자는 흐뭇하지 않을 수 없었다. 당시 남자는 미국까지 와서 왜 한국 작가를 사냐고 구시렁거렸지만 여자는 끝까지 고집을 부렸고, 덕분에 프리즈 마지막날 그 그림을 좋은 가격에 살 수 있었다. 하지만 알록달록한 스웨터를 입은 손님의 눈에는 당최 들어오지 않는 모양이었다. 아쉽게도 상해에서 사온 중국 청조시대 앤티크 암체어나 거실 중앙에서 빛나는 무라노산 샹들리에도 그의 눈길을 끌지 못하는 것 같았다.

부부는 테라스 문을 닫고 손님을 거실로 안내했다. 거실의 한쪽 벽면은 천장까지 빼곡한 책들이, 다른 벽면은 대형 빌트인 와인셀러가 차지하고 있었다. 책과 와인은 남자의 수집품이나 다름없었다. 미스터 자파가 순진해 보이는 눈빛으로 책

장을 뚫어지게 쳐다보자 남자는 살짝 흥분되었다. 오랜 세월 공들여 모은 고가의 고서와 희귀 제본 원서를 모처럼 자랑할 기회가 생겼기 때문이었다.

"책 좋아하시나보군요."

남자가 미소를 지으며 물었다.

"책이요?"

초면의 흥분이 가라앉았는지 차분해진 목소리로 미스터 자파가 되물었다.

"아니, 전혀요."

조금의 긍정도 허락지 않는 단호한 말투였다.

"저는 책을 읽지 않습니다. 시간 낭비지요. 남의 얘기를 듣느니 그 시간에 제 인생을 열심히 사는 게 낫죠."

말이 끝나기가 무섭게 호탕한 웃음이 터졌다. 얼떨결에 부부도 그를 따라 웃었다. 남자가 어색한 웃음을 거두며 물었다.

"차를 좀 드릴까요?"

"물론이지요. 코리언 커피 한잔 주시겠어요? 석은 늘 내게 코리언 커피를 타줍니다. 최고죠!"

형이 커피를 타준다는 말에 남자는 어리둥절한 얼굴로 여자를 쳐다보았다. 여자는 떨떠름한 표정을 지었다. 뭘 말하는 건지 알 것 같았다. 큰집 부부는 맥심 커피믹스를 좋아하지 않던가. 미국에서도 여전하겠지. 결혼 전 큰집에 처음 갔을 때, 여자는 식사를 마치자마자 커피믹스 두 개를 풀어 벌컥벌컥

들이켜던 그의 형과 먹던 밥숟갈로 커피잔을 휘젓는 형의 부인을 보며 기겁했었다.

돌이켜보면 그 부부에게는 여자를 불편하게 만드는 뭔가가 있었다. 촌스럽기 짝이 없는 그들의 패션 감각처럼, 그것은 하루아침에 만들어지거나 변할 수 없는 것들의 차이에서 오는 거리감이었다. 두 형제가 어쩌면 그렇게 다를 수 있을까. 여자는 늘 의아했다. 남자의 형이 전형적인 장사꾼 기질에 생활력을 타고났다면, 동생은 형이 가지지 못한 것—이를테면 지성, 세련된 매너, 문화예술에 관한 관심—을 가지고 있었다. 여자는 남자의 형에 대해 얕보는 마음까지는 아니지만, 호감은 없는 편이었다.

사실 부부는 미국에 사는 형에게 부채감을 가지고 있었다. 남자가 박사학위를 받기까지 유학비의 상당 부분을 지원받았기 때문이었다. 계획보다 3년이나 더 걸린 학위였다. 큰집이 미국으로 이주하면서 지금 사는 집을 헐값에 넘긴 것도 여자로서는 찜찜한 빚이었다. 두 사람의 형제애는 대단했다. 하지만 그게 여자의 눈에는 오랜 세월 한쪽이 일방적으로 다른 한쪽에 물질적인 관대함을 베풀며 굳어진 결속 같았다. 남자에게 아버지 같은 형의 말은 '안 된다'는 가정조차 상상할 수 없는 당위였다. 이번에도 마찬가지였다. 느닷없이 전화로 사흘 후에 도착할 외국인 손님을 잘 대접하라니. 남자에게는 반가운 형의 전갈이었겠지만 여자로서는 잊을 만하면 심기를 건드리는 큰집의 무례였다.

아무튼 남자가 형의 전화로 알게 된 방문객의 정보는 대충
이랬다. 제3세계 출신 정치망명자. 여러 나라를 떠돌며 살았고
최종 정착지는 미국. 몇 년 전 형이 주유소에서 사고를 당했을
때 우연히 옆에 있다 도와준 생명의 은인. 이중 여자에게 가장
거슬리는 부분은 그가 정치망명자라는 점이었다. 정치와 망
명 둘 다 왠지 안온하지 못하고 거부감을 주는 단어이기 때문
이었다. 남편 말로는 형이 미스터 자파를 '친한 친구'로 표현했
다던데, 여자로서는 형의 보잘것없는 영어 실력도 그렇거니와
항상 연배부터 따지고 드는 그가 어떻게 저런 외국인과 친구
가 되었는지 의아할 뿐이었다. 불법체류자를 위한 시민단체에
서 봉사활동을 한다던 형네 부부의 뜬금없는 근황도 생각해보
니 미스터 자파와 관련이 있는 것 같았다.

전날 사온 신선한 고급 원두로 정성스레 내린 커피였지만
기대했던 커피가 아니어서인지 미스터 자파는 한두 모금밖에
마시지 않았다. 그는 다음날 아침 일찍 기차로 부산에 가서 모
시민단체가 주최하는 국제행사에 참여할 거라고 했다. 여자는
기차역까지 걸리는 시간을 묻는 그에게 자세한 설명을 마친
다음 한 시간 후에 저녁이 준비되니 그때까지 편히 쉬시라고
말했다. 그러자 대뜸 목욕을 해야겠다는 말이 돌아왔다. 고질
인 허리통증 때문에 장시간 비행 후에는 안 할 수가 없다며, 가
능하면 욕조 목욕을 하고 싶다고 했다. 여자는 난처한 얼굴이

되었다. 욕조는 부부침실에 딸린 욕실에 있었다. 부부 욕실을 허락한다는 건 여자로서는 집안의 가장 은밀한 곳을 보여주는 거나 다름없었다. 미스터 자파는 자신의 요청에 거리낌이 없어 보였다. 여자는 1년 전 2층 게스트룸 욕실 욕조를 샤워부스로 개조한 게 새삼 후회가 되었다. 남의 집에 오자마자 아무렇지도 않게 부부 욕실을 쓰겠다는 것도 짜증이 났다.

"저……."

여자가 주저주저하며 운을 뗐다. 그러자 남자는 여자의 말을 막으려는 듯 "자, 가시죠" 하면서 미스터 자파의 어깨에 손을 얹었다. 남자는 여자가 자기에게 눈을 흘기는 걸 보았지만 모른 척했다. 여자의 결벽증을 누구보다도 잘 알고 있었지만 그게 남자가 터득한 대응 방법이었다. 신혼 초, 여자는 강박에 가까울 정도로 침대 시트를 갈아댔다. 남자는 여기가 무슨 호텔이냐고 불평했지만, 이제는 그런 적이 있었던가 싶을 정도로 개의치 않았다. 남자는 부부가 서로를 알아가고 익숙해지는 과정이란 무심해지고 포기하는 과정이라고 믿었다.

파우더룸을 사이에 두고 침실과 연결된 욕실은 목욕을 좋아하는 여자가 많은 시간을 보내는 곳이었다. 여자는 욕실 옷걸이에 걸려 있을 자신의 레이스 잠옷과 한쪽 벽을 장식한 액자들을 떠올렸다. 거기에는 대학 때 남자친구가 그려준 자신의 누드 크로키―남편은 아직도 그림의 모델이 그녀라는 것을 몰랐다―와 일본 에도시대 춘화들이 걸려 있었다. 미스터 자파가 그 큰 눈을 번들거리며 그것들을 보고 있을 생각을 하니 께름칙했다.

아마 남편도 속마음은 자기와 크게 다르지는 않을 거라고 여자는 생각했다. 자신의 결벽증이 청결이나 프라이버시에 관한 것이라면 남자의 경우 그건 인간관계였다. 그의 사교적인 화술과 부드러운 매너 때문에 사람들은 그런 성향을 잘 눈치채지 못하지만 말이다. 특히 이중부정을 즐겨 사용하는 특유의 완곡적 화법은 남자가 자신의 까다로움을 숨기는 방법 중 하나였다. 남자는 취향과 수준이 비슷한 사람들하고만 어울렸다. 자연스럽게 부부의 사교생활은 회원제로 운영하는 클럽이나 학연으로 연결된 소규모 사모임을 통해 이루어졌다. 그 테두리 안에서만 부부는 편안함을 느꼈다.

여자는 와인셀러 앞을 서성이는 남편의 뒤통수에 대고 쌀쌀맞게 말했다.

"잊지 않았죠? 적당한 와인은 당신이 알아서 골라놓으라고 한 거."

"알아."

시선을 돌리지 않은 채 남자가 말했다. 여자는 남자의 대답이 왠지 건성으로 들렸다.

"내 말은 매번 똑같은 피노누아만 꺼내놓지 말라고요."

"알았다고."

그만 좀 하라고 나무라는 듯한 말투였다. 여자는 체념한 얼굴로 주방으로 발걸음을 옮겼다. 어차피 미스터 자파가 목욕을 마치고 나오면 남자는 더없이 다정한 얼굴이 될 터였다.

*

　여자의 고급스러운 취향이 유감없이 발휘된 상차림이었다. 장미꽃잎과 솔잎으로 장식한 대하구이, 고명만으로도 먹음직스러워 보이는 갈비찜, 여러 색이 돋보이는 각종 전, 훈김이 오르는 된장찌개, 흔치 않은 밑반찬들 그리고 미스터 자파가 가장 좋아하는 한국 음식이라는 잡채까지 한 상 가득 차려져 있었다. 음식이 담긴 옥색 자기들은 사이사이에 놓인 서양식 촛대와 완벽한 조화를 이루었고, 사방에 가득한 고소한 냄새는 호박빛 조명으로 밝힌 식탁을 더욱 먹음직스러워 보이게 했다. 한마디로 서양화의 미감이 느껴지는 동양화 같은 상차림이었다.

　다이닝룸으로 들어온 미스터 자파의 눈이 대번에 휘둥그레졌다. 끝이 젖은 머리칼을 곱게 넘긴 그의 얼굴은 홍조로 빛났다. 자리에 앉자마자 그는 허겁지겁 음식을 먹기 시작했다. 감탄사를 연발하는 손님의 반응에 여자는 만족스러운 표정을 지었다. 남자 역시 웃으며 여자의 한쪽 어깨를 부드럽게 쓰다듬었다.

　"음식이 입에 맞으십니까?"

남자가 물었다.

"오, 훌륭해요. 정말 훌륭합니다!"

젓가락으로 집어올린 전 한 개를 아슬아슬하게 입으로 가져가며 미스터 자파가 말했다.

"건강식이니 마음놓고 드십시오. 이 사람은 유기농 재료만 쓰죠."

남자는 부부가 유기농 음식만을 고집하게 된 계기를 설명하며 덕분에 잔병치레가 없어졌다고 말했다. 자연스럽게 외식도 줄었는데, 집사람이 요리를 좋아하는 게 자기로서는 얼마나 행운인지 모른다는 말도 덧붙였다. 여자가 쑥스러워하자 남자는 다시 한쪽 팔을 뻗어 여자의 어깨를 쓰다듬었다. 미스터 자파는 젓가락질을 멈추고 뭔가를 생각하는 듯 두 눈을 끔벅였다.

"저는, 유기농식품을 믿지 않습니다. 비싸니까 건강에 나쁠 리는 없겠죠. 식재료를 차별하는 것은 자연에 대한 예의가 아닙니다. 건강이야, 저의 원칙은 간단합니다."

그는 어깨를 으쓱하며 이어 말했다.

"잘 먹고 잘 싸는 거죠. 돌아가신 어머니의 지론이기도 했습니다. 매일매일 변을 잘 살펴야 한다고 늘 당부하셨죠."

미스터 자파는 부부의 황당해하는 얼굴을 개의치 않는 눈치였다. 그는 타고난 무신경함이 자신을 방어하는 힘이 된다는 걸 터득한 사람 같았다. 아니면 부부가 상상도 못할 삶의 굴

곡을 겪으며 자연스럽게 무신경해진 사람인지도 몰랐다.

"제가 건강비법 하나 알려드릴까요?"

굉장한 얘기를 꺼낼 것처럼 미스터 자파가 눈을 반짝이며 물었다. 그의 시선이 부담스러워 여자가 마지못해 되물었다.

"비법이요?"

"네."

그는 신이 난 얼굴이었다.

"양파, 바로 양파입니다. 저는 매일 한 개씩 생양파를 먹죠."

여자는 그의 벌린 입에서 양파 냄새가 풍겨오는 것 같아 눈살을 찌푸렸다.

"두 분은 고대 이집트에서 양파가 얼마나 성스러운 음식으로 추앙받았는지 모르실걸요."

그렇게 시작된 그의 양파 예찬론은 무좀에서 대머리까지 양파가 놀라운 효능을 발휘한다는 온갖 질병과 증상으로 이어졌다. 남자는 흥미롭군요, 라고 추임새를 넣으며 미스터 자파의 말을 경청했지만, 아내가 왜 그렇게 낯선 사람을 집에 들이길 꺼리는지 이해할 수 있을 것 같았다.

무한한 양파의 효능을 듣느라 부부의 인내심이 한계에 닿을 무렵, 손님은 이야기를 마무리하고 다시 씩씩하게 먹어대기 시작했다. 대단한 식욕이었다. 부부는 홀린 듯이 그 모습을 바라보지 않을 수 없었다. 그는 고기에 엄청나게 후추를 뿌려댔는데, 여자의 관점에서는 고약한 매너가 아닐 수 없었다. 또 지나치게 크다 싶은 고깃덩어리를 한입에 욱여넣는 그의 모습은 아이를 잡아먹는 사투르누스가 그려진 고야의 그림을 떠올리게 했다. 여자는 음미 없는 탐식을 혐오했기에 저녁을 차리기 위해 들인 노력이 보상받지 못한 기분이 들었다.

젓가락질이 서툰 그는 여러 번 음식을 떨어뜨렸다. 그럴 때마다 습관처럼 "쉿(shit)" 소리를 내뱉고는 아무렇지도 않게 손으로 집은 음식을 입으로 가져갔다. 여자는 주방으로 가서 갈비찜과 잡채 그릇을 다시 채워왔다. 미스터 자파의 밥공기는 비워진 지 오래였지만 그의 젓가락은 쉴새없이 움직였다. 침묵이 흘렀다. 남자와 여자는 대화를 계속할 의욕을 잃고 묵묵히 먹기 시작했다.

"이런, 아직 와인을 시작도 안 하고 있었군요."

남자가 자연스러운 동작으로 와인을 따르며 말했다. 세 사람은 다시 웃으며 잔을 부딪쳤다. 남자는 흐뭇한 얼굴로 와인의 레이블을 살폈다.

"귀한 손님이 오셔서 특별히 좋은 와인을 골랐습니다. 한국 음식과 곁들이기에는 이태리 와인도 괜찮더군요. 이 와인은 피에몬테 쪽 와인인데, 제 생각엔 슈퍼투스칸 와인들에 못지않습니다. 이 빈티지는 귀한데 지인을 통해 어렵게 구했습니다."

"와인에 조예가 깊으신 모양이군요, 닥터 초이."

와인을 한 모금 마신 마스터 자파가 말했다. 남자는 집사람이 더 전문가라며 여자를 바라보며 미소를 지었다.

"어떠세요? 부드러우면서도 힘이 느껴지지 않나요? 여운이 꽤 길죠. 몇 모금 더 마시면 제 말이 이해가 가실 겁니다."

남자는 와인잔에 코를 집어넣고 조심스레 향을 맡은 후 천천히 한 모금을 넘겼다. 눈을 지그시 내리깔고 한참 맛을 음미한 그는 빙그레 웃으며 말을 이어갔다.

"뭐랄까. 외유내강의 성숙한 여인이 연상되는 와인입니다."

"여인이요?"

고개를 갸우뚱하며 미스터 자파가 물었다.

"네. 여인이요. 제게 와인은 여인입니다. 어떤 와인이든 첫 모금을 마시면 자동으로 어떤 여인의 이미지가 떠오르지요. 애교스럽지만 철없는 아이 같은 여인, 수수한 매력에 자꾸 끌리는 여인, 치명적인 농염함 때문에 대번에 마음을 빼앗기게 되는 여인…… 정말 끝도 없지요."

말을 하는 동안 남자는 몽롱한 표정이 되었다. 말없이 듣고 있던 여자는 입을 삐죽였다. 남편의 저 여인론은 언제나 동석한 이들에게 깊은 인상을 남기는 데 효과적이었다. 하지만 열성적으로 수집한 저 많은 와인의 복잡미묘한 맛을 표현하려면 그에 걸맞은 여성편력이 필요하지 않을까. 여자는 생각을 멈추려는 듯 잔에 남아 있는 와인을 쭉 들이켰다. 미스터 자파는 참 재미있는 비유라며 관심을 보였다. 남자는 드디어 적당한 화젯거리를 찾았다는 듯 안도하는 표정으로 와인 얘기에 열을 올리기 시작했다. 대륙별로 최고의 와인을 꼽으며 그 맛을 평할 때는 강의하듯이 해박한 지식을 뽐냈다. 그의 말이 끝나자 미스터 자파는 자신도 평생 잊을 수 없는 와인이 있다고 입을 뗐다.

"20대 후반, 저는 하루아침에 정치망명자의 신분이 되어 파리에 도착했습니다. 상상도 못했던 일이었죠. 시작은 아무 생각 없이 동료에게 했던 농담이었습니다. 지금 생각하면 다 운명의 장난 같습니다. 저 같은 사람이 망명자가 되다니."

그는 회한에 젖은 눈빛으로 깊은 한숨을 내쉬었다.

"참 힘든 시절이었죠. 고향에 두고 온 아내를 다시 만날 거라는 희망이 없었다면 아마 버티지 못했을 겁니다. 3년이 지나 마침내 아내와 재회한 날은 12월의 몹시 추웠던 날이었습니다. 저는 큰맘먹고 좋은 와인 한 병을 샀습니다. 지금 돈으로 10달러 정도 했던 거로 기억합니다. 당시 제게는 엄청나게 큰 돈이었죠. 아내도 그랬어요. 고향 사람들한테는 하루 일당의 수십 배가 되는 돈 아니냐고. 아내와 함께 나눠 마신 그날의 와인은 정말이지 황홀한 맛이었습니다. 전 온몸이 따뜻한 피로 채워져 다시 태어난 기분이었어요. 우리는 영영 잠들지 않을 것처럼 사랑을 나누었습니다."

미스터 자파는 눈을 감았다. 만감이 교차하는 것 같았다. 부부는 잠자코 그의 다음 말을 기다렸다.

"그날 전 깨달았습니다. 오늘밤의 호사는 생각지도 못한 방향으로 틀어진 인생이지만 그래도 최선을 다해 살라는 신의 뜻이라고. 그때부터 제게 세상의 모든 와인은 무조건 좋고 감사한 와인입니다. 10달러가 넘는 와인을 마시며 맛이 없다고 느낀다면 그건 죄악이지요."

"감동적인 이야기군요. 오늘밤은 와인을 마시지 않을 수 없겠는데요."

여자가 자신의 빈 잔에 와인을 따르며 말했다. 남자 역시 처음으로 미스터 자파에게 얘기다운 얘기를 들은 기분이었다. 하지만 미스터 자파에게는 여전히 그를 불편하게 만드는 무언가가 있었다. 그것은 삶의 격랑을 온몸으로 부딪치며 자신만의 믿음을 다져온 부류의 사람들에게서 느껴지는 불편함이었다. 그는 분위기를 바꿔볼 요량으로 자리에서 일어났다.

"음악을 틀까요? 미스터 자파는 어떤 음악을 좋아하십니까?"

"오늘밤은 오페라를 듣고 싶군요."

대번에 여자의 눈이 휘둥그레졌다.

"오페라를 좋아하세요, 미스터 자파?"

"좋아하다마다요."

미스터 자파의 거침없는 대답에 남자는 오페라 아리아 모음곡 음반을 골라 볼륨을 높였다.

"같은 취향을 가지셨다니 반갑군요."

여자는 어릴 때 클래식 음악 애호가였던 할아버지의 손을 잡고 오페라 공연을 보러 다녔던 추억을 얘기했다.

"할아버지는 항상 말씀하셨어요. 오페라는 좋은 눈과 좋은 귀를 가진 사람에게만 허락한 신의 선물이라고."

"에이, 말도 안 돼요. 오페라야말로 신이 만인이 즐기기를 바라고 만든 예술이죠."

미스터 자파가 반박했다. 그러고는 단서를 달듯이 눈을 찡긋하며 말했다.

"물론 바그너만 빼고."

여자는 그의 말이 언짢지 않은 모양인지 기분좋게 웃으며 그와 와인잔을 부딪쳤다. 남자도 질세라 자신의 잔을 두 사람의 와인잔에 가져다대며 말했다.

"와인이야말로 신이 인간에게 선사한 선물이죠."

《세비야의 이발사》중 〈나는 이 거리의 만물박사〉가 시작되자 미스터 자파는 두 팔을 움켜쥐고 좌우로 흔들며 우스꽝스럽게 립싱크하는 흉내를 냈다. 부부는 웃음을 터트렸다. 세 사람은 처음보다 훨씬 편안해진 모습으로 와인 한 병을 금세 비웠다. 남자는 레드와인 한 병을 더 딴 다음 새 음반을 틀었다.

"아, 이 곡!"

미스터 자파가 소리쳤다. 막 흐르기 시작한 곡은 부부도 좋아하는 가곡 〈물망초〉였다. 그는 아내가 가장 좋아하는 노래를 오랜만에 한번 불러보고 싶다며 음악을 잠깐만 꺼달라고 주문했다. 뜻밖의 요청에 남자와 여자는 어리둥절한 얼굴로 서로를 쳐다보았다. 음악이 멈췄다. 미스터 자파는 한 손에 와인잔을 든 채 천천히 자리에서 일어났다. 정말 노래를 부를 모양이었다. 부부는 숨을 죽인 채 식탁 맞은편의 그를 바라보았다. 눈을 감은 미스터 자파의 얼굴에 아까와 비슷한 아련한 표정이 스쳐지나갔다.

빠르띠로노르 론디니…….

순식간에 몰려든 거대한 파도 더미처럼 비현실적일 정도로 청량하고 우렁찬 소리가 집안의 정적을 꿰뚫고 터져나왔다. 첫 소절이 시작되자마자 부부는 압도당했다. 유난히 크다고 느껴졌던 미스터 자파의 목소리는 노래를 듣자 의아했던 무엇인가가 명쾌히 설명되는 것 같았다. 프로 성악가의 노래는 아니었지만, 시원한 음색과 엄청난 성량은 감동을 주기에 충분했다. 술기운 때문에 더 그렇게 들리는지도 몰랐다. 부부는 그때까지 호감을 못 느끼던 손님이 보여준 극적인 반전에 얼떨떨한 채로 그의 노랫소리에 빨려들어갔다. 노래는 후반부 절정에 다다랐다. 여자는 어렴풋이 기억하는 노래 가사를 떠올리자 눈물이 날 것만 같았다.

내 맘에 맺힌 그대여, 밤마다 꿈속에 그대의 얼굴이 떠오르네, 나를 잊지 마세요.

내 맘에 맺힌 그대여, 그대는 언제나 내 꿈속에 있으리, 나를 잊지 마세요.

노래가 끝났다. 미스터 자파도 부부만큼이나 자신의 노래에 취해 있다가 정신이 든 것 같았다.

"오늘은 정말이지 아내가 그립군요."

그가 말했다.

"아, 같이 오셨으면 좋았을걸."

여자가 아쉽다는 듯이 말했다.

"아내는 15년 전에 죽었습니다. 가엾은 사람……"

갑자기 감정이 복받치는지 미스터 자파의 눈이 벌게졌다. 부부는 무슨 말을 해야 할지 난감했다.

"두 분은 사랑이 뭐라고 생각하십니까?"

다시 침묵이 흘렀다. 무슨 말을 하기보다는 그의 다음 말을 기다리는 것이 자연스러울 것 같았다.

"제가 생각하는 가장 순수한 사랑은요. 온몸이 저릿저릿할 정도로 강렬하게 섹스를 원하고 또 만끽하는 순간이죠. 그러니까 두 사람의 몸이 엉겨붙어 녹아버릴 정도로, 아예 영혼까지 섞여버렸으면 싶을 정도로, 욕망이 최고점에 달한 상태 말입니다."

그는 마치 절정을 느끼는 것처럼 아! 하고 신음 같은 한숨을 토해냈다.

"아내와 나는 그런 완벽한 사랑의 순간을 수도 없이 경험했죠. 이 노랫말처럼 잊을 수가…… 없죠. 아마 그런 사랑은 다시 오지 않을 겁니다."

부부는 아무 말도 하지 않았다. 하지만 미스터 자파의 말이 두 사람의 마음속 빗장을 무너뜨린 건 분명했다. 여자는 생각에 빠진 듯 멍한 얼굴로 와인을 홀짝였다. 남자는 조심스럽게 여자의 얼굴을 살폈다. 그의 눈에 여자는 위태위태해 보였다.

"너무 많이 마시는군."

남자가 불안한 듯 살짝 한국말로 얘기했다. 신기하게도 미스터 자파는 남자의 말을 알아들은 것처럼 그를 나무랐다.

"닥터 초이, 마담이 술을 마시게 놔둬요. 이런 특별한 밤에는 모두 취해야지요."

"맞아요. 당신은 와인이나 한 병 더 꺼내와요."

하는 수 없이 남자는 자리에서 일어났다. 돌아온 남자의 손에서 낚아채듯 와인병을 빼앗은 여자가 풀어진 눈으로 레이블을 확인했다.

"흥, 또 피노누아?"

"왜?"

시비 걸지 말라는 투로 남자가 말했다. 그리고 묵묵히 차례로 와인을 따랐다. 미스터 자파는 조금 전 회한에 젖어 있던 모습은 오간 데 없이 아주 기분이 좋아 보였다. 그는 장난스럽게 코를 킁킁거리며 와인의 향을 맡고서 물었다.

"자, 닥터 초이, 한번 말해봐요. 이 와인은 어떤 여인인가요?"

빨리 마셔보라는 재촉에 남자는 하는 수 없이 천천히 한 모금을 들이켰다. 남자를 빤히 쳐다보던 여자가 말했다.

"왜, 그 여자가 생각나는 거예요?"

"……."

"흐흐, 당신이 그랬잖아. 그대는 피노누아 같은 여인이라고. 미스터 자파의 사랑 얘기를 듣다보니 여기 계신 이분의 사랑 얘기가 생각나네."

"그만해."

"난 분명히 봤단 말이야."

"벌써 5년 전 일이야."

"당신에겐 5년 전일지 몰라도 내겐 아직도 어제 같아. 결국 그 여자 손이 아니라 내 손에 들어온 편지……."

"헤어지려고 썼던 편지잖아."

"이별을 고하는 편지였으니까 면죄부가 된다?"

"말꼬리 잡지 마."

"당신, 그 편지에서 나를 가장 화나게 했던 말이 뭐였는지 알아요? 모든 걸 다 버리고 싶을 정도로 당신을 원한다는 말? 천만에."

"그만하라고!"

"왜? 분명히 당신이 그렇게 썼잖아. 피노누아 같은 년이라고, 피노누아 같은 년!"

여자가 악을 쓰듯 빽 소리를 질렀다. 미스터 자파는 처음으로 당황한 얼굴이 되었다. 그로서는 두 사람이 무슨 말을 하는지, 왜 다투는지 알 도리가 없었다. 그는 굳어 있는 두 사람을 번갈아 보며 어색하게 웃었다. 여자는 풀이 죽은 얼굴로 넋두리하듯 중얼거렸다.

"피노누아, 좋지요. 산뜻하면서도 얼마나 깊은가요. 세심한 관심과 애정이 필요한 귀한 여인 같은 와인이죠. 특히 내가 좋아하는 부르고뉴 피노누아의 그 체리향이란, 아!"

여자는 마치 향을 맡기라도 하는 것처럼 눈을 감고 깊게 숨을 들이켰다.

"그것뿐인가요. 그 맑고 황홀한 빛깔은 어떻고. 정말 좋은 피노누아를 만나면 사랑스러워 병을 쓰다듬고 싶은 충동을 느끼죠. 당신도 그랬을 거야. 매혹적이었겠지. 그래서 그년의 몸을 그렇게 쓰다듬었겠지. 나는 느껴보지 못한 당신의 그 잘난 손길로 말이야."

여자의 얼굴이 일그러졌다.

"알아요? 난 아직도, 피노누아만 보면 병을 깨부숴버리고 싶다구."

"제발 그만해!"

남자가 소리를 질렀다. 아까부터 그렁그렁해 있던 여자의 눈에서 커다란 눈물방울이 떨어졌다.

"당신은 단 한 번도 내게 그 정도의 찬사를 한 적이 없어. 아까 노래를 들으면서도 당신은 그 여자를 생각했겠지."

경멸에 찬 표정으로 남자를 흘겨보던 여자는 다시 술을 마시기 시작했다. 이번에는 미스터 자파도 여자를 말릴 수가 없었다. 남자는 눈을 내리깐 채 말이 없다 벌컥벌컥 잔을 들이켜기 시작했다. 그렇게 취해간 두 사람은 미스터 자파가 언제 자리를 떴는지 기억할 수 없었다.

*

다음날 아침 남자는 거실 소파에서 눈을 떴다. 하얀 패브릭 소파의 한쪽 끝은 전날 밤 와인을 쏟았는지 핏자국처럼 흉하게 얼룩져 있었다. 머리가 깨질 듯한 두통에 남자는 사납게 얼굴을 찡그렸다. 그는 한참 동안 두 손으로 머리를 감싼 채 전날 밤에 있었던 일을 떠올리려 애썼다. 미스터 자파가 생각난 것은 한참이 지나서였다. 게스트룸에서 자고 있나. 그때 소파 옆 탁자 위에 놓인 엽서 크기의 쪽지가 눈에 띄었다.

두 분의 환대에 감사드립니다. 깨우기가 미안해 이렇게 작별인사를 대신합니다. 돌아가면 친구 석에게도 동생 내외분이 베풀어주신 훌륭한 대접에 감사하다고 전하겠습니다. 두 분께 신의 은총이 있기를! 추신. 양파의 효능을 절대 잊지 마세요.

그제야 남자는 전날 밤 일이 생생히 기억났다. 그는 주춤거리며 일어나 다이닝룸 쪽으로 걸음을 옮겼다. 박서보의 추상화가 걸린 벽면 바닥에 와인병 예닐곱 개가 어지럽게 뒹굴고 있었다. 식탁의 모습은 가관이었다. 자연광에 노출된 채 쓰러져 있는 와인잔들과 지저분하게 말라버린 음식들은 흉하기 그지없었다.

남자가 멍한 얼굴로 식탁을 바라보고 있을 때, 별안간 여자의 날카로운 외마디 비명이 들렸다. 남자는 허겁지겁 2층으로 올라갔다. 여자는 안쓰러울 정도로 부스스한 모습으로 게스트룸에 딸린 욕실 문 앞에 주저앉아 있었다. 여자는 손가락으로 열린 욕실 안을 가리켰다. 남자는 뛰는 가슴을 진정시키며 욕실 안으로 들어갔다. 여자를 경악시킨 것의 정체는 의외로 쉽게 발견되었다. 변기였다. 그 속에는 굵고 길고 시커먼 똥이 얌전히 똬리를 튼 채 맑은 물속에 잠겨 있었다. ■

디디를 기다리며

빌라 그레이는 밋밋해 보이는 콘크리트 외관의 사각형 건물이었다. 외딴 강가에 서 있는 건물은 음산한 기운을 풍겼다. 겉으로만 봐서는 고급 파티장이 아니라 짓다 만 물류창고 같았다. 어디선가 물소리가 들려왔다. 10년 전 종일 아버지를 찾아 헤매던 날 낯선 강가에서 맡았던 물비린내가 났다. 나는 차에서 내렸을 때부터 느꼈던 유쾌하지 않은 감정이 기시감이라는 걸 깨달았다. 갑자기 속이 메스꺼웠다.

금방 문을 열어주겠다던 제프 강은 이효와 나를 한참이나 기다리게 했다. 그는 포마드 헤어에 자줏빛 나비넥타이를 맨 차림으로 나타났다.

"내가 턱시도 입으란 얘기 안 했던가?"

내게 턱시도 같은 건 없을 거라는 걸 뻔히 알면서 그는 다짜

고짜 그렇게 물었다.

"디디는 드레스 코드 어기는 걸 제일 싫어한다던데……"

트집인지 장난인지 모호한 말투였다. 내 표정이 굳어지자 제프 강은 그제야 씩 웃으며 됐어, 하면서 내 어깨를 툭 쳤다.

그를 따라 안으로 들어가자 갑자기 시공간에 대한 감각이 혼란스러워질 정도로 화려한 실내가 나타났다. 을씨년스러웠던 건물의 첫인상을 잊게 만들 정도였다. 애써 덤덤한 표정을 지으며 디디는 언제 도착하냐고 물었다.

"곧 프라이빗 제트기 착륙시간이야. 앞으로 한 세 시간은 더 걸리겠지."

그는 디디가 비행중독이라고 묻지도 않은 말을 덧붙였다.

"일주일에 지구를 몇 바퀴 돈대. 거의 하늘에 떠 있다고 봐야지."

중독치곤 꽤 근사하게 들리는 중독이었다. 지상에 매인 사람들에겐 불가능한 중독이니까. 어쩌면 아버지가 꿈꿨던 중독도 그런 유였는지 모르겠다.

리허설을 앞두고 나는 이효를 주시하고 있었다. 굳은 표정이었다. 생각해보니 그는 오늘 한 번도 입을 떼지 않았다. 원래 기분의 기복이 심한 아이였다. 언짢아할 게 아니라 고마워해야 마땅한 상황이지만 아직 세상 물정 모르는 어린애라고 생

각하고 비위를 맞춰주자 마음을 먹었다. 디디 앞에서 퍼포먼
스를 선보일 기회는 그보다 내게 더 절박한 기회일지도 모르
니까. 중앙홀에 서서 그의 퍼포먼스 동선을 처음부터 끝까지
머릿속으로 그려보았다.

이효는 코즈모예술재단이 야심차게 발족한 젊은 예술가 그
룹 '타(Ta:打)'에서 가장 주목받는 아티스트이자 유일한 행위
예술가였다. 가장 통제가 안 되는 멤버이기도 했다. 출근 첫날,
이사장은 씩씩대며 내게 당장 이효를 찾아 데려오라고 말했
다. 아트 주간에 열린 언론 쇼케이스에서 대형사고를 치고 잠
적한 상태라는 거였다. 머뭇거리자 이사장은 언성을 높였다.
"어쨌든 한 번은 더 봐야 할 것 아냐?" 면접 때 내가 만났던 사
람이 맞나 싶었다. 이효가 누군지 무슨 사고를 친 건지 잘 알지
도 못하는 상태에서 쫓겨나듯 사무실을 나오며, 앞으로 내가
할일이 이런 일인가 싶어 착잡했다.

종일 수소문 끝에 저녁이 되어서야 찾아낸 이효는 자다 깬
부스스한 모습이었다. 홍보책자에서 봤던 흑백사진과 같은 인
물 같지가 않았다. 재단에서 왔다고 하자 그는 반지하방의 문
을 열고 나오며 말했다.

"배고파요."

말없이 앞장서 걷는 그를 따라 근처 밥집으로 들어갔다. 왠
지 이상한 연민이 느껴졌다. 사는 집 꼴이 나와 비슷하게 한심
한 것도 그렇지만 반쯤은 세상에 자신을 방치한 듯 무기력해

보이는 모습이 낯설지 않았기 때문이었다. 그는 말없이 뜨거운 순두부찌개를 땀까지 흘려가며 열심히, 정말 열심히, 먹었다. 그 모습을 보고 있자니 제 발로 찾아와 용서를 구하면 모를까, 라고 했던 이사장의 말이 생각났다. 나는 내일 꼭 이사장님을 찾아뵈라고, 그리고 나는 오늘 너를 못 본 거라고 말하고 자리에서 일어났다.

그의 퍼포먼스를 본 건 그로부터 얼마 지나지 않은 재단 창립 15주년 기념 파티에서였다. 다양한 문화계 인사들이 초대된 자리였다. 작품 제목이 〈응시〉였던 걸로 기억한다. 행사 막바지 예고 없이 이효가 나타났을 때 행사장은 일순간 음소거 버튼이 눌린 것 같았다. 모든 시선이 일제히 그에게로 향했다. 눈만 빼고 온몸을 검게 칠한 나신에 가까운 그의 모습은 말라비틀어진 나무를 연상시켰다. 무엇보다 나를 사로잡은 건 그의 눈빛이었다. 나는 그토록 도발적으로 타자와 대면하는 눈빛을 본 적이 없었다. 그가 다가가 마주서면 사람들은 조금씩 감정적으로 무너지는—얼굴이 새빨개지거나 차갑게 굳어버리거나 눈물을 참는 듯한—모습을 보였다. 그는 마치 마주선 당사자만이 알 수 있는 질문을 던지는 것 같았다. 마침내 그가 모든 걸 체념한 듯 바닥에 십자가 모양으로 누웠을 때, 실내는 숨막힐 듯한 정적과 숙연함으로 가득했다. 나는 내가 왜 그토록 그림을 그리고 싶어했는지를 깨달았다.

이효는 현실의 세계에서 그만의 세계로 진입하는 순간 밀기지 않는 반전이 일어나는 인간이었다. 어느 평론가는 그의 퍼포먼스를 '골고다 언덕을 오르는 예수를 흉내낸 현대의 순교자 코스프레'라고 비아냥거렸지만 그는 적어도 내겐 피동의 세계에서 다른 차원의 세계로 이끌리는 경험을 선사했다. 그런 기이한 찰나 때문에 나는 타(Ta:打)에 소속된 젊은 예술가 중 가장 골칫덩어리인 이효를 애정하고 인정할 수밖에 없었다. 물론 오늘 파티에서 그런 장면이 재현될 거라고는 기대하지 않는다. 그저 디디에게 기억에 남을 만한 감흥을 줄 수 있다면 더 바랄 게 없었다.

리허설이 중간쯤 지났을 때였다. 이효가 갑자기 얼굴을 찡그리며 멈춰 섰다. 그는 연단 뒤에 설치된 대형 스크린을 노려보았다. 알파 인베스트먼트의 홍보영상이 나오기 시작했을 때였다. 뭐지? 하는 얼굴로 제프 강이 고개를 돌려 나를 쳐다보았다. 이효는 내가 아닌 제프 강을 쏘아보며 물었다.

"뭐하시는 겁니까?"

"뭐가요?"

"꺼주십시오."

제프 강이 황당해하는 얼굴로 나를 쳐다보자 이효는 격양된 목소리로 말했다.

"이 작품은 인간의 삶을 구도의 과정으로 형상화한 것입니다. 저는 시니피앙과 시니피에의 불일치를 용납하지 않습니다. 철학적 근거가 조작될 때 왜곡되는 존재의 소멸과 그 반작

용에 대해 생각해보셨습니까? 절대 용서할 수 없습니다. 이해
하시겠습니까? 밖으로 나가 하늘을 한번 올려다보십시오. 정
말 심혈을 기울여서요. 그럼 제 말을 이해하실 겁니다. 절대 안
됩니다."

나는 이효가 술에 취해 있지 않을 때도 도무지 알아들을 수
없는 말을 한다는 걸 처음 알았다. 얼른 그의 앞을 가로막고 제
프 강에게 말했다.

"우리끼리 얘기할 테니 걱정하지 마."

제프 강은 어이없어하는 표정으로 자리를 떴다. 이효를 쳐
다보았다. 이게 얼마나 사정해서 얻은 기회인지 구차하게 설
명하고 싶진 않았다. 그의 말뜻을 이해 못하는 건 아니었다. 그
러니까 어떻게 예배당 한쪽에 티브이를 크게 틀어놓고 예배를
드리느냐는 뜻이겠지.

"네 말 이해해. 하지만 그냥 영상이 없다고 생각하면 되잖
아."

"있는 게 어떻게 없습니까?"

"무시하라니까."

"거짓 마음으로는 못 합니다."

설득을 계속했지만 그의 입에서 나온 말은 "그럼 안 하겠습
니다"였다. 이럴 땐 가만히 내버려두는 게 상책이었다. 일단 진
정하라고, 나중에 다시 얘기하자고 달래서 그를 대기실로 보
냈다.

"걘 뭐가 문제야? 돈이 불만인 거야? 그럼 더 줄게."

제프 강이 나를 툭 치며 말했다. 말투가 거슬렸지만 그런 거 아니라고, 아무 문제 없다고 대답했다.

"가까이서 보니 풋내가 나더라. 걘 몇 살이야?"

"스물일곱. 괜찮은 애야."

"너무 닮았다."

"누굴?"

"최근에 자른 인턴."

"비슷하게 생겼어?"

"아니. 주제 파악 못 하고 나대는 게. 난 말이지. 맥도날드 알바가 글로벌 전략을 논하는 꼴은 정말 못 봐주겠어."

순간 그가 옛날에도 툭하면 맥도날드 알바 운운했던 기억이 났다. 내용은 기억나지 않지만, 어떤 연유로 그 비유를 즐겨 쓰게 된 건지 얘기해준 적도 있었던 것 같다. 어쨌든 나는 그가 맥도날드 알바였던 시절, 그러니까 제프 강이 아닌 강중식이었던 시절을 알고 있다. 우리는 동갑내기에 입사 동기, 게다가 같은 부서였다. 하지만 신입사원 시절의 그야말로 글로벌 전략을 논하고 싶어 안달이 난 맥도날드 알바 같지 않았던가. 내가 기억하는 그는 한 명의 인재가 1만 명을 먹여 살린다는 유의 주장에 열광하던, 늘 자신을 혹사하는 사람이었다. 그는 게

으르고 머리가 나쁜 이들을 싫어했고 게으르고 머리가 좋은 이들은 더 싫어했다. 무엇보다 내겐 버거웠던 회사라는 세계가 그에겐 만만한 무대처럼 편안해 보였다.

그가 MBA를 따기 위해 시카고로 떠난 후 소식이 끊겼다가 10년 만에 다시 만나게 된 건 디디 때문이었다. 미술계의 큰손으로 알려진 디디가 한국에 미술 재단을 설립한다는 소문이 돌면서 나는 열심히 관련 정보를 찾았고, 그러다 강중식이 알파 인베스트먼트 한국지사의 부사장이라는 걸 알게 되었다. 이사장은 흥분했다. 나는 곧장 그를 찾아갔다. 만나고 싶진 않았지만 무조건 기회를 잡아야 했다. 아버지가 살아 계실 때와는 달리 이제 나는 하고 싶지 않은 걸 하지 않으며 살 수 있는 여력이 없었다.

지인의 소개로 코즈모예술재단에 합류했을 때, 이사장은 내가 대기업 출신이라는 걸 가장 마음에 들어 했다. 후원금을 따내는 게 급선무인 재단에 큰 역할을 할 거라 기대했기 때문이었다. 이사장과 일을 하면서 나는 첫날 그에게 들었던 "한 번은 더 봐야 할 것 아냐?"가 얼마나 무서운 말인지 알게 되었다. 그의 입에서 그 말이 나온 후에 아직 살아남은 타(Ta:打)의 멤버는 이효가 유일했다. 그는 자본력과 인맥을 무기로 전도유망한 예술가를 발굴해 그들에게 권력을 행사했고, 그의 눈 밖에 날 경우 이 세계에 다시는 발을 못 붙이게 만드는 방식으로 권력을 확인했다.

나는 그가 나도 '한 번은 더 보는' 중이란 걸 알고 있었다. 재단을 떠나게 된다면 무슨 수를 써서라도 이 업계에 발을 못 붙이게 할 거라는 것도. 그게 두렵진 않았다. 그로 인한 경제적 어려움도 감수할 수 있었다. 정말 두려운 건 아버지처럼 스스로 포기함으로써 패자가 되는 거였다. 나는 비즈니스의 세계와 예술의 세계 중간쯤 되는 이 일이 내게 잘 맞을 거라 믿었다. 하지만 순진한 착각이었다는 걸 깨닫는 데는 오래 걸리지 않았다. 이곳 역시 자본의 논리로 작동하는 세계였고 이사장의 전횡을 감내하려면 타협이 필요한 곳이었다. 막다른 골목과도 같은 이곳에서 끝까지 포기하지 않고 버텨내야만 나는 아버지와는 다르다는 걸 나 자신에게 증명할 수 있을 것 같았다. 그럼 이사장을 이길 수는 없더라도 적어도 지는 건 아닐 터였다.

다행히 제프 강이 된 강중식은 나를 기억했다. 그는 디디가 한국에 당장 재단을 설립할 계획은 없지만 어디든 대규모 후원은 할 거고, 디디의 첫 방한을 기념하는 프라이빗 파티가 열릴 거라고 알려주었다. 좀 거들먹거리긴 했지만 파티에서 코즈모재단 소속 아티스트를 소개할 기회를 달라는 내 부탁도 들어주었다.

"약속은 지켜야지. 내가 그때 그랬잖아. 꼭 빚을 갚겠다고."

그가 그때의 약속을 지금까지 마음에 두고 있었다니. 뜻밖이었다.

당시 부장 몰래 MBA를 준비하던 그는 야간이나 주말 근무가 있을 때마다 곤혹스러워했다. 아버지 장례 후 내가 불면증에 시달릴 즈음이었다. 나는 종종 그의 업무를 도와주었다. 솔직히 그를 위해서는 아니었다. 나는 그저 집중할 무언가가 필요했고, 자정까지 일하고 퇴근하는 날에는 그나마 조각 잠이라도 달게 잤기 때문이었다. 그게 그에겐 엄청난 호의로 느껴졌던 모양이었다. 유학을 떠나며 그는 언젠가는 내게 진 빚을 꼭 갚겠다고 했었다.

"네가 미술 하는 애들 치다꺼리나 하고 있을 줄은 상상도 못했다. 명색이 내 경쟁 상대였는데 말이야. 입사 동기 중에 네가 제일 잘나갔었잖아."

헛웃음이 나왔다. 내가 잘나갔었다는 그의 잘못된 기억은 아마 그의 눈에 내가 누리는 것처럼 보였던 아버지의 후광을 기억하기 때문일 것이다. 나는 대기업 입사로 아버지의 기대를 저버리진 않았지만, 처음부터 회사생활은 몸에 맞지 않는 옷 같았다. 나는 아버지처럼 되고 싶은 마음이 없었고, 그렇게 될 자신도 없었다. 특히 강중식을 볼 때면 나는 아버지가 원하는 아들은 될 수 없을 것 같았다.

"나는 너를 한 번도 경쟁 상대로 생각한 적 없어."

"정말? 좀 서운한데."

"경쟁은 하고 싶어하는 사람들이나 하는 거지."

"아니지. 경쟁할 능력이 되는 사람들끼리 하는 거지."

화제를 바꾸고 싶었다. 더 들어봤자 내 귀에는 지금의 내가 별 볼일 없다는 빈정거림으로밖에 들리지 않을 터였다.

아버지가 세상을 떠난 후 나는 오랫동안 그의 그림자에 질질 끌려다니는 느낌이었다. 그는 자신의 억울함을 호소한 유서로 결백을 입증하고 떠난다 생각했을지 몰라도 그의 죽음은 그가 평생 충성했던 회사와 유가족 간의 지루한 싸움으로 이어지고 말았다. 법정 싸움이 길어진 건 내 고집 때문이었다. 애초부터 형은 내가 합의금을 거부하고 아버지의 유산을 다 쏟아부으면서까지 싸움에 매달리는 걸 반대했다. 하지만 그때 나는 재판에서 이기는 것만이 아버지의 죽음을 조금이라도 헛되지 않게 하는 거라는 믿음에 사로잡혀 있었다. 모든 게 다 끝나고 나서야 아버지는 스스로 세상을 등진 순간부터 이미 패자였다는 걸 깨달았다. 그렇게 시간이 지나는 동안 나는 형과 의절했고 회사를 그만두었고 여자친구와도 헤어졌다. 다시 그림을 그리기도 했지만 그것도 결국 흐지부지되었다. 결과적으로 긴 허송세월 끝에 자리를 잡게 된 곳이 코즈모예술재단이었다. 이곳에서 일하며 얻은 유일한 소득이라면 아버지가 미대 진학을 그토록 반대했던 걸 더는 원망하지 않게 되었다는 것이다. 내가 말이 없자 제프 강은 농담처럼 말했다.

"예전에도 한때 미술학도는 어딘가 달라도 달랐지."

"넌 아직도 그 타령이냐?"

내가 얼굴을 찡그리자 제프 강은 킥킥댔다. 그는 내가 미대

입시를 준비했다 포기했다고 말했던 걸 잊지 않고 걸핏하면 '한때 미술학도'를 운운했었다. 한때 미술학도는 다 그런가?, 아니면 한때 미술학도였다면서 왜 그래? 하는 식이었다.

"디디가 한 유명한 말이 있어. 사모펀드는 자본의 미학을 추구하는 현대예술이라고. 그러니까 우리는 수익이라는 아름다움을 창조하는 자본주의 시대의 예술가들인 거야."

그의 이야기는 계속되었다. 알파 인베스트먼트에서 하는 일은 단순히 기업을 헐값에 사서 비싸게 파는 작업이 아니다, 철학이 필요한 일이다, 자본의 최대 효용치를 뽑아낼 기회를 잡아채는 안목은 일종의 심미안인 거다, 자본은 위대하다, M&A만으로 수천수만 명의 부역권에 영향력을 행사할 수 있다는 거 굉장하지 않냐. 옛날에도 그는 뭐든 그럴듯하게 포장해서 말하는 재주가 있었다.

"그중에서도 제일 짜릿한 건 레버리지드 바이아웃이지."

"그게 뭔데?"

"돈 별로 안 들이고 회사를 사서 엄청 비싸게 파는 거."

"어떻게?"

"그러니까 현대예술은 난해한 거 아니냐."

아무런 대꾸도 하고 싶지 않았다.

"종종 네 생각을 했어. 잘나가는 대기업 임원이 돼 있을 줄 알았거든. 왕년의 미술학도는 그 좋은 회사를 때려치우고 나가 뭘 하고 있을까 궁금했지. 나는 지금 예술을 하고 있는데 말이야."

미친 새끼. 월급 좀 많이 받는 숙련공 주제에 예술은 무슨 예술. 더 들어줄 수가 없어 일어나려는데 제프 강이 샴페인 잔을 건네며 말했다.

"네 아버지가 모셨던 분, 얼마 전에 부고 봤어?"

용케도 제프 강은 아버지 얘기를 기억하고 있었다. 그러고 보니 그 시절 그와 나는 꽤 가깝게 지냈다는 생각이 들었다. 아버지 일을 아는 사람을 만나긴 오랜만이었다. 이상하게 울컥했다.

"모를 수가 없잖아. 대한민국이 다 아는데."

"말로가 참 불행했지?"

"그래도 우리 아버지보단 낫지."

"낫긴 뭐가 나아."

"우리 아버진 평생 그분께 충성했어. 결국 씹다 버린 껌처럼 버려졌지만. 아버지는 끝까지 당신을 다시 불러줄 거라는 희망을 못 버렸던 것 같아. 그깟 대기업이 뭐라고. 재계의 거물이 되는 게 평생의 목표였던 사람의 끝이 고작 낚시터라니……."

무거워진 침묵이 불편한 모양이었다. 제프 강은 화제를 바꾸려는 듯 샴페인을 한번 마셔보라고 말했다.

"크루그 클로 뒤 메스닐이라는 샴페인이야. 디디가 좋아하는 샴페인이지. 그가 원한 건 2000년 빈티지인데, 한국에서 대량으로 구할 수 있는 건 2006년 빈티지밖에 없었어."

그가 말해준 샴페인 가격은 어마어마했다. 나는 50명 남짓한 이들의 여흥을 돋우기 위해 들어간 돈이 얼마인지 머릿속으로 계산해보다가 관둬버렸다. 그건 부질없는 산수였다. 제프 강의 재촉에 샴페인을 한 모금 들이켰다. 아. 날카로운 바늘로 찌르는 것처럼 강렬하게 혓바닥을 자극하는 낯선 맛에 정신이 번쩍 들었다. 천천히 한 모금을 더 들이켰다.

"어때?"

"훌륭하군."

내 반응이 만족스러운지 제프 강은 흐뭇하게 웃었다.

"난 말이야. 신은 안 믿어. 이런 걸 매일 마시게 해주는 사람을 믿지."

나는 제프 강이 경도되어 있는 삶이 어떤 건지 어렴풋이 이해할 수 있을 것 같았다. 이 매혹적인 액체에 맛을 들이면, 이게 설령 백만, 천만 개의 눈물방울이 모여 만들어졌다 해도, 맛의 아름다움은 부인할 수 없을 것 같았다. 아버지가 내게 바랐던 삶은 이런 순도의 아름다움을 마음껏 음미하는 삶이었을 것이다.

"그런 느낌 알아? 시계가 재깍재깍 운명의 시간을 향해 움직이고 있는 느낌. 내겐 디디를 만나는 오늘이 그런 날 같아."

제프 강은 알파 인베스트먼트의 폴란드지사 임원 하나가 디디와의 첫 만남 후에 본사로 발탁된 이야기를 해주었다. 그는 지금 디디의 측근이 되어 있다고 했다.

"그놈은 완전히 인생이 바뀐 거라고."

질투라도 나는지 그는 입술을 씰룩거렸다. 그러면서 농담처럼 자기도 디디의 마음을 사로잡을 비장의 무기가 있다며 씩 웃었다.

오늘의 파티에는 디디의 최초 방한을 기념하여 알파 인베스트먼트의 VIP 고객과 재계 인사들이 초청되었다. 턱시도와 드레스를 매끈하게 차려입은 귀빈들이 속속 빌라 그레이에 도착했다. 도착과 동시에 그들의 손에는 입장권이 주어지듯 샴페인 잔이 건네졌다. 샴페인을 홀짝이는 그들의 몸짓은 오랫동안 연마한 무용수의 몸짓처럼 자연스럽고 우아했다. 들뜬 음악소리 때문인지 갖가지 향수 냄새가 뒤섞인 공기 때문인지 어지러운 기분이 들었다. 중앙홀 가운데 놓인 커다란 얼음 조각을 에워싼 사람들 사이로 디디라는 말이 자주 들려왔다. 다들 처음으로 디디를 만나게 된다는 사실에 들떠 있는 것 같았다.

딜런 다다르(Dylan Dadar). 보통 이니셜 디디로 불리는 그는 사모펀드 알파 인베스트먼트의 창업자로 금융업계의 거물이자 억만장자다. 그는 다보스포럼에서의 기행으로 원래 유명했지만, 전 세계적인 팬덤이 생긴 건 그가 SNS에 올리는 말이 어마어마한 투자 팁을 에둘러 말하는 거라는 소문이 주식투자

자들 사이에 퍼지면서부터였다. 그의 어록은 온라인상에 각종 패러디와 투자 사례를 양산했고, 어느 순간부터 그와 파티에서 함께 찍은 사진을 올리는 게 유행이 되었다. 구글 이미지에 파티와 디디를 검색어로 치면 수천수만의 비슷비슷한 사진이 떴는데, 약간 치켜든 얼굴에 냉소적인 미소를 지으며 두 손가락 사이에 끼운 담배를 입에 문 모습은 그의 트레이드마크였다. 특히 디디가 그런 포즈를 취한 사진은 함께 찍은 사람이 디디와 친분이 있다거나 아무나 갈 수 없는 파티에 갔다는 걸 인증하는 증거가 되었다.

하지만 내가 본 가장 흥미로웠던 그에 관한 기사는 '파티광, 하늘을 날다'라는 제목의 유명 경제주간지 기사였는데, 디디가 전 세계 각종 예술재단에 막대한 자금을 대는 미술계의 큰손이 되는 과정을 자세히 다룬 글이었다. 특히 그는 현대미술에 관심이 많아서, 요즘 디디 컬렉션에 포함되는 아티스트는 그것만으로 컬렉터들의 주목을 받는다고 했다. 디디 컬렉션에 대해서는 이사장도 천재의 컬렉션이라고 감탄을 아끼지 않았다. 이사장 말처럼 오늘밤 퍼포먼스를 하는 이효와 그걸 보는 디디가 한 프레임 안에 들어간 사진을 건질 수 있다면 그게 어떤 결과로 이어질지는 아무도 모를 일이었다.

제프 강은 한 손에 잔을 든 채 이 사람 저 사람 옮겨다니며 대화를 나누느라 정신이 없었다. 이제 그는 한 젊은 여자와 이야기를 나누고 있었는데, 두 사람은 무슨 재미있는 얘기라도 나누는지 깔깔대고 있었다. 가까이 다가갔지만 나는 그들의 안중에 없는 듯했다.

"디디는 언제 도착하나요?"

여자가 제프 강에게 물었다. 가슴이 깊이 파인 핑크빛 드레스를 입은 여자는 곧 도착할 거라는 답을 듣자 환하게 웃었다. 화면이라면 정지 버튼을 누르고 싶을 정도로 매력적인 미소였다. 여자의 새하얀 피부와 핑크빛 입술은 포토샵으로 보정한 사진 같았다. 무엇보다 이목구비의 균형이 완벽했다. 석고데생을 그릴 때처럼 그녀에게서 눈을 떼기가 힘들었다. 예술이군. 그녀를 본 것만으로 이곳에 온 보람이 있다는 생각이 들었다. 제프 강은 문자를 확인하더니 황급히 여자에게 양해를 구하고 자리를 떴다. 혼자 남겨진 그녀와 불편한 기분으로 서 있는데, 홀 구석에서 물끄러미 사람들을 바라보고 있는 이효가 눈에 들어왔다. 나는 그의 손에 들린 샴페인 잔을 보고 기겁했다. 지난번에 그가 술을 마시고 쳤던 사고를 생각하자 아찔했다. 급히 그에게로 갔다.

"그거 뭐야?"

"웨이터가 줬습니다."

"마시지 말랬지!"

나도 모르게 언성이 높아졌다. 낚아채듯 그의 잔을 빼앗았다. 이효는 두 손을 어깨 위로 올리며 항복하는 제스처를 해 보였다. 그러고는 물었다.

"아까 내가 뭐라 한 놈 말입니다."

"놈? 그분은 왜?"

"그놈이 물주 맞습니까?"

"제발, 부탁이야. 쓸데없는 소리 하지 마. 오늘밤은 절대 사
고 치면 안 돼. 그럼 너도, 나도, 끝장이야. 알겠어?"

어서 준비하라고 말하며 이효를 대기실로 돌려보냈다. 그
랬는데도 왠지 불안했다. 그의 부자연스러운 문어체에는 항상
신경에 거슬리는 뭔가가 있었다. 그때 입구 쪽에서 누군가가
크게 외치는 소리가 들렸다.

"디디다!"

모두의 시선이 입구로 향했다. 드디어 디디가 도착한 모양
이었다. 맨 먼저 알파 인베스트먼트의 한국지사장으로 보이는
남자가 보였고, 이어 장신의 백인이 들어오고 있었다. 그리고
제프 강은 조금 거리를 두고 그들을 따라오고 있었다. 사람들
의 시선이 일제히 백인 남자에게로 쏠렸다. 남자는 천천히 마
이크 앞에 섰다.

"귀빈 여러분. 반갑습니다. 저는 알파 인베스트먼트의 부회
장 개리 앱스타인입니다."

여기저기서 낮은 웅성거림이 들렸다. 그는 오늘 이렇게 한
국의 명망가들을 한곳에 모시게 된 것을 영광으로 생각합니다
는 말로 인사말을 시작했다. 말이 좀 길어진다 싶어지자, 꽤 취
해 보이는 남자 하나가 불쑥 큰 소리로 물었다.

"그래서 디디는 대체 언제 오는 거요?"

혀가 풀린 발음이었지만 '대체'라는 소리만은 크고 또렷했다. 몇몇 사람이 웃음을 터뜨렸다. 부회장은 차분한 목소리로 대답했다. 미스터 다다르는 두 시간 전에 자기와 함께 인천공항에 도착했고, 예기치 못한 본사 상황 때문에 프라이빗 제트기를 회항시켜야 할 상황이었으나, 여러분과의 약속을 지키기 위해 늦더라도 이곳으로 오기로 했다는 내용이었다.

결국 디디 없이 만찬이 시작되었다. 50여 명이 십자 모양 테이블을 둘러싼 형태로 자리를 잡고 앉았다. 그 자리에 끼는 건 계획에 없던 일이었지만 제프 강은 자리가 꽉 차야 보기 좋으니 테이블 끄트머리의 빈자리에 가서 앉으라고 말했다. 입에 넣기 아까울 정도로 아름다운 요리들이 쉴새없이 테이블 위에 놓였다. 연신 와인잔이 부딪쳤고 사람들이 웃고 떠드는 소리도 커졌다. 앞에 놓인 접시를 물끄러미 바라보고 있자니 하얀 캔버스 위에 그려진 추상화 같았다. 이 모든 과함과 넘침이 만들어내는 미감에 멍해지는 기분이 들었다. 그래서일까. 테이블 반대편에서 간간이 터지는 여자 웃음소리가 기분 나쁜 방해음처럼 들렸다. 옆에 앉은 남자는 일행과 이야기를 나누느라 나와 인사는커녕 말을 섞을 의사조차 없어 보였다. 다행이었다. 건성으로 포크질을 하며 묵묵히 사람들의 대화를 들었다.

화제는 단연 오늘의 행운권이었다. 사람들은 디디가 파티마다 내놓는다는 행운권 때문에 흥분해 있었는데, 그의 최신형 프라이빗 제트기로 원하는 도시로 날아가 디디 소유의 펜트하우스에서 휴가를 보낼 수 있는 여행권이라고 했다. 사람들은 자신이 행운권의 주인공이 된다면 어디에 가서 뭘 하고 싶은지 앞다퉈 이야기를 늘어놓았다. 옆에 앉은 남자는 몇 번이나 아프리카에도 갈 수 있는 건지 궁금하다고 했다.

"디디의 프라이빗 제트기를 타게 되면, 기념으로 하늘에서 꼭 한 번 해봐야 하지 않겠습니까."

아까부터 유난히 목소리가 컸던 남자가 모두 들으라는 듯 히죽거리며 말했다. 잠시 싸한 침묵이 흘렀다.

"아니, 아직 그것도 못 해봤단 말이에요?"

그렇게 쏘아붙이며 침묵을 깬 사람은 좀 떨어져 앉아 있던 핑크빛 여자였다. 앙칼진 목소리였다. 우, 하는 비아냥과 와, 하는 환호가 동시에 터졌다. 사람들은 마치 유쾌한 농담이라도 들은 것처럼 즐겁게 잔을 부딪쳤다. 핑크빛 여자가 다시 말했다.

"나는 행운의 주인공이 된다면 디디를 초대하겠어요."

대단한 특혜를 베푼다는 듯한 도도한 표정이었다. 뭐하는 여자일까? 호기심이 들었다.

"그렇다면 디디에게 미안하게 됐군요. 그 행운권은 무조건 내가 웃돈을 주고 살 거니까요."

맞은편에 앉아 있던 머리숱이 덥수룩한 남자가 말했다.

"얼마나 줄 건데요?"

"원하시는 대로 얼마든지!"

일제히 박수가 터져나왔다. 나는 사람들이 웃음을 터뜨리고 박수를 치는 타이밍에 전혀 주파수를 못 맞추고 있었다. 내 눈에 사람들은 이상할 정도로 들떠 있었다. 빌라 그레이 전체가 붕 떠 있는 것 같았다. 나는 여기저기서 튀어나오는 목소리에 계속 귀를 기울였다.

"아니라니까요! 이따 보시면 알겠지만 디디는 그런 사람이 아닙니다. 진중해서 놀랄걸요. 나는 몇 년 전에 뉴욕에서 디디를 만난 적이 있어요."

"몇 년 전 디디가 미 대선을 앞두고 했던 말 기억나나요? 들리지 않을 때 들린다. 캬, 나는 그때 그게 무슨 종목을 말하는 건지 알았다니까. 오늘 디디를 만나면 당신 때문에 나는 천국과 지옥을 모두 다녀왔다고 얘기할 겁니다. 다행히 지옥이 천국보다 먼저여서 오늘 이 자리에 있다고요."

"나는 오늘 무조건 디디와 사진을 찍어야 해요. 친구들과 1년간 라운딩 피를 부담하는 내기를 했거든요."

"아니, 디디가 인종차별주의자라니요. 이봐요, 그런 쓸데없는 소리 하지 마세요."

마치 록스타의 공연을 기다리는 팬클럽 회원들이 모인 것 같았다.

"그런데 디디는 왜 이렇게 안 오는 거죠?"

구석에 있던 한 남자가 물었지만 사람들은 별 반응을 보이지 않고 계속 시시덕거렸다. 잠시 후 인천공항을 출발한 디디의 차가 국도 정체로 도착이 계속 지연되고 있다는 소식이 들려왔다. 내심 퍼포먼스를 앞당겨서 하자고 하면 어쩌나 걱정이 되었다. 디디에게 눈도장을 찍는 게 중요했으니까. 제프 강에게 다가가 예정대로 하는 거 맞지? 하고 살짝 물었다.

"그래야지. 디디가 도착하면 연단에 오르기 전까지 분위기 띄우는 용도니까."

떠들썩했던 만찬이 끝났다. 이제 시곗바늘은 9시를 가리키고 있었다. 사람들은 다시 중앙홀로 이동했다. 벌써 취해 발걸음이 휘청거리는 사람도 있었다. 앞서가던 사람들 사이에서 갑자기 크게 웅성거리는 소리가 들렸다. 무슨 일인가 싶어 사람들 사이로 나아갔다.

맙소사. 이효였다. 그는 온몸을 검게 칠한 나신에 가까운 모습으로 중앙홀 한가운데 있는 대형 얼음조각을 도끼로 깨부수고 있었다. 도대체 저 도끼는 어디서 난 걸까. 심장이 사납게 방망이질 치면서 뭘 어떻게 해야 할지 판단이 서지 않았다. 순식간에 사람들은 이효를 빙 둘러싸고 그를 주시하고 있었다. 중앙에 'DD'라는 글자가 크게 박힌 얼음조각은 보기보다 단단해 보였다. 도끼질 횟수가 늘어날수록 그가 사력을 다하는 게 느껴졌다. 마침내 얼음 중앙에 금이 가면서 가장자리에 있던 뾰족한 모양의 얼음이 박살이 나며 바닥으로 떨어졌다. 사람들은 일제히 환호성을 질렀다. 그런 반응에 당황한 사람은 나와 반대편에 서 있던 제프 강이었다. 사람들은 디디를 연호하기 시작했다.

디디! 디디! 디디!

소리가 이어질 때마다 이효는 쾌감으로 일그러진 얼굴로 온 힘을 다해 얼음을 찍어댔다. 얼음 파편이 사방으로 튈 때마다 사람들은 히스테릭하게 환호의 비명을 질렀고 너도나도 휴대폰으로 셔터를 눌러댔다. 한쪽에서는 누군가가 샴페인을 터뜨리며 휘파람을 불어댔다. 누가 먼저랄 것도 없이 사람들은 각자 들고 있던 샴페인잔을 치켜들었고 웨이터들은 순식간에 비워지는 잔들을 채우며 돌아다니느라 정신이 없었다. 최고조로 달한 분위기에 흥분한 제프 강이 급히 내게로 다가왔다.

"완전히 미친놈 아냐! 야, 저거 행위예술이냐?"

디디! 디디! 디디! 멈추지 않는 연호에 그는 얼떨떨한 것 같았다.

"디디가 좋아하는 게 바로 이런 이노베이티브한 아이디어 아니냐. 야, 잘했어! 부회장도 파티 기획 잘했다고 생각할걸. 이따 디디 오면 제대로 한번 해봐. 내가 밀어줄 테니까."

제프 강은 아까 얼음조각 받침대가 찍힐까봐 얼마나 조마

조마했는지 모른다며 킬킬거렸다.

"그게 얼마짜린 줄 알아?"

가슴을 쓸어내리며 나는 어색하게 웃어 보였다. 이제 이효는 기진맥진한 상태로 사방에 낭자한 얼음 파편 속에 눈을 감고 대자로 누워 있었다. 그 모습이 이상하게 소름 끼쳤지만 사람들은 즐거운 쇼를 관람했다는 듯이 흐뭇한 얼굴로 열심히 박수를 치고 있었다. 이효의 모습을 배경 삼아 셀카를 찍는 핑크빛 여자의 모습도 보였다.

"자, 이제 정원으로 나가봅시다!"

누군가가 외치자 사람들은 환호하며 하나둘 밖으로 나가기 시작했다. 그때 지배인으로 보이는 남자가 제프 강에게 다가와 귓속말을 했다. 듣는 내내 제프 강은 얼굴을 찌푸렸다.

"젠장, 골치 아프게 됐군. 어떡하지?"

군 단위 수도관 공사로 일대에 상수도 제한 급수가 시행중인데, 지금 빌라 그레이에서 자체 가동하는 물탱크가 고장나서 당장 고치지 못하면 한두 시간 안에 단수가 될 수 있다는 거였다.

"이런 고급 파티장에서 식수로 쓸 게 스파클링워터밖에 안 남았다는 게 말이 돼? 당장 화장실 물 내리는 건 어떡하냐고?"

하지만 나는 디디의 도착이 늦어지는 게 걱정이었다. 시간은 벌써 10시가 다 되어가고 있었다. 만에 하나 디디가 오지 않으면 어쩐다. 넌지시 초조함을 내비치자 제프 강은 밖으로 나가자고 내 팔을 잡아끌며 말했다.

"걱정하지 마. 디디는 올 거야."

시야에 들어오는 모든 게 밤에 홀린 듯했다. 교교한 달빛 아래 음영이 짙어진 빌라 그레이는 낮엔 못 느꼈던 묘한 광기를 발산하는 것 같았다. 사방에 밤안개가 자욱했다. 술에 취해 휘청거리는 사람들, 음악 없이 블루스를 추고 있는 커플들, 연신 잔을 부딪치며 웃고 떠드는 무리가 정원 여기저기 흩어져 있었다. 실내를 가득 메웠던 열기는 이제 정원에 나른한 밤공기처럼 퍼져 있었다. 사람들은 주문을 외치듯 여기저기서 디디! 디디!를 외쳐대면서 술잔을 부딪쳤다. 한 남자가 물이 없으면 샴페인을 달라고 큰 소리로 외치자 웃음소리는 더 커졌다. 이제 디디만 나타나면 그들의 사기는 하늘을 찌를 것만 같았다. 갑자기 취기가 올라왔다. 그러다 멀리 달빛에 어른거리는 시커먼 강물을 보자 또 속이 메슥거렸다. 아버지가 회장님 별장에 다녀오는 날이면 하던 말이 생각났다. 부러우면 지는 게 아니야. 부러운 걸 못 갖는 게 지는 거지. 모든 게 견디기 힘들 정도로 아름다우면서도 역겨웠다. 오늘만 견디자. 나는 속으로 되뇌었다.

가슴팍에 느껴지는 미세한 진동에 재킷 안주머니에서 휴대폰을 꺼내 문자를 확인했다. 끝나는 대로 즉시 보고 요망. 이

사장이었다. 불현듯 아까 바닥에 쓰러져 있었던 이효가 어떻게 됐는지 확인하지 못했다는 생각이 들었다. 빌라 그레이 안으로 뛰어갔다. 불길한 예감대로 이효는 대기실에 없었다. 정신없이 사방을 찾아다녔지만 그는 보이지 않았다. 가슴이 조여왔다. 할 수 없이 밖으로 나와 정원을 뒤지기 시작했다. 멀리 어두컴컴한 벤치에 아른거리는 형상이 그인가 싶어 다가갔지만, 술에 취한 젊은 여자였다. 여자는 속옷이 훤하게 드러날 정도로 치마가 올라간 것도 모르고 널브러져 있었다. 문득 가보지 않은 곳이 있다는 생각이 스쳤다. 급히 방향을 바꾸어 발걸음을 서둘렀다.

빌라 그레이 뒤편은 음습한 흑백의 추상화 같은 풍경을 가진 곳이었다. 쭉 뻗은 메타세쿼이아 나무만이 검푸른 어둠 속에서 희미하게 모습을 드러내고 있었다. 강물 소리도 들리지 않았다. 낯선 정경 때문이었을까. 불현듯 끔찍한 상상이 들었다. 나는 허겁지겁 숲의 안쪽으로 걸음을 재촉했다.

한참을 걸어들어갔을까. 나는 얼어붙은 듯 멈추어 서고 말았다. 한 여자가 드레스 어깨끈을 내려뜨린 채 하얀 상체를 드러내고 나무에 기대서 있었고, 그런 여자의 양쪽 가슴을 움켜쥐고 얼굴을 파묻고 있는 남자가 있었다. 얼핏 여자는 큰 남자아이에게 젖을 물리고 있는 것처럼 보였다. 분명 핑크빛 여자와 제프 강이었다. 순식간에 취기가 가셨다. 나는 지금 예술을 하고 있는데 말이야, 라던 제프 강의 말이 떠오르자, 그가 행위

예술을 하는 것 같기도 했다. 그러니까 나는 벌통에 달라붙어 꿀을 빨아대는 벌처럼 실컷 달콤함을 즐길 테니 너는 가련한 보초병이 되어 끊임없이 너 자신을 의식하고 괴롭히라고 말하는 것 같았다. 발걸음을 돌려 정원으로 돌아왔다. 찾자. 이효부터 찾자. 대체 어디로 간 걸까.

혹시나 해 빌라 그레이 안으로 다시 들어갔다. 건물 곳곳을 샅샅이 뒤진 끝에 중앙홀 뒤편 수납고 구석에서 반쯤 누운 듯 널브러져 있는 이효를 발견했다. 그는 양손에 샴페인병을 든 채 병나발을 불고 있었다. 그는 풀어진 눈으로 나와 눈이 마주치자 희미하게 웃었다. 인사불성으로 취했을 때 보았던 나른한 얼굴이 거기에 있었다.

"뭐하는 짓이야?"

내가 고함을 지르자 그는 씩 웃었다. 악의에 찬 미소가 저런 것일까. 동공이 풀린 눈을 껌뻑이며 그가 말했다.

"오늘 나보고 하라고 한 게 고깃집 입구에서 미친듯이 몸을 흔들어대는 풍선인형 노릇 아니었습니까?"

"입 닥치지 못해?"

"아니 아티스트한테 이렇게 함부로 하셔도 되겠습니까? 존경하는 이사장님께서 아시면 얼마나 놀라시겠습니까?"

말이 끝나기도 전에 그는 정신을 잃고 엎어져버렸다. 미친놈. 이사장한테 찾아가 싹싹 빌고 또 빈 주제에. 계속 있다간 그의 뺨을 갈겨버릴 것만 같아 발걸음을 돌렸다. 목이 탔다. 아까 물 대신 샴페인을 가져오라고 외치던 남자처럼 나도 소리를 지르고 싶었다. 낚시터에서 며칠을 애태우며 아버지를 기다렸던 때가 떠올랐다. 그때처럼 나를 배반하는 기다림은 더는 없을 거라고 믿었었다. 한 걸음 뗄 때마다 가슴속에서 뭔가가 끓어올랐다. 모든 게 엉망이었다. 오늘 이 기회는 절대 놓쳐서는 안 되는 거였다. 이제 어떻게 해야 할까? 그래도 디디를 기다리고 싶었다. 터덜터덜 밖으로 나갔다. 정원에서 어떤 남자와 이야기를 나누던 제프 강이 나를 보자 와보라고 손을 흔들었다. 그 모습이 하도 태연해서 아까 숲속에서 목격한 광경이 꿈이었나 싶었다.

"디디다!"

정원에 있는 누군가가 크게 외치는 소리가 들렸다. 멀리 메타세쿼이아 길 끝에 희미한 자동차 불빛이 보였다. 디디? 사람들이 일제히 목을 빼며 웅성거리기 시작했다. 불빛은 빌라 그레이 쪽으로 움직이고 있었다. 점점 웅성거림은 커졌다. 정원에 모여 있던 사람들과 여기저기 수풀에서 튀어나온 사람들이 약속이나 한 듯 빌라 그레이 입구를 향해 달리기 시작했다. 그리고 이효가 보였다. 사람들이 몰려가는 방향 정반대 편에서 그는 고꾸라질 듯한 걸음걸이로 강가를 향해 걸어가고 있었다. 금세라도 강물에 처박힐 것 같은 위태위태한 걸음걸이였다. 당장 그를 쫓아가야 할지 아니면 사람들이 몰려가는 방향으로 뛰어야 할지 판단이 서지 않았다. 자동차는 점점 더 가까이 빌라 그레이를 향해 다가오고 있었다. ■

2백만 원어치 마음

20여 년 만에 언니를 본 것은 아빠의 장례식에서였다. 장례식장은 정릉 끝자락에 위치한 변두리 병원에 가건물처럼 옹색하게 붙어 있었다. 故 김길우의 빈소는 복도 끝 제일 작은 방이었다. 조문객은 거의 없었다. 혼자 상복을 입고 빈소를 지키는 여자가 눈에 들어왔다. 혜선일 터였다. 마주할 엄두가 나지 않아 한참을 서성이다 오는 길에 은행에 들러 찾아온 엄마의 조의금을 꺼냈다. 봉투는 동전 때문에 묵직했다. 조의금을 내고 안으로 들어갔다. 멍하니 바닥에 앉아 있던 여자는 몇 초간 내 얼굴을 바라보더니 화들짝 놀라며 자리에서 일어났다. 그녀는 다가와 나를 와락 껴안았다.

왔구나.

내 등뒤로 얼굴을 떨어뜨린 그녀가 울먹이며 말했다. 길어지는 포옹이 어색해 칼칼한 기침이 올라왔다. 혜선은 그제야 내게서 몸을 풀었다.

아빠한테 인사해.

묵례를 하고 몇 초를 더 서 있다 나왔다. 어디선가 검은 양복을 입은 젊은 남자가 급하게 혜선에게 다가오더니 귓속말을 했다. 혜선이 알았다는 듯 고개를 끄덕이자 남자는 허겁지겁 자리를 떴다. 그의 뒷모습을 바라보는 내게 혜선이 말했다.

도련님이야.

도련님? 그게 뭔데?

혜선은 피식 웃더니 남편의 남동생이라고 대답했다. 아. 나는 어색하게 응수했다. 생각지도 못했던 남편이라는 단어에 혜선의 존재가 새롭게 환기되었다. 나는 왜 혜선이 결혼했을 가능성에 대해 한 번도 생각해보지 못했을까. 남편은 어디 있느냐고 물었다.

첫날만 왔다 갔어. 사정이 있어서.

혜선은 내가 돌아가려 하자 극구 말렸다. 결국 떡 몇 조각과 방울토마토가 놓인 탁자에 오렌지주스를 하나씩 앞에 놓고 마주앉았다.

당혹스러웠다. 마주한 그녀의 얼굴에서 내 얼굴이 보였다. 한국에서 가져간 사진첩에는 어린 나와 혜선이 같이 찍은 사진이 딱 한 장 있었지만 한 번도 서로 닮았다고 느낀 적은 없었다. 그녀의 얇은 눈꺼풀, 눈 아래 밋밋한 광대 그리고 좁은 매부리코에서 아래 인중까지 이어지는 얼굴 중앙의 생김새가 나와 너무나 흡사했다. 십중팔구 아빠의 얼굴을 닮은 거겠지.

상복 한 벌 더 있는데. 입을래?

혜선이 물었다. 말없이 고개를 젓자 그녀는 쓸쓸한 미소를 지었다.

명함 있지? 명함 좀 줘.

차마 없다는 말이 나오지 않았다. 백에서 명함지갑을 꺼냈다.

아, 나 이 빌딩 알아. 꽃집에서 일할 때 몇 번 배달 간 적 있거든.

명함을 뚫어지게 바라보며 혜선은 혼잣말처럼 중얼거렸다. 멋지다. 그녀는 장례식장 입구까지 따라 나와 나를 배웅했다.

상 치르고 한번 보자, 혜린아.

이어 말없이 뒤돌아 걸어나오는 내 뒤통수에 대고 말했다.

내가 갈게. 너 회사로.

*

아빠의 부고를 전해준 사람은 엄마였다. 숙이 이모가 알려주었다고, 처음에는 말하지 않을 생각이었지만 장례식을 가든 안 가든 그건 너의 결정이어야 한다는 결론을 내렸다고 했다. 전화를 끊고 한참을 고민하다 가겠다고 문자를 보냈다. 다음날 엄마는 천 달러를 보내왔다. 환전하자 은행 직원은 120만 2900원을 내주었다. 자투리 금액을 떼기도, 내 돈을 보태 130만 원 정도로 맞춰 봉투에 넣기도 애매했다. 아니 애매하다기보다는 내키지 않았다. 엄마와 죽은 아빠, 그 두 사람의 마지막 교류에 개입하고 싶지 않았다.

천 달러. 나는 모든 것의 가치를 돈으로 환산하길 좋아하던 엄마의 말투를 떠올렸다. 이거 60달러짜리 티켓이다. 꼭 재밌게 보고 가야 해. 이거 백 달러도 넘는 외식이야. 꼭 맛있게 다 먹어야 해. 이거 5백 달러짜리 캠프인 거 알지? 꼭 피와 살이 되는 경험을 하고 와야 해. 맞다. 나와는 꼭 한국말을 썼던 엄마는 '피가 되고 살이 되는'이라는 표현도 좋아했다. 그럴 때마다 나는 엄마가 나를 위해 쓴 달러가 내 몸속에서 흐물흐물하게 녹아 혈관을 타고 돌다 피가 되고 살이 되어 몸에서 돈 냄새가 풍기는 것 같았다. 아웃풋이 인풋에 미치지 못하는 걸 용납 못 하던 엄마의 그 살뜰한 공식. 궁금했다. 엄마는 조의를 표하는 적절한 액수로 어떻게 천 달러를 생각하게 됐을까. 한때 남편이었던 남자를 향한 연민? 죄책감? 예의? 그렇다면 천 달러의 가치는 있다고 판단한 이 조의를 통해 기대하는 대가는 무엇일까. 인간적 품위? 조금 편안해진 마음? 아니면 덜해진 자신의 회한?

엄마는 아무것도 묻지 않았다. 장례식 잘 다녀왔냐고. 조의금은 챘냐고. 언니는 봤냐고. 모습은 어땠느냐고. 그 어떤 질문도 하지 않았다. 궁금하지 않은 걸까 아니면 궁금하지만 말하지 않는 걸까. 나는 어릴 때 혜선과 같이 산 기억이 희미하지만, 엄마의 경우는 다르지 않은가. 그래도 5년이란 시간을 엄마의 자리에서 보살폈던 아이라면 그냥 기억에 묻고 살 수는 없지 않을까. 옛날도 지금도 엄마는 자세한 얘기를 하지 않는 사람이었다. 그래서 속도 정확히 알 수 없는 사람이었다.

짐작해보면 엄마는 이미 다섯 살짜리 딸이 있는 아빠와 결혼했다. 결혼 당시 엄마는 만삭이었고 아빠는 나의 친부였다. 하지만 그들의 결혼은 5년 만에 끝이 났고, 두 사람은 처음 만났을 때와 많이 달라진 모습으로 헤어졌다. 아빠는 상습적인 음주 진료로 의사면허가 취소되었고, 엄마는 여러 번 부러진 갈비뼈와 간신히 실명은 면했지만 눈가에 흉한 흉터를 얻었으니 말이다.

이혼 후 엄마는 나를 데리고 남해의 한 작은 마을로 이사했다. 그후로 아빠나 언니의 소식을 듣진 못했지만, 엄마가 한두 번 전화번호를 바꿨던 건 기억한다. 간호사였던 그녀는 내가 초등학교를 졸업할 즈음 남해보다 더 멀리 떨어진 미국으로 취업 이민에 성공했다. 미국으로 가서도 엄마는 단 한 번도 아빠나 언니 얘기를 입에 올리지 않았다. 나 역시 묻지 않았다. 그들과 연관된 시절이 엄마에겐 인생에서 지우고 싶은 시기라는 걸 어린 나는 헤아렸던 것 같다. 그렇게 그들은 내 기억에서 점차 희미해졌다. 나중에는 그 존재조차 실감나지 않았다. 그래도 언니의 이름 혜선은 잊히지 않았다. 나와 이름 앞 자가 똑같았으니까. 하지만 미국에서 나는 혜린이 아닌 린으로 불렸다. 오래전에 내 이름에선 '혜'자가 떨어져나간 것이다.

*

로비야.

혜선의 문자를 받고 나는 지하 1층에 있는 카페에서 기다리라고 답을 보냈다. 점심시간이 거의 끝나가고 있었지만, 콘퍼런스콜은 끝날 기미가 없었다. 10분 정도가 지나 다시 문자를 보냈다.

아직 미팅 안 끝났어. 조금만 더 기다려줘.

허겁지겁 카페에 도착하니 구석자리에 무채색 정물화처럼 미동도 없이 앉아 있는 혜선의 모습이 보였다. 바로 옆 테이블에서는 양 이사와 세 명의 직원이 커피를 마시며 담소를 나누고 있었다. 제이슨도 있었다. 하필이면. 망설이다 언니에게 다가가자 나를 알아본 양 이사 일행이 알은체를 하며 눈인사를 했다. 이어 그들의 눈길은 나와 언니를 번갈아 오갔고 얼굴에는 의구심인지 호기심인지 모를 표정이 떠올랐다. 나는 웃으며 얼굴을 돌리자마자 입술을 깨물었다.

마주앉은 혜선은 딴사람 같았다. 장례식장에서보다 더 낯설게 느껴졌다. 머리를 묶고 맨얼굴에 검은 상복을 입은 모습에서 받았던 첫인상이 빗나간 느낌이랄까. 달라진 장소에서 평상복을 입은 모습을 보자 비로소 진짜 혜선과 마주한 기분이 들었다. 화장 때문인지 얼굴도 좀 달라 보였다. 그녀는 검은색 스커트에 목까지 단추를 채운 쑥색 블라우스를 입고 내 취향과는 거리가 먼 뭉툭한 코의 구두를 신고 있었다. 숱 없는 생머리가 초라해 보였지만 어딘지 모르게 강단이 있어 보였다. 결코 내가 친해지고 싶은 부류의 인상은 아니었다. 혜선은 말을 하는 내내 잔잔한 미소를 거두지 않았는데, 오랫동안 의식적으로 단련한 종류의 미소 같았다. 왠지 거울 속에서 보고 싶지 않은 내 얼굴을 마주한 느낌이었다.

혜선이 말했다.

너무 좋다. 다시 만나니까. 숙이 이모한테 네가 올지도 모른다는 귀띔을 받고 얼마나 놀랐는지 몰라. 덕분에 장례는 잘 치렀어. 넌 무슨 조의금을 그렇게 많이 넣었니. 동전까지 탈탈 털어서 한 거야? 미국식인가 했다.

혜선이 낮게 웃음을 터뜨렸다. 엄마가 보낸 돈이라고 설명하려다 이야기가 길어질 것 같아 관두었다.

정말 반갑다. 항상 혜린이 너를 생각했어. 너 미국 갔다는 얘기 듣고 나 엄청 울었던 거 아니? 궁금했어. 어떻게 살고 있을까. 미국 애가 다 됐을까. 나중에 다시 만났을 때 혹시 한국말로 얘기를 못 하면 어떡하지. 나 영어 못하는데. 그래도 꼭 다시 만날 거라 믿었어. 네가 한국에 있는 줄은 꿈에도 몰랐다.

그동안 연락도 안 했다니 서운하기도 했지만, 이젠 다 괜찮아. 어쨌든 우린 다시 만났고 넌 이제 이 세상에 하나밖에 없는 내 가족이니까.

가족?

그럼 가족이 아니면 뭐니.

뜻밖에도 언니의 용건은 돈이었다. 5백만 원이 필요하다고, 등록금이라고 했다.

미안해. 만나자마자 이런 부탁 해서. 솔직히 네가 오해할까 봐 많이 망설였는데, 내 사정이 지금 좀 그렇다. 달라는 게 아니야. 빌려달라는 거야. 물론 갚으려면 시간은 걸리겠지만. 결혼해서 지금까지 내가 번 돈은 모두 아빠 병원비 때문에 진 빚 갚는 데 들어가고 있거든. 남편은 그거에 대해서 한 번도 싫은 내색을 한 적이 없어. 고맙지.

장례식에 가기로 한 결정이 이런 상황의 물꼬를 트는 일이었을까. 혜선에게 일방적으로 끌려가는 느낌의 대화가 계속되었다. 그녀는 대학 2학년 때 휴학한 이래 쭉 아빠 병원비를 벌고 병간호하면서 20대를 보냈다고 한참을 이야기했다. 공부를 다시 시작해야겠다는 생각은 한 지 오래되었다고도 했다.

나중에 더 자세히 얘기하겠지만 지금 아니면 안 되는 이유가 있어. 이번에 포기하면 영영 학교에 다시 돌아가지 못할 거야. 너는 미국도 가고 거기서 공부도 하고 그랬지만 나는 뭐니.

그러고는 어, 애 표정 좀 봐, 하면서 살갑게 웃었다.

농담이야. 너라도 잘돼서 얼마나 좋은지 몰라.

혜선을 마주하고 앉아 있는 게 점점 더 힘들다는 생각이 들었다. 그녀가 쏟아내는 말들이 듣기에 버겁기도 했지만 얼굴에 그려넣은 것 같은 미소도, 나를 며칠 보지 못하다 만난 사람처럼 스스럼없이 대하는 것도 불편했다.

나는 내 20대를 후회하지 않아. 병원에서 참 많이 배웠거든. 세상엔 나보다 힘들고 어려운 사람들이 얼마나 많은지도 알게 되었고. 한때는 아빠를 많이 미워했어. 지긋지긋한 족쇄 같았지. 하지만 돌아가시고 나니까 내가 성인이 돼서 아빠가 아프기 시작한 게 정말 다행이라는 생각이 들어. 아빠가 나를 가장 필요로 했던 시기에 최선을 다했으니까 된 거지, 안 그래?

혜선은 감회에 잠긴 표정으로 얇은 한숨을 쉬었다.

그동안 나 혼자 아빠를 돌봤다고 너를 원망하진 않아. 우리 잘못이 아니잖니.

아빠?

나도 모르게 튀어나온 그 말을 혜선은 어떤 뉘앙스로 받아들여야 할지 모르겠다는 듯이 눈을 깜빡였다.

아무리 생각해도 나는 그녀의 태도를 이해할 수 없었다. 정말 내가 친근하게 느껴져서 저러는 걸까? 아직 눈을 맞대는 것조차 어색해하는 나를 보면서 내가 느끼는 거리감에 저렇게까지 무감할 수 있을까. 자신의 고단했던 지난 세월에 내가 방조자였다는 듯한 말투, 아무런 의구심도 없이 자신의 존재를 들이대는 당당함은 도대체 어디에 근거한 것일까. 게다가 어떻게 돈을 빌려달라는 말을 할 수 있을까? 혼란스러운 기분에 무슨 말을 해야 할지 막막했다. 더구나 아빠라니. 내 아빠는 다른 사람이라고 말하고 싶었다.

양 이사 일행이 자리에서 일어났다. 양 이사가 웃는 얼굴로 다가와 물었다.

점심했어요?

아, 네.

어색하게 웃으며 대답했다.

언니신가보다.

순간 일행의 눈에 비칠 언니의 모습이 의식되어 나도 모르게 얼굴이 붉어졌다. 혜선이 웃으며 말했다.

네, 제 동생이에요.

제이슨은 무표정한 얼굴이었다. 며칠 전 우연히 단둘이 커피를 마시며 나눴던 서로의 가족 얘기를 떠올리자, 지금 언니라는 사람의 출현을 그가 어떻게 생각할지 신경이 쓰였다. 양 이사가 물었다.

참, 린, 인도 출국 날짜 이제 얼마 안 남았는데?

네, 알아요. 가야죠.

몇 마디가 더 오간 후 그가 자리를 뜨자 혜선이 물었다.

인도? 인도 가니?

응. 출장.

이어 이제 사무실에 들어가봐야 한다고 하자 혜선은 쇼핑백을 내밀었다.

김치야. 얼마 전부터 김치공장에서 일해. 꽃집보다 수입도 낮고 앞으로 학교 다니게 되면 야간조로 일할 수도 있거든. 아무튼 꼭 좀 부탁할게.

그리고 처음으로 엄마의 안부를 물었다. 잘 계신다고 하자 혜선은 말했다.

엄마가 만든 계란찜 진짜 끝내줬는데. 나 계란찜 먹을 때마다 엄마 생각난다.

나는 더 말을 보태지 않고 쇼핑백을 받아들고 뒤돌아섰다. 연락할게, 하는 혜선의 목소리가 들렸다.

*

김치가 쉬었는지 엘리베이터를 타자 쇼핑백에선 시큼한 냄새가 풍겼다. 한숨이 나왔다. 집에 있는 미니 냉장고에는 이런 크기의 김치통이 들어갈 자리가 없었다. 이 김치를 줄 만한 사람이 누가 있을까. 사무실에 도착하자마자 곧장 냉장고가 있는 휴게실로 갔다. 냉장고 속에는 샌드위치 여러 개가 들어 있었다. 쇼핑백을 통째로 한쪽 구석에 욱여넣었다. 나중에 샌드위치를 꺼내려고 냉장고 문을 열었다가 눈살을 찌푸릴 사람들의 표정이 눈에 그려지는 것 같았다. 혜선의 부탁이 머릿속에서 떠나지 않았다. 들어주지 않는다면 나는 냉정한 사람이 되는 걸까? 아니면 인색한 사람이?

대학교 1학년 때였다. 어느 날 룸메이트는 노트북 앞에 앉아 있다 휙 몸을 돌리고 내게 말했다. '린, 나 지금 암 투병중인 경찰관을 위해 10달러 기부했어. 이 아저씨, 사연이 참 딱하네. 너도 기부할래?' 그렇게 나는 한 온라인 모금 사이트를 알게 되었다. 마침 주급을 받았던 날이라 나도 10달러를 기부했다. 그후로 종종 즐겨찾기 목록에 저장해둔 그 사이트를 찾았다. 뺑소니 교통사고로 위중한 상태인 다섯 아이의 아빠, 악기가 망가졌지만 새 악기를 사지 못하는 음대 장학생, 장례식을 치르지 못하고 있는 이웃의 독거노인, 반려견 치료비가 없는 실직자, 큰 수술을 앞둔 난치병을 앓는 아이…… 세상엔 돈이 필요한 사람이 너무 많았다. 이상했다. 그들의 사연을 읽고 있으면 위로받는 느낌이 들었다. 저도요. 너무 힘들어요. 기댈 수 있는 누군가가 있는 사람들은 얼마나 좋을까요. 이번 학기도 장학금을 받지 못하게 됐어요. 더 열심히 공부해야 하는데, 이렇게 되면 아르바이트를 더 해야 하잖아요…… 하지만 내 사연은 사람들에게 도움을 청할 만한 이야기가 못 되었다. 종종 나는 사이트에 들어가 구세군 냄비에 지폐 한 장을 넣는 것처럼 마음이 가는 이에게 10달러를 기부했다. 그리고 매번 행운을 빌어요, 라고 똑같은 댓글을 달았다. 그럴 때마다 10달러어치 내 외로움을 덜어내는 기분이 들었다. 만약 그 사이트에서 혜선의 사연을 만났다면 어땠을까? 이렇게 복잡한 마음이 들었을까? 아빠에게 발이 묶였던 혜선의 20대를 생각하면 연민이 생기는 것도 사실이었다.

새아빠라면 어땠을까. 만약 그였다면 내가 나의 20대를 그의 병원비를 벌고 병간호를 하는 데 허비하는 걸 용납했을까. 아닐 것이다. 아니 그는 자신을 그렇게 무력한 상태가 될 때까지 방치해서 남에게 짐이 되는 상황 자체를 만들지 않았을 것이다. 그는 '하늘은 스스로 돕는 자를 돕는다'가 삶의 모토인 사람이었다. 항상 네 인생이다, 네가 원하는 대로 해라, 네가 책임져야 한다,는 말을 입에 달고 살았다. 부모가 자식의 미래를 좌지우지할 결정을 내려서는 안 된다고 믿었다. 엄마와 결혼한 이유도 싱글맘인 외국인이 꿋꿋하게 혼자 힘으로 살아가는 모습에 반했기 때문이었다고, 너도 엄마처럼 앞으로 혼자 힘으로 살아갈 줄 알아야 한다고 했다. 그는 부양자로서 자신의 책임은 내가 성년이 될 때까지만임을 자주 강조했다. 자기는 고등학교를 졸업하자마자 부모님께 월세를 내고 살았다는 것도 자랑이었다. 엄마와 결혼하자마자 내가 용돈을 벌게 한 사람도 그였다. 그는 항상 목소리가 컸고, 엄마는 웬만해서는 반기를 들지 않았다.

그런 그가 가끔은 견디기 힘들었다. 엄마는 야간조 수당 때문에 자주 밤에 일했는데, 그때마다 남동생 폴의 기저귀를 갈고 씻기고 침대맡에서 책을 읽어주는 것은 내 몫이었다. 그는 내가 일이 생겨 베이비시터를 불러야 하는 상황을 싫어했다. 그럴 때마다 돈이 아까워 언짢아하는 특유의 표정을 보면 나는 폴을 돌보는 일이 갑자기 하기 싫어지곤 했다. 엄마가 병원 일로 아무리 힘들어해도 절대 일을 그만두라는 말은 하지 않는 것도 화가 났다. 그가 주장하는 독립성의 이면은 사랑의 허울을 쓴 인색함에 불과한 것 같았다. 물론 그는 나쁜 사람은 아니었다. 돈에 벌벌 떨고 유머 감각도 없고 꽉 막히긴 했지만 엄마만큼이나 성실하고 열심히 일하는 사람이었다.

두 사람은 그럭저럭 원만한 커플이었다. 같은 병원에서 각자 간호사와 수위로 일했고, 둘 다 크게 감정의 기복이 없었다. 일요일이면 나란히 손을 잡고 함께 교회에 갔다. 그들은 십일조에 철저했는데, 주님께서 주신 열 개 중 아홉은 갖고 하나는 감사의 뜻으로 되돌려드리는 거라고 했다. 그 논리를 나는 잘 이해하지 못했다. 내가 등록금이 비싼 사립대학에 입학하자 새아빠는 누누이 말해왔듯이 대학 등록금을 지원해줄 수 있는 형편은 못 된다고 못을 박았다. 학자금대출을 신청할 땐 주님께 드리는 하나를 왜 나를 위해 쓸 수는 없나 싶어 서운하기도 했다. 어쨌든 나는 열심히 아르바이트와 학업을 병행했다. 가끔은 이 정도면 엄마와 새아빠가 그렇게도 강조했던 홀로서기를 잘해내고 있는 거 아닌가 싶었다. 졸업을 앞두고 경영컨설팅사의 인턴십에 합격했을 때는 비로소 세상에 우뚝 선 기분이었다. 인턴십을 마칠 즈음 한국지사에 주니어 애널리스트

공석이 생겼다는 걸 알게 되었다. 나는 한국으로 돌아가고 싶었다. 사정을 얘기하자 내가 열심히 따랐던 파트너는 흔쾌히 추천장을 써주었다. 엄마는 내가 직장을 구해 한국에서 살고 싶다는 뜻을 밝히자 예상대로 별로 동요하지 않았다.

그래, 네 인생이니까. 잘할 거라 믿는다.

이어 힘주어 말했다.

함부로 남한테 도움받지 말고. 다 빚이 돼서 너한테 돌아오는 거니까. 그리고 혹시나 해서 하는 말인데, 네 아빠랑은 절대 엮이지 않도록 조심해. 부탁이야.

엄마는 나를 위해 그동안 모아둔 돈이라며 9천 달러를 줬다. 새아빠는 모르는 돈이라고 했다. 미국에 미련은 없었다. 유일한 미련은 사랑하는 남동생 폴을 앞으로 자주 볼 수 없다는 것뿐이었다. 한국으로 떠나던 날, 폴은 나를 포옹하며 수없이 뺨에 뽀뽀해댔다.

아이 러브 유, 린.

공항에 도착해서야 폴이 내 배낭 속에 넣어둔 선물을 발견했다. 폴이 초등학교 입학선물로 새아빠에게 받은, 그의 전 재산이 들어 있는 저금통이었다.

*

자리로 돌아오자 그사이 양 이사에게 메일이 와 있었다. 사내 인트라넷에 올릴 이번 행사 참가기를 내가 써보면 어떻겠느냐는 제안이었다. 회사의 글로벌 사회공헌 프로그램으로는 한국 오피스가 처음으로 참여하는 봉사 행사였다. 행사는 인도 첸나이에 있는 대안학교를 찾아가 학교 건물 기공식에 참석하고 더불어 공사현장에서 3일 동안 인부들과 일하는 일정으로 짜여 있었다. 아시아에서 이곳을 선정하게 된 배경에는 회사가 인도의 타밀나두 주정부와 맺은 대규모 컨설팅 프로젝트가 결정적이었지만, 어쨌든 취지는 아시아 각국의 직원들이 자비를 들여 봉사활동을 한다는 데 있었다.

양 이사는 한국에서 이 프로젝트의 리더를 자원했는데, 자신의 팀원 중에서 참가자가 많이 나오길 은근히 기대했다. 나도 가고 싶긴 했지만, 참가 비용이 부담스러웠다. 항공료 198만 원이 개인 부담이었기 때문이었다. 그 돈이면 석 달 치 월세를 낼 수 있고, 눈독만 들이고 있는 새 노트북을 살 수도 있으며, 더 보태면 갖고 싶은 핸드백을 장만하거나 집 근처 헬스클럽의 1년 회원권을 결제할 수도 있었다. 양 이사에게 잘 보이고 싶지만 어쩔 수 없다고 마음이 기울 즈음, 제이슨이 참가신청을 했다는 걸 알게 되었다. 더는 고민할 이유가 없었다. 그와 함께하는 봉사활동을 상상하자 숨이 턱턱 차는 더위 속에서 땀을 흘릴 게 벌써 설렐 지경이었다. 참가기를 쓰는 건 어려운 일이 아니었다. 어차피 인트라넷용 글은 빤하니까. 금세 내 머릿속에는 단어 하나가 떠올랐다.

헬퍼스 하이(Helper's High). 남을 도울 때 엔도르핀 수치가 올라가고 며칠 또는 몇 주까지 만족감이 지속되는 현상을 일컫는 말이다. 나는 첸나이에서 땀을 흘리며 여태까지 경험해보지 못했던 종류의 희열을 느꼈다고, 그러니까 처음으로 '헬퍼스 하이'를 경험했다고 쓰게 되겠지. 아울러 고객들에게 기업의 영속성을 논하는 경영컨설턴트의 관점에서 기업의 사회공헌 노력은 크고 작은 리스크를 대비할 수 있는 면역력을 키우는 동시에 직원의 행복도를 높이는 방법이라고 풀어갈 수 있을 것이다. 그러려면 그럴듯한 관련 통계나 케이스 스터디를 찾아보거나 ESG와 연계해 논리를 끌어내도 될 것이다. 몇몇 표현들은 미리 써놓을 수도 있을 것 같았다. 이번 행사를 통해 남을 돕는 게 나를 돕는 것이라는 진부한 표현에 진심으로 공감하게 되었다. 또는 서울로 돌아오던 날, 우리에게 열심히 손을 흔들어주던 아이들의 눈망울을 잊지 못할 것이다. 그리고 마지막 문장으로는 이게 어떨까. 뜨거운 햇볕 아래서 소중한 동료애를 확인했던 제이슨, 영미 등과 함께 마셨던 인도 맥주는 세상에서 제일 맛있는 맥주였다.

양 이사에게 제안에 감사하다고 기쁜 마음으로 써보겠다고 답장을 보냈다. 이어 곧바로 온라인 신청과 참가비 결제를 마쳤다.

*

일요일 밤이었다. 침대에 눕자마자 휴대폰 벨이 울렸다. 혜선의 이름을 확인하자 지난번 부탁이 생각나 마음이 무거웠다. 망설이다 전화를 받았다. 인사말도 없이 혜선은 할말이 있다고 했다. 가라앉은 목소리였다.

사과하려고.

뭘?

…….

침묵이 길어지자 불안감이 밀려왔다. 다시 물었다.

뭔데?

지난번에 너한테 거짓말했어. 아무리 생각해도 솔직히 말하는 게 맞는 것 같아서. 5백만 원이 필요한 건 내 등록금 때문이 아니야. 남편 변호사 선임비가 급해서 그래.

변호사?

재판받게 돼서.

왜?

성매매 알선 혐의로.

나도 모르게 지저스 크라이스트, 라는 말이 목구멍에서 새어나왔다. 황당해서 더 말이 나오지 않았다. 혜선은 차분한 목소리로 남편은 억울하게 누명을 썼을 뿐이라고 이어 말했다. 그는 지난 2년 동안 일 때문에 지방에서 오피스텔을 얻어 지냈고, 몇 달 비게 된 집을 사정이 딱한 친한 친구에게 쓰게 했는데, 그 친구가 그사이 거기서 일을 벌인 거라는 얘기였다.

친한 친구라며, 그런 일을 하는 사람인 줄 몰랐다는 거야?

옛날에 그 친구가 그런 일을 한 전력이 있다는 건 안대. 하지만 거기서 그럴 줄은 몰랐대. 알았다면 집을 쓰게 했겠니?

혜선은 남편이 그동안 방황하다 마음을 잡은 지 얼마 안 됐다고, 이번에 잘못되면 돌이킬 수 없을 거라고, 감옥에 들어가는 일만은 절대 있어서는 안 된다고 한참을 토로했다.

한국에도 국선변호사 제도 같은 거 있을 거 아냐?

네가 몰라서 그래. 유능한 변호사를 써야 해.

꼭 그렇게까지 해야 해?

그렇게까지라니?

혜선은 흥분했다.

내 마음 같아선 돈으로 해결될 수만 있다면 몇천, 몇억이라도 무슨 짓을 해서든 구하고 싶어. 하지만 현실적으로 내 능력으론 변호사 선임비를 구하는 게 최선이야. 겨우 5백만 원어치밖에 안 되는 내 마음을 주는 거라고.

내가 침묵하자 혜선은 거의 사정조로 애원했다.

그이는 자식이나 다름없는 남동생하고 나, 이렇게 딱 둘밖에 없어. 내가 그를 저버리면 그는 정말 이 세상에 아무도 도움받을 사람이 없다고. 그거 아니? 어떤 이들은 인생에서 기회가 별로 없고, 그 기회마저 어그러지면 영영 다시 일어나지 못해.

나는 국선변호사를 알아보라고, 아니면 다른 방법을 찾아보라고, 미안하지만 난 그럴 여유가 없다고 말했다.

너무하는구나. 달라는 것도 아니고 빌려달라는 건데. 5백만 원을 마련하는 건 너한텐 힘든 일도 아닐 텐데. 내가 오죽하면 너한테까지 이러겠니?

화가 났다. 혜선의 눈에는 내가 자신보다 훨씬 나은 입지에서 마냥 근사한 직장인으로 사는 것처럼 보이는 걸까? 한국을 떠났다 지금 이 자리로 되돌아오기까지 내가 어떤 시간을 거쳐왔는지 알기나 하고 저러는 걸까? 모든 게 낯설기만 한 미시간의 작은 타운에 내던져졌을 때 내가 얼마나 엄마를 원망했는지, 엄마의 재혼으로 또다시 통째로 바뀐 환경에서 얼마나 힘들었는지, 나의 10대가 얼마나 고통스러운 방황의 연속이었는지 알기나 할까. 5백만 원은 내가 미국에 있는 부모님에게도 쉽게 빌려달라고 할 수 있는 돈이 아니었다. 매달 갚고 있는 학자금대출과 빠듯한 생활비를 안다면 5백만 원이 내가 부담없이 융통할 수 있는 돈인 것처럼 말할 수 있을까. 침묵이 이어졌다. 나는 말없이 전화를 끊었다. 잠을 청했지만 너무하다고 말하는 혜선의 목소리가 계속 귓가에 맴돌았다.

다음날 그녀는 다시 전화했다. 내가 받지 않자 연락 달라는 문자가 왔다. 같은 내용의 문자가 한번 더 오고 난 후 더는 연락은 없었다.

*

 첸나이 행사 최종 참여 인원과 작업조가 결정되었다. 한국 오피스에서는 총 여섯 명이 참여하게 되었다. 바라던 대로 나는 제이슨과 한 팀이 되었다. 양 이사는 출발 전 마지막으로 현지 일정을 점검하자며 고급 일식당에서 팀 런치를 소집했다. 그는 특별 회식비 승인이 나왔다며 가장 비싼 점심 코스를 시키라고 말했다. 점심을 다 먹었을 즈음 누군가가 농담 반 불평 반 양 이사에게 말했다.

 그런데 참가비가 너무 비싼 거 아니에요? 덕분에 저는 올해 여름휴가는 물건너갔어요. 직원이 오지까지 가서 봉사하는데 회사에서 항공료 정도는 좀 내주면 안 되나요? 아니면 성수기를 피해서 잡던가.

 그러자 양 이사가 말했다.

 공짜 너무 좋아하는 거 아냐? 돈 주고도 못 살 경험을 어떻게 공짜로 할 생각을 하나? 좋은 회사 다니니까 이런 봉사도 하러 가는 거야.

 몇몇이 피식 웃었다. 엄마식의 계산이라면 나는 이제 2백만 원의 가치에 부합하는 피가 되고 살이 되는 경험을 하고 돌아와야 한다. 양 이사는 이어 말했다.

 난 말이야. 가족을 돕는 건 도움으로 안 쳐. 그건 당연히 해야 할 일을 하는 거니까. 생판 모르는 사람을 돕는 거. 그게 진짜 봉사지.

양 이사는 불만을 제기했던 직원을 빤히 쳐다보며 실실 웃었다.

신입사원의 여름휴가비와 맞바꾼 봉사활동이라. 숭고하다. 숭고해. 난 정말 대단하다고 생각해. 자기 돈 쓰는 게 진짜 마음이거든. 누구를 도우려면 가장 좋은 방법은 돈이야. 그걸 못하면 몸으로라도 때워야 하는 거고. 가장 이상적인 건 그 둘을 다 하는 거지. 이번 행사가 바로 그런 거야.

겨우 5백만 원어치밖에 안 되는 마음을 주는 것뿐이라던 혜선의 말이 생각났다. 자리를 마치며 양 이사는 커피로 건배를 제의했다. 그리고 말했다.

무엇보다 기분좋잖아! 내가 줄 수 있는 입장이라는 게.

*

모르는 전화번호가 뜬 것은 고객 앞에서 발표를 앞두고 있을 때였다. 전화를 받지 못하자 곧 문자가 왔다. 지산병원 응급실입니다. 급히 전화 요망. 회의를 마치고 전화를 걸었다. 낯선 목소리의 나이든 남자가 전화를 받았다.

김혜선씨 보호자 되시죠?

네? 보호자요?

김혜린씨 아닌가요? 인사부에 제출한 비상 연락처가 동생

김혜린으로 되어 있는데.

네?

언니가 공장에서 쓰러져서 응급실에 와 있어요. 지금 응급 치료 마치고 곧 CT 촬영할 건데요. 의사 말이 담낭절제술인가 하는 수술을 빨리해야 한대요. 수술동의서에 보호자 동의가 필요해요. 원무과 수납은 급해서 할 수 없이 회사에서 먼저 했고요. 어서 빨리 와주세요.

저는 갈 수가 없는데요.

그럼 언제 오실 건데요?

못 갑니다.

네?

다른 방법은 없나요?

아니 가족이 못 오시면 어떡합니까? 저희 공장장님이 워낙 깐깐한 양반이라, 멀쩡한 가족 놔두고 왜 회사가 관여하냐고 난리치실 게 뻔한데.

죄송합니다.

아, 그럼 당장 수술은 어떡해요? 제가 대리 사인해요?

네.

참, 이 양반 황당하네. 그럼 돈은? 돈은 어떡해요?

알려주시면 바로 입금하겠습니다.

전화를 끊고 나자 혼란스러웠다. 보호자라니. 난 언제부터 혜선의 회사 비상 연락처에 이름을 올린 걸까? 유전자 일부를 공유했다고 해서 그녀와 나는 가족이 될 수 있는 걸까. 불시에 뒷덜미를 잡혀 원치 않는 곳, 원치 않는 사람들 앞에 끌려나온 기분이 들었다. 이후 남자와 여러 차례 더 문자가 오갔다. 입원실이 2인실밖에 없다는데 어떻게 하겠느냐 같은 질문 때문이었다. 혜선에게서는 연락이 없었다. 수술은 잘 받았는지, 몸은 회복되었는지 궁금했지만, 선뜻 연락할 마음이 생기지 않았다.

혜선에게서 문자가 온 것은 2주가 지나서였다. 공장에서 배를 잡고 쓰러진 순간부터 수술 후 현재 회복중인 상태를 설명한 장문의 문자였다. 다행이라고, 잘 회복하라고 짧게 답을 쓰는데 다음 문자가 이어 들어왔다.

고맙다. 역시 핏줄밖에 없다.

순간 마음속에서 뭔가가 욱하고 치밀었다. 뭔가를 바로잡고 싶은 생각이 들었지만, 정확히 무슨 말을 해야 할지 떠오르지 않았다. 나는 쓰던 문자를 지워버리고 휴대폰을 던져버렸다.

*

인도 출국을 사흘 앞두고 첸나이에 폭동이 일어났다. 봉사행사는 취소되었다. 양 이사는 올해의 사회공헌 행사는 아시아를 제외한 미국과 유럽에서만 진행될 것이고, 이번에 참여신청을 해준 모두에게 감사와 더불어 내년에 꼭 다시 참여하기를 희망한다는 내용의 메일을 보내왔다. 각자 지불한 항공료는 지정여행사가 3일 내에 일괄 환불할 거라고 했다.

이틀이 지나 내 계좌에는 198만 원이 입금되었다. 혜선의 병원비로 빠져나간 금액과 얼추 비슷한 금액이었다. 내 수중을 떠났던 돈이 다시 돌아오자 머릿속이 복잡해졌다. 어차피 받을 생각은 없었던 돈이었지만, 나는 혜선의 문자에 내가 낸 병원비에 대해 아무런 언급이 없었던 걸 떠올렸다. 나는 혜선에게 2백만 원어치 마음을 준 것일까? 지금이라도 그녀에게 내 계좌번호를 보낸다면 그 마음을 거두는 게 될까?

잠이 오지 않았다. 노트북을 켜고 모금 사이트에 들어가 사람들의 사연을 읽기 시작했다. 여전히 사람들은 각양각색의 이유로 돈이 필요했다. 하지만 결론은 똑같았다. 도움이 필요하다는 것. 나는 혜선이 마지막 말을 하지 않았으면 좋았을 거라고 생각했다. 노트북을 끄고 침대에 누웠다. 한참을 뒤척이다 다시 일어나 노트북을 켰다. 첸나이 대안학교를 후원하는 비영리단체 웹사이트를 찾아 198만 원을 송금했다. 불을 끄고 눈을 감았지만, 잠은 오지 않았다. ■

무탈

서서히 잠에서 빠져나오는 동안 오늘이 무슨 요일인지를 떠올린다. 목요일. 이제, 내일이다. 내일이 지나면 뭐가 달라지는 걸까. 아마 일상은 달라질 게 없을 것이다. 정신없이 지내는 월, 화, 수, 목, 금 그리고 죽은듯 침잠해 있는 토, 일. 그런 식으로 이어지는 일주일이 앞으로도 반복되겠지. 이불 속에서 심호흡을 해본다. 얼른 내일이 지났으면 좋겠다. 이번주는 시간이 유독 더디게 흐른다. 날씨가 흐린 걸까. 암막 커튼을 친 방이 오늘따라 더 어둡게 느껴진다. 혁은 암막 커튼을 싫어했다. 숨막힌다고 했다. 머리맡을 더듬어 스탠드를 켜고 휴대폰을 찾아 쥔다.

내일 큰이모네 10시에 출발하자.

밤사이 엄마에게 온 문자를 확인한 순간 가슴이 답답해진다. 도대체 왜 이럴까. 내일은 휴가 못 낸다고 그저께 전화로 한참을 실랑이하지 않았던가. 엄마를 보면 늙어간다는 게 두렵다. 나이가 들면 약해진다거나 유해진다는 통념을 이제 나는 믿지 못한다. 엄마는 매사가 불만인 괴팍한 노인네가 돼가고 있다. 특히 하나밖에 없는 피붙이라는 게, 라는 한마디로 역정을 표시할 때면 나는 견딜 수 없는 기분이 된다. 차라리 엄마가 치매라면 그녀의 시도 때도 없는 크고 작은 요구에 더 관대한 마음이 될지도 모르겠다. 아무리 원한다 해도 그 사람은 변할 수 없다는 걸 상기할 때마다 느끼는 절망감. 그건 혁만으로도 충분했다. 문득 큰이모가 아니라 엄마의 생일이야말로 코앞으로 다가왔다는 걸 깨닫는다. 이번엔 혁과 함께 가지 못할 텐데 그걸 어떻게 설명해야 할지 난감해진다.

억지로 침대에서 몸을 일으킨다. 엄마에게 전화를 걸려다 이야기가 길어질 것 같아 포기한다. 이어 기계적으로 출근 준비를 시작한다. 틈틈이 벽시계를 본다. 화장을 마치고 자기 전에 꺼내놓은 검은 원피스를 입는다. 등뒤에 있는 지퍼가 여며지지 않아 한참을 불편한 자세로 낑낑거린다. 스카프를 찾는다. 원피스와 항상 같이하는 스카프가 보이질 않는다. 한참 옷장을 뒤적이다 오래전에 맡긴 세탁물 속에 있다는 생각이 난다. 어쩐다. 그러고 보니 세탁물 맡긴 지가 꽤 되었고 얼마 전엔 갖다 달라고 말하려 전화했지만 통화가 되지 않았던 기억이 난다. 오늘은 잊지 말고 전화해야 한다. 신경써서 옷을 차려

입고 출근하는 게 예전처럼 의미는 없지만 거울 속에 서 있는
여자는 꼭 조문객이다. 어쩌면 이 옷은 오늘이 아니라 내일 입
는 게 어울리지 않을까 싶다. 애도가 필요한 날이니까. 원피스
를 벗고 그제 입었던 회색 슈트를 꺼내 입는다. 집을 나서며 방
문을 일일이 열어 전등을 켰다 끄고 문을 닫는다. 버릇처럼 그
래야만 안도감을 느낀다. 구두를 신으며 현관 거울 속에 비친
얼굴을 본다. 눈꺼풀이 가볍게 떨린다. 거울에 얼굴을 가까이
댄다. 다시 눈꺼풀이 떨린다. 지난번처럼 증세가 며칠 간다면
이번에는 그냥 버티는 바보짓을 하지 않아야 할 것이다. 마그
네슘. 불쑥 그 단어가 떠오른다. 혁이 항상 권했던 거다. 거세
고 서걱거리는 어감 때문에 나는 그 단어가 싫었다.

　엘리베이터 버튼을 눌렀지만 숫자는 바로 위층에 멈춰 있
다. 다른 엘리베이터는 오늘도 수리중 표시가 붙어 있다. 기다
린다. 몇 초가 몇 분처럼 느껴진다. 뭐지? 빨갛게 달아오른 아
래로 향한 화살표를 다시 눌러본다. 숫자는 바뀌지 않는다. 위
에서 엘리베이터를 잡고 있는 게 분명하다. 출근시간인데. 너
무하다 싶은 정도로 기다리는 시간이 길어진다. 고층이라 계
단으로 내려가는 건 엄두가 나지 않는다. 계속 기다린다. 마침
내 엘리베이터 문이 열린다. 개를 안은 여자와 운동복 차림의
남자가 모습을 드러낸다. 커플은 나와 눈을 마주치지 않는다.

두 사람의 얼굴을 덮은 마스크 탓에 나는 그들이 미안해하는, 아니 미안해하길 기대했던 표정을 볼 수가 없다. 지하 3층 버튼을 누른다.

7시 45분. 평소보다 15분 늦은 시간이다. 시동을 걸고 출발한다. 천천히 주차장을 빠져나오는데, 멀리 서 있던 자동차 하나가 헤드라이트를 켜며 불쑥 튀어나온다. 황급히 브레이크를 밟는다. 두 차는 기역자를 그리며 모서리에서 부딪치기 직전에 멈춘다. 순간 상대편 차에서 빠져나온 신경질적인 클랙슨 소리가 지하주차장에 울려퍼진다. 그 고압적인 강도의 소리에 나도 모르게 흠칫한다. 내 잘못인가? 아니다. 갑자기 튀어나온 건 그의 차 아닌가. 어쨌든 나는 가슴을 쓸어내린다. 유리창 너머 운전석에서 야구모자를 쓴 남자가 핸들에 한 손을 내리치며 내게 소리를 지른다. 음소거가 된 화면처럼 그의 말은 들리지 않지만 욕을 하고 있다는 건 알 수 있다. 내가 가만히 바라보고 있자 그는 분을 이기지 못하겠다는 듯 계속 뭐라고 하면서 마지못해 차를 후진한다. 그를 지나치자마자 내 등을 갈기듯이 신경질적인 클랙슨 소리가 다시 연이어 들려온다.

주차장을 빠져나와 아파트 단지 앞 횡단보도 앞에 정차하자 비로소 심장이 거칠게 뛰기 시작한다. 악다구니를 쓰던 남자의 얼굴이 떠오른다. 낯선 이의 맹렬한 적의가 그렇게 순식간에 나를 향할 수 있다는 사실에 아연하다. 그런 이들이 밥을 먹고 잠을 자는 집들이 켜켜이 쌓인 건물에 나는 살고 있다.

자동차 유리창에 빗줄기가 후다닥 몸을 던지듯 내리친다. 갑자기 초저녁처럼 사방이 어둡다. 제2순환도로가 몇 달 전 공사를 시작한 이래로 비가 오는 날은 달갑지 않다. 비만 오면 일대에 차가 엉켜 엉망이 되기 때문이다. 오늘은 늦더라도 멀리 돌아가는 게 나을까 잠시 망설인다. 신호등이 녹색으로 바뀌자마자 뒤에서 클랙슨 소리가 들린다. 후진해 뒤차를 박아버리고 싶은 충동을 누르며 액셀을 밟는다.

양화대교에 들어선다. 자동차 유리창에 부딪히는 빗줄기가 세진다. 앞에 일렬로 늘어선 차들이 빽빽하다. 라디오를 켠다. 뉴스가 나온다. 빌딩 유리창 청소 알바를 하다 추락사한 대학생, 공원에서 스케이트보드를 타다 행인의 반려견을 죽게 만든 초등학생, 서울의 한 고깃집 쓰레기통에서 발견된 영아의 시체…… 얼굴을 찌푸리며 라디오를 끈다. 정말이지 오늘은 출근하고 싶지 않다는 생각이 든다. 사정없이 액셀을 밟고 싶은 충동을 느낀다. 야근이 많았던 지난해 겨울, 나는 늦은 밤에 다리를 건널 때면 핸들을 조금만 틀어 사선으로 달리고 싶은 충동에 시달렸다. 조금만 틀면 되는데. 아주 조금만. 강한 자력으로 나를 잡아당기는 그 충동이 무섭도록 날 선 감각일 때 나는 나 자신을 붙잡듯 핸들을 꽉 붙잡아야 했다. 나도 모르게 진저리가 쳐진다. 생각을 다른 쪽으로 옮기려고 애쓰며 입술을 달싹인다. 다 지난 일이라고. 이제부터 나의 시선은 뒤가 아닌 앞만을 향해야 한다고 다짐한다.

회사 건물에 도착해 주차장으로 들어선다. 지하 1층에서부터 만차라는 표지판이 보인다. 미련 없이 지하 4층까지 내리내려간다. 10년 전만 해도 겉에서 보기엔 산뜻한 오피스빌딩이었던 건물은 이젠 주차장에 들어서면 낡고 후줄근한 느낌을 감출 수 없다. 사무실로 올라가기 전에 로비 층에 있는 카페에 들른다. 커피를 주문하고 카페 정중앙 벽에 걸린 커다란 흑백 사진에 잠시 눈길을 준다. 사진 속 남자는 두 마천루에 연결된 줄 위를 걷고 있다. 그는 1974년 지금은 사라지고 없는 뉴욕의 쌍둥이빌딩 사이를 외줄로 연결해 건넌 프랑스 남자 필리프 프티다. 사진을 볼 때마다 외줄에 자신의 온 존재를 건 채 허공에 떠 있는 남자의 마음을 상상해본다. 하지만 남자가 느꼈을 세상에 오롯이 혼자가 된 극한의 감각을 상상해보는 데는 번번이 실패한다. 고소공포증이 있는 나로서는 금세 손에 땀이 밸 뿐이다.

오늘따라 주문대가 번잡하다. 한참을 기다려 내 순서가 온다. 매니저의 얼굴이 왠지 어두워 보인다. 그녀는 매일 아침 이 순간이 되면 환하게 웃는 얼굴로 따뜻한 아메리카노죠?라는 말을 건네지만, 그녀의 시선은 계속 아래를 향해 있다. 불편한 기분이 든다. 그녀와 눈이 마주치자마자 같은 거요, 라고 내가 먼저 입을 뗀다. 그녀는 연달아 주문을 받는다. 재빠른 손놀림으로 그라인더 버튼을 누르고 에스프레소머신에 포터 필터를 번갈아 끼우며 커피를 내린다. 한참을 기다려 커피를 받아들고 엘리베이터로 향한다. 엘리베이터 문이 열리자 조사부 박 전무가 묵례를 건넨다.

아이고, 오랜만입니다.

그러게요.

재택하시나봐요.

아니요.

이어 아시잖아요, 라고 한마디를 덧붙이자 대번에 마스크 위에 드러난 그의 눈이 잔주름을 만들며 웃는다. 사장이 워낙 재택근무에 반감이 심해서 암묵적으로 모든 부서장급은 매일 출근을 한 지가 벌써 1년이 넘어간다.

저희 부서도 저만 주구장창 나옵니다. 잘 지내시죠?

네. 전무님도 바쁘시죠?

네. 아주 좋아 보이십니다.

감사합니다. 전무님도 좋아 보이세요.

그럼요. 별일 없으면 좋은 거죠.

문이 열리고 박 전무는 서글서글한 목소리로 좋은 하루 되세요, 라는 말을 남기고 엘리베이터에서 내린다. 좋아 보인다는 그의 말이 여운처럼 귓가에 머문다. 어쩌면 그가 받은 인상은 결백한 것인지도 모른다. 좋아 보이지 않을 이유도 딱히 없지 않은가. 남들 눈에 좋아 보이기는 쉽다. 그리고 남들 모르게 가라앉기는 더 쉽다.

　사무실에 도착해 책상에 앉는다. 뭔가가 달라 보인다. 미니 선인장, 서류함, 문구통, 머그잔의 위치가 달라져 있다. 새로 바뀐 청소 아주머니는 손이 거칠다. 퇴근할 때 말끔히 정리해 놓고 가는 책상 위의 물건들이 출근하면 조금씩 흐트러져 있다. 며칠 전에는 파란색 걸레를 창가에 두고 간 적도 있다. 로그인하면서 커피를 입으로 가져간다. 순간 얼굴을 찌푸린다. 라테다. 누군가와 커피가 뒤바뀐 모양이다. 나는 우유가 들어간 음료를 잘 마시지 못한다. 내려가 다시 커피를 받아올까 망설이다 이내 마음을 접는다. 사내 카페테리아로 간다. 동료 서넛이 커피머신 주위에 모여 수다를 떠는 게 보인다.

　참, 한번 갔다 오면 다 그렇게 쉬워지나봐. 우리 시누이 보면 말이야.

　서 부장은 나와 눈이 마주치자 얼른 목소리를 낮추며 일행에게 자리를 옮기자는 듯 발걸음을 구석으로 옮긴다. 나는 모른 척 커피머신 앞으로 가 버튼을 누른다. 순간 쥐고 있던 휴대폰에 문자가 뜬다. 혁이다.

　자동차등록증하고 다른 물건들도 가져다주면 고맙겠어.

　멍하니 문자를 바라본다. 갑자기 자동차등록증을 찾는 건 무슨 뜻일까. 혁의 명의인 차지만 그가 서울로 올라올 때까진 내가 쓰기로 한 차였다. 빨리 가져가겠다는 우회적 표현일까? 쓴웃음이 나온다. 지금 자동차에 신경이 가는 그의 여유로움도, 다른 물건들이 뭘 지칭하는지 내가 알 거라고 단정짓는 그의 말투도 씁쓸할 뿐이다. 이런 걸 평상심이라고 한다면 그가 부럽기도 하다. 구석에서 수군거리는 소리가 다시 귀에 와닿는다. 서 부장의 말에 추임새를 보태는 이들의 목소리에는 험담에 동조하는 쾌감이 묻어 있다. 언젠가 하영은 서 부장 앞에서 말을 조심해야 한다고 귀띔했었다. 무의식중에 하는 말이 그녀의 입을 거치면 과장과 왜곡의 프레임을 거쳐 회사 사람들의 입방아에 오르내리는 경우가 왕왕 있다는 거였다. 서 부장은 시누이 때문에 상한 마음을 토로하는 중이다. 그녀 목소리에 묻어나는 노골적인 반감 때문일까. 나는 그녀의 시누이 입장이 되어 서 부장의 말을 듣고 있다. 서 부장의 시누이는 지금 가족들의 눈에 못마땅한 사람을 만나고 있다. 어리석은 당사자만 그게 얼마나 또 망가질 기미가 농후한 관계인지를 모르고 있다. 서 부장은 앞으로 남편과 자신의 몫이 될지도 모르는 수고를 지레 걱정하고 분개하고 있다. 그리고 이야기는 시누이의 문제가 인내심 부족 때문이라는 식으로 결론이 난다. 인내심이라는 단어가 마음속에 와 박힌다. 나는 커피를 들고 자리를 뜬다.

나도 인내심이 부족했던 걸까. 더 참아야 했을까. 내가 모르고 있었던 혁의 신용대출을, 그의 카드 명세서에 찍히는 미심쩍은 지출 내역을, 나와 한마디 상의 없이 자청한 지방근무를, 수시로 어기는 크고 작은 약속을 그리고 매번 되레 그가 더 화를 내는 걸 모두 다 참아야 했을까. 은행에서 내부감사 일을 해 오면서 굳어진 믿음이 있다면 리스크는 항상 내부에 잠재한다는 것이다. 정기감사, 수시감사, 특별감사…… 1년 내내 주제와 목적을 달리해 아무리 철저히 감사해도 규정 위반에서부터 불법 거래, 횡령, 유용, 배임, 사기까지 갖가지 금융사고는 내가 숨을 쉬는 동안 늘 일어난다. 사소한 규칙을 어기는 행위는 대형사고의 가능성을 알리는 신호다. 규칙에 예외를 두면 예외는 반복된다. 묻고 또 물어야 한다. 적정의견에 도달하기까지의 과정은 공동의 안위를 지키는 일이기 때문이다. 나는 우리가 운명의 공동체라고 믿었다. 그래서 묻고 또 물었다. 대부분의 답변은 만족스럽지 않았다. 불충분한 답변은 내게 비적정의견을 낼 수밖에 없게 만들었다. 내게 돌아온 건 힐난뿐이었다.

자리로 돌아온다. 벌써 9시 30분이다. 10시 미팅 준비를 서둘러야 한다. 오후엔 어제까지만 해도 예정에 없었던 콘퍼런스콜이 두 개나 잡혀 있다. 하영이 면담 신청을 한 것도 생각이 난다. 아무래도 오늘은 워킹런치를 해야 할 듯하다. 부지런히 자료를 읽고 틈틈이 급한 이메일을 쓰는 사이 시간은 가속도가 붙는다.

올 때 뭐 사다 드려요? 샌드위치?

하영이 반쯤 열린 사무실 문틈으로 고개를 내밀고 묻는다. 그녀의 세심함이 고맙다. 얼굴 오랜만에 보네, 라는 말로 인사를 건네며 나는 좋다는 눈짓을 보낸다. 못 본 사이 그녀의 긴 머리는 단발로 잘려 있다. 잘 어울리는 슬림핏 일자 정장 바지와 하늘색 스트라이프 셔츠를 보니 이젠 오피스룩을 제법 잘 소화한다는 생각이 든다. 하영은 친한 친구의 대학원 후배다. 뽑고 나서 알게 된 사실이지만 전 직장 동료의 친척이기도 하다. 인연도 각별하지만, 일머리도 있고 속도 깊은 친구라 부하 직원 이상으로 아끼는 친구다. 4, 50분 정도가 지나 하영은 샌드위치 봉지와 아메리카노를 양손에 들고 나타난다.

커피는 안 시켰는데?

짜잔! 오늘 행운의 커피 쿠폰 이벤트에 당첨되셨습니다!

정말?

하영은 자기도 마시게 한 잔 더 달라고 주인에게 너스레를 떨었던 얘기를 전한다.

근데 상무님, 너무 좋아하신다. 이렇게 웃는 거 처음 봐요.

그제야 나는 내가 계속 웃고 있었다는 걸 깨닫는다.

좋지. 이런 거에 당첨된 거 처음이거든.

쓰던 이메일을 마저 다 끝내고 샌드위치의 포장을 벗긴다. 이어 휴대폰에 다운로드해둔 유튜브 영상을 뒤적인다. 가끔 보는 코미디 클럽의 재생 버튼을 누른다.

팔에 깁스를 한 남자가 의사에게 묻는다.

선생님, 깁스를 풀면 기타를 칠 수 있을까요?

물론이죠.

의사의 대답에 남자는 함박웃음을 짓는다.

오, 감사합니다. 전에는 기타 칠 줄 몰랐거든요.

수십 번을 본 영상이면서도 나는 늘 같은 지점에서 키득거린다.

남자의 표정이 우습지만 그가 품은 기대는 우습지 않다. 나도 그처럼 깁스를 풀면 예전엔 못 치던 기타를 칠 수 있게 될거라고 기대하고 싶기 때문이다. 깁스를 풀면, 그 딱딱하고 갑갑했던 깁스를 풀면 말이다.

하영이 사무실 문을 두드렸을 때 나는 4를 가리키는 손목시계의 시침을 확인하고 깜짝 놀란다. 하영이 의자를 끌어와 책상 앞에 앉으며 묻는다.

상갓집 오늘 가실 거예요? 저는 이따 갈 건데.

뜬금없는 질문이라 의아한 표정을 짓자 하영이 또 묻는다.

좀전에 인사부에서 보낸 메일 못 보셨어요?

그제야 나는 메일을 확인한다. 부고의 주인공이 조사부 박전무라는 사실에 잠시 멍해진다. 이런…… 눈가에 잔뜩 주름이 잡히도록 웃던 아침에 본 그의 얼굴이 떠오른다. 내게 좋아보인다는 덕담을 들은 날, 그는 어머니를 잃었다. 잠시 머뭇거리다 오늘은 못 갈 것 같다고 말한다.

하영이 면담을 원한 이유는 뜻밖에도 회사를 그만두고 싶기 때문이다. 예상 못했던 얘기에 나는 자세를 고쳐 앉는다. 1년 넘게 원하는 대로 재택근무를 하게 해주었는데, 그동안 집에 틀어박혀 골몰한 문제가 이런 건가 싶어 언짢은 생각도 스친다. 어쨌든 이건 내가 원하는 대화가 아니다. 지금 걸려 있는 감사 건은 연말까지 갈 게 뻔하고, 곧 시작될 글로벌 내부 감사와 법무부서와 함께 진행할 한글 매뉴얼 개발 프로젝트까지, 갑자기 그녀가 빠진다면 모두 차질을 빚을 수밖에 없다. 심각한 얼굴로 하영의 말은 한참 동안 계속된다. 나는 묵묵히 듣고 있다 비로소 입을 뗀다.

하영, 아주 어렵게 들어온 회사잖아.

그녀는 말없이 고개를 끄덕인다.

하영은 서른두 살에 취직에 성공했다. 학부 졸업 후 3년간의 공무원시험 준비와 포기, 이어진 대학원 진학과 휴학, 늦어진 졸업과 그사이 무수히 떨어진 인턴직까지. 나는 그녀가 견뎌낸 좌절의 시간이 첫 인터뷰 때 보여준 의욕을 만들었다고 생각했다. 스펙만 본다면 다른 후보자들과 경쟁이 되지 않았다. 하지만 나는 하영이 마음에 들었고 다행히 본사 임원과 영어 인터뷰를 잘해주어서 채용이 가능했다. 타이밍도 좋았다. 애초에 계약직으로 뽑으려고 했던 자리였지만 마침 헤드카운트 승인이 나는 바람에 정규직으로 밀어붙일 수 있었다.

지난 몇 달간 지금 감사 건으로 진을 뺀 건 잘 알아. 하지만 곧 우리 부서에 한 사람 더 들어오잖아. 앞으로 상황은 나아질 거야.

끝까지 후보자 두 명을 놓고 고심하다 하영보다 나이가 어린 친구를 뽑은 건 추후 그녀의 승진을 염두에 둔 결정이었다고 얘기할까 하다 참는다. 하영은 아무 말이 없다.

혹시 나랑 같이 일하는 게 힘든 거야?

그러자 하영은 피식 웃어 보인다.

아시잖아요. 그런 거 아니라는 거.

그러면 왜? 다른 회사로 옮기는 게 아니라면 지금까지 말한 이유 말고 솔직한 이유를 말해줘.

그냥…… 재미가 없어요. 가끔 숨이 막혀요. 이 일은 저한테 안 맞는 것 같아요. 앞으로 평생 이 일을 계속하며 산다고 생각하면 견딜 수가 없어요.

겨우 2년밖에 안 됐어. 맞지 않는 일이라고 단정하기엔.

시간이 지난다고 달라질 것 같진 않아요.

잠시 하영은 눈을 내리깐 채 말이 없다. 나는 다음 말을 기다린다.

정말 두려운 건…… 시간이 가면 갈수록 그냥 이 정도 월급 받으면 된 거라고, 이제 와서 뭘 어쩌겠느냐고…… 점점 그렇게 될 것 같아요. 그래서 지금이어야 해요.

하영의 눈빛은 일말의 흔들림도 없다. 나는 한참 만에 입을 뗀다.

그런 이유라면 나는 이 결정에 동조할 수 없어. 회의는 느낄 수 있어. 어차피 회사일이란 따지고 보면 다 거기서 거기고 익숙해지면 지겨운 반복이니까. 그러니까 고비가 올 때마다 잘 넘기고 나름의 의미를 부여하려고 애쓰다보면 그렇게 숨막힌 일들도 별거 아닌 게 돼. 다 인내심의 문제야.

말을 마치자마자 갑자기 눈꺼풀이 심하게 떨린다. 인내심 운운하는 나 자신을 참을 수 없다. 하영의 무표정한 얼굴과 서 부장의 목소리가 겹쳐 들리는 듯하다. 나는 급히 다른 말을 찾는다.

지금 자기가 하는 실수가 뭔지 알아? 완성형을 찾는다는 거야. 완성형인 직장은 이 세상에 없어. 지금 직장이 성에 차지 않더라도 내가 세월을 들여서 완성형으로 만드는 거라고.

침묵이 흐른다.

상무님, 저는 완성형을 찾거나 원하는 게 아니에요. 다만 내가 더 행복해질 수 있는 일은 있다고 믿어요. 멀리 돌아가더라도 그냥 지금이 여기를 떠나 원래 출발점으로 돌아가야 할 때 같아요.

하영이 맞을지도 모르겠다. 어쩌다보니 자신이 원치 않는 삶의 번지수에 당도해 있음을 깨달았다면 거기서 어영부영하며 시간을 끌지 않는 게 현명할지도 모른다. 나는 하영이 마음에 없는 말을 하거나 표정을 지어 보이는 걸 한 번도 본 적 없다는 걸 깨닫는다. 하영은 회사생활이 어울리지 않는 사람일 수도 있다.

경제적인 건 어떻게 할 건데?

하영의 상황을 잘 아는 나는 걱정스럽다.

뭐, 당분간은 버틸 수 있겠죠.

다시 이 정도의 직장을 찾기 쉽지 않다는 건 알지?

알아요.

나로서는 다시 한번 생각해보라는 말밖에 할 수 없어. 나중에 다시 얘기해.

네.

아까 부탁한 자료는 오늘 내로 주고.

네.

하영이 조용히 문을 닫고 나간다. 머릿속이 복잡해진다.

2년도 채 되지 않는 애매한 경력으로 하영은 과연 어디에 취직을 할 수 있을까. 여기를 떠난다고 별반 달라질 게 있을까. 더 행복해질 수 있는 일이 있을 거라는 그녀의 믿음은 얼마나 신뢰할 만한 것일까. 지금의 나야말로 그런 막연한 믿음에 기대고 있는 건 아닐까. 생각은 내가 하영에게 신중하게 다시 한번 생각해보라고 충고할 자격이 없다는 결론에까지 나아간다. 어쩌면 잘 산다는 건 헛된 믿음을 헛되지 않다고 믿으며 사는 것일지도 모르겠다. 깁스를 풀면 기타를 칠 수 있게 될 거라고 믿는 것처럼. 점심때 본 유튜브 동영상이 앞으로 더는 웃기지 않을 거라는 생각이 든다.

　종일 추적추적 비가 내린다. 어쨌든 오늘 하루가 지나가고 퇴근시간이 다가온다는 사실에 형언할 수 없는 안도감을 느낀다. 자꾸 떨리는 눈꺼풀이 성가셔서 눈을 감는다. 배영을 하다 멈추고 가만히 물에 떠 있을 때의 느낌을 떠올린다. 물 위에 부유한 채 하늘을 올려다볼 때의 편안함을 기억해내려 애쓴다. 저 멀리 까마득한 수평선에 걸린 상대의 마음에 가닿으려고 안간힘을 썼던 날들, 엉뚱한 방향에서 화살처럼 날아와 깊은 상처를 내며 가슴에 박혀버린 말들, 그리고 숱하게 지나온 그만 멈추고 싶었던 순간들을 떠올린다. 실망과 체념 속에 결국 시들고 죽어버린 바람들을 생각한다. 다 지난 일이다. 하지만 더는 자책할 필요가 없음을 알면서도 불쑥불쑥 허망해지는 이 마음을 아직은 어떻게 해야 할지 모르겠다. 눈꺼풀이 더 사납게 떨린다. 눈을 힘주어 감는다. 얼마나 지났을까. 문자 수신음에 눈을 뜬다.

　내일 같이 갈 거지?

　엄마다. 나는 멍하니 부유하던 바다에서 급히 빠져나온다. 엄마에게 전화를 건다.

　엄마, 그저께 우리 얘기했잖아! 나 내일 휴가 못 낸다고.

　나도 모르게 목소리에 짜증이 묻어난다.

이모 생전에 마지막 생일일지도 모른다.

준비된 답변처럼 엄마는 그렇게 말하고 더 말이 없다. 나는 찡그린 얼굴로 귀에 수화기를 갖다댄 채 호흡을 가다듬는다. 누그러진 목소리로 나는 말한다.

엄마, 미안한데 내일은 정말 불가능해. 주말에 갈게. 가서 내가 모시고 갈게요. 꼭 생일날 아니어도 되잖아.

그래. 나는 이제 운전도 못 한다. 운전도!

전화는 뚝 끊어진다. 갑자기 울고 싶어진다. 이제 엄마는 운전을 못 하고 나는 엄마에게 맘속에 있는 말을 못 한다.

엄마는 운전을 좋아했다. 차에 욕심도 많아서 몇 년에 한 번씩 더 나은 사양의 자동차를 장만하는 게 평생 낙이었던 사람이었다. 내 첫 남자친구에 대해 엄마는 한마디로 일갈했었다. 차도 없는 남자를 왜 만나니? 혁이 처음 집에 인사하러 왔을 때, 그가 몰고 온 구형 벤츠를 유독 유심히 바라보던 엄마의 얼굴도 잊히지 않는다. 어쨌든 나는 자동차 키를 손에 쥐고 바쁜 걸음으로 집을 나서는 엄마에 익숙했다. 자라면서 나는 그녀가 운전석에 앉아 능란하게 핸들의 방향을 바꾸는 것처럼 세무사 사무실 사무장에서 부동산중개인으로, 다시 논술학원 원장으로 변신하는 걸 지켜보았다. 내게 홀어머니는 단 한 번도 연민을 주는 단어가 아니었다. 그런 엄마가 천안으로 이사한 후 자진해서 운전면허증을 반납한 건 놀라운 일이었다. 나중에야 아이들이 빽빽이 들어찬 학원버스와 부딪쳐 크게 교통사고를 낼 뻔했던 걸 알았다. 그렇게 엄마는 발이 묶여버렸고 툭하면 나를 찾는 일이 잦아졌다. 그럴 때마다 숙이 이모의 부재가 아쉬웠다.

엄마는 숙이 이모와 절교 후 더 괴팍해졌다. 여고 동창으로 평생 절친이었던 두 사람의 헤어짐이 그래서 나는 누구보다도 안타까웠다. 엄마는 숙이 이모도 혼자가 되면 고향인 천안에 전원주택을 사서 같이 살 거라고 수도 없이 말했었다. 결국 그 계획은 실현되지 못했고, 그 집은 덩그러니 엄마 차지가 되었다. 이사를 하겠다고 했을 때, 나는 엄마를 끝까지 말리지 못했다. 어차피 고집을 꺾을 수도 없거니와 당시 나는 내 문제 말고 다른 걸 생각할 여유가 없었다. 이사를 돕지도 못했다. 나중에야 그 집이 생각보다 외딴곳에 있다는 걸 알았다. 점점 노여움만 많아지는 그녀가 그곳에서 혼자 지낸다고 생각하면 마음이 편치 않다.

다시 전화를 걸어 엄마를 달래야 하나 망설이는데 휴대폰이 울린다. 모르는 번호다. 전화를 받자 낯선 나이든 여자 목소리가 말한다.

여보세요. 그린세탁소예요.

아, 네. 나는 알은체를 한다. 안 그래도 연락드리려고 했어요. 오늘 저녁에 세탁물 좀 가져다주실 수 있을까요?

그러자 여자의 얕은 한숨 소리가 들린다.

저희 오빠가, 그러니까 여기 사장님이 3주 전에 밤에 배달을 나갔다가 퍽치기를 당했어요. 병원에 있는데 아직 의식이 없어요.

갑자기 여자는 흐느낀다. 당황한 나는 뭐라 할말을 찾지 못한다.

여기 가게가요. 만기가 다 돼서 이달 말에 빼야 하거든요. 어찌 됐든 일단 가게를 정리해서 비워줘야 해요. 제가 여기 뭐가 뭔지 하나도 모르는데, 아휴, 이 많은 옷을 다 어떻게……

크게 코 푸는 소리가 나고 여자의 말은 계속된다.

죄송하지만 직접 오셔서 손님 세탁물을 좀 확인하고 가져가주세요. 그 방법밖에 없네요. 부탁합니다. 일단 여기 명부에 적힌 전화번호는 다 돌리는 중이에요. 늦어도 다음 주말까지는 오셔야 해요.

전화를 건 쪽도, 받은 쪽도 어수선한 마음으로 통화는 마무리된다.

퍽치기라니. 전화를 끊고 한참이 지나도 황망한 기분은 가시지 않는다. 세탁소 남자는 붉은 얼굴에 자그마한 체격을 가진 소심해 보이는 사내였다. 늘 경직돼 보였는데, 지금 생각하니 낯을 많이 가리는 사람이어서였는지 모르겠다. 세탁물을 가져올 때마다 그는 눈 한 번을 맞추는 법 없이 쫓기는 사람처럼 허둥지둥 영수증을 건네고 사라졌다. 아는 이가 웃으며 인사를 건넨다고 어깨를 툭 쳐도 움찔할 것만 같은 그를 도대체 누가 어둠 속에서 가격한 것일까. 그런 물리적 충격은 경험해

보지 못했지만 누군가에게 뒤통수를 심하게 가격당한 것 같은 심리적 충격은 잘 알고 있다. 나는 혁의 존재를 의식의 수면 아래로 꾹꾹 눌러 가라앉힌다. 다시 모니터로 시선을 돌리고 업무에 집중하려고 애쓰지만 혁과 세탁소 남자가 번갈아 머릿속을 어지럽힌다. 나는 기도하듯 타이핑을 계속한다.

오늘 하루가 지났다. 나는 무너지지 않았다. 어쩌면 아무것도 아닐지 모른다. 오늘이 어제와 비슷했듯이 내일도 오늘과 비슷하겠지. 따지고 보면 다 거기서 거기인 날들일 뿐이다. 무탈해 보인다고 무탈한 건 아님을 모르지 않지만, 나는 그렇게 보이는 것만으로도 안심이 되는 시간을 통과하고 있을 뿐이다. 삶이 무탈하기를 바라는 건 누군가의 순정한 얼굴만을 보길 기대하는 것처럼 어리석은 일임을 알고 있으면 된 것이다.

어느새 창밖에는 어둠이 짙어져 있다. 며칠 사이에 해가 부쩍 짧아졌음을 느낀다. 시계를 보니 벌써 6시가 지나 있다. 마지막으로 사장에게 메일을 보내고 퇴근할 채비를 한다. 전화벨이 울린다. 사장의 내선번호가 뜬다. 벌써 내가 보낸 보고서를 읽은 모양이다. 스피커폰 버튼을 누르자 다짜고짜 그가 말한다.

내일 들어가죠.

네? 어디를요?

어디긴 어딥니까. 금감원이죠. 이런 상황이면 얼른 우리가 먼저 찾아가서 선제적으로 조처를 해야 하지 않겠어요?

저…… 내일은 제가 휴가를 내서요.

휴가요?

그의 반문에 나는 뭐라고 대꾸할 말을 찾지 못한다. 잠시 침묵이 흐른다. 그가 묻는다.

스케줄 조정하기는 어렵습니까?

네.

다시 이어지는 침묵으로 그는 언짢다는 메시지를 전달한다. 무언의 압력에 잠시 갈등한다. 하지만 마음을 바꾸지 않기로 한다.

죄송합니다. 다음주 월요일 일정 괜찮으시면 월요일로 미팅 잡아보겠습니다.

사장은 마지못해 알았다고 말하고 전화를 끊는다.

사무실을 나온다. 주차장에 내려와 차를 탄다. 하영에게 길게 문자를 썼다가 지운다. 운전석에 앉아 앞 미러의 뚜껑을 제치고 얼굴을 비춰본다. 눈꺼풀이 점점 더 심하게 떨린다. 한참 눈을 감았다 뜬다. 혁에게서 문자가 온다.

내일 비행기 연착이래. 30분 늦어.

마침표를 찍는 마지막 순간까지 그는 늦겠다고 말한다. 이번에도 어쩔 수 없는 이유로. 또 문자가 뜬다.

아침에 말한 거 엊지 말고. 그럼 서부지방법원 입구에서 봐.

잊지 말고의 오타겠지만 문득 엊지가 다른 뜻을 가진 단어인가 생각한다. 나는 시동을 켜고 답을 보낸다.

응. ■

어느 날 은유가 찾아왔다

무작정 월차를 내고 제주에 간 건 경태 때문이었다. 그가 아니었다면 욱하는 심정으로 회사를 빠질 엄두는 내지 못했을 것이다. 전날 밤 그는 김빠진 맥주를 마시다 내게 물었다. 왜 요즘엔 도통 웃지를 않아? 그냥 다 재미가 없어서 그렇다고 하자 그는 여행을 권했다. 말투가 처방전을 건네는 의사 같아 솔깃했다. 평소 같으면 재미라는 단어만 들어도 거부감을 보였을 그가 그런 의견을 냈다는 게 놀랍기도 했다. 같이 갈래? 묻자 예상대로 난 여행은 별로, 라는 대답이 돌아왔다. 그렇겠지. 유럽 여행 소감이란 게 죄다 똑같이 생긴 건물을 왜 그 고생하며 보는 건지 이해할 수 없었다는 애 아닌가. 나도 같이는 안 간다. 그와의 여행이란 생각만 해도 지루하다.

제주공항에 도착해 게이트를 빠져나오자 기념품가게 장식

품처럼 줄지어 선 야자수가 먼저 눈에 들어왔다. 어때, 서울이랑 다르긴 다르지? 하고 우기는 것 같았다. 버스 정류장에는 등산복 차림의 중년 관광객들이 시끄럽게 떠들고 있었다. 멀찌감치 서 있다 그들이 타는 버스에 따라 올라탔다.

시야에 바다가 가득했다. 옅은 하늘색의 희뿌연 바다였다. 바다라도 보는구나. 경태가 옆에 앉아 있었다면 바다를 보면 뭐하는데? 하면서 시큰둥해했을 거라는 생각이 들었다. 아니 바다 처음 보나, 뭘 그렇게 열심히 봐? 걸걸한 남자 목소리에 나도 모르게 뒤를 돌아다보았다. 아까 정류장에서 본 무리 중 빨간 모자를 쓴 사내였다. 그는 어서 대답하라는 듯 옆에 앉은 남자의 옆구리를 쿡쿡 쳤다. 아니 내가 바다를 보나, 저기 가는 예쁜 아가씨를 보지. 마지못해 옆의 남자가 대답하자 무리는 일제히 웃음을 터뜨렸다. 두 남자는 계속해서 핀잔과 반박을 주고받았다. 그들의 실랑이는 국산 옥돔 감별법을 거쳐 도박에 빠진 이장이 떼먹은 돈으로 이어졌고 사이사이 예외 없이 웃음소리가 터졌다. 뭐가 저리도 재미있을까. 나는 다시 창밖으로 시선을 돌렸다.

버스가 정차했다. 우르르 사람들이 내리는 소리에 얼떨결에 자리에서 일어났다. 광주리를 머리에 인 할머니를 앞세우고 마지막으로 버스에서 내렸다. 할머니는 정류장에서 아는 사람을 만났는지 광주리를 내려놓지도 않고 한참을 떠들었는데, 심한 사투리가 외국어 같았다. 그사이 사람들은 어디론가 다

흩어졌다.

멀리 바닷가 쪽 카페를 향해 무작정 걷기 시작했다. 카페 입구에 도착하니 '레브드애월'이라고 쓰인 나무 간판이 천장에 매달린 채 천천히 몸을 흔들고 있었다. 텅 빈 카페는 주인도 보이지 않았다. 할 수 없이 구석 테이블에 자리를 잡고 앉았다. 은유는 내가 한참을 멍하니 있을 때 나타났다. 두 눈이 덮일 정도로 앞머리를 기르긴 했지만 말간 피부에 옅은 미소를 머금은 입매는 여전했다.

웬일이야?

미간을 찡그리며 내가 물었다.

네가 시간보다 느리게 가길래.

은유는 대답했다.

꼭 저렇게 두리뭉실하게 말해야 하나. 그는 똑 부러지게 말하는 법이 없었다. 발 시린 아이의 눈동자, 불 꺼진 반지하방, 익선동의 새벽 같은 표현을 툭툭 던지는 식이었다. 처음에는 멋스럽게 들렸지만, 시간이 갈수록 땅에서 붕 떠 있는 그의 화법이 듣기 싫었다. 다시 은유를 만난 게 반갑지 않았다. 회사일이 톱밥처럼 꽉 들어찬 머릿속이 흐트러지는 건 원치 않았다. 무엇보다 이제 나는 그처럼 한가하지 않다.

전에도 말했지? 너랑 얘기하는 거 짜증난다고.

날을 세운 목소리로 말했지만, 은유는 태연한 얼굴이었다.

제주도엔 웬일이야?

널 보러 왔을 거라고 착각하진 마.

어쩌면 은유는 옛날의 내 모습을 기대하는지도 모르겠다. 은유를 간절히 원했던 시절이 있었다. 그때는 그를 따라 어디든 가고 싶었다. 기꺼이 무모해지길 소원했었다. 쉽게 곁을 내주지 않는 그가 원망스러워 안달하기도 했었다. 하지만 다 지난 일이다.

잘 들어. 방금 난 오후 비행기로 돌아가기로 마음을 먹었고 내일 출근해 정신없이 달리면 다시 시간을 앞지르게 될 거야.

내 질문에 아직 대답하지 않았어. 여긴 왜 온 거야?

경태가 권해서 충동적으로 와본 것뿐이야.

대번에 은유의 눈이 치켜올라갔다.

그 경탠가 권탠가 하는 애는 아직도 만나는 거야?

네가 무슨 상관이야.

은유는 입술을 씰룩이며 쓴웃음을 지어 보였다.

하기야 권태 같은 놈이 너한텐 어울리지.

무시하지 마.

무시하긴. 암튼 기뻐.

뭐가?

충동이란 말. 그 말 오랜만이잖아.

나는 아무 말도 하지 않았다. 은유는 나를 너무 잘 안다. 그런 말을 들으면 내가 뜨끔하리라는 걸 알고 있다. 나는 하루하루를 견디는 데 몰두하느라 충동이 멋진 추동이 되는 순간을 오랫동안 잊고 있었다. 그때가 언제였던가. 짝사랑하던 선배 때문에 무작정 옐로나이프로 오로라를 보러 간 일, 그 카드 대금을 감당하지 못해 해야 했던 휴학과 스키장 알바, 어렵게 들어간 첫 직장을 녁 달 만에 박차고 나왔던 일……. 그 시절 내가 그렇게 겁이 없었던 이유는 옆에서 나를 부추기며 재미있어했던 은유 때문이었다. 문득 옛날처럼 은유에게 속마음을 얘기하고 싶어졌다.

경태한테 그랬거든. 미치도록 바쁜데 불쑥불쑥 미치도록 무료하다고. 분명 에러가 났는데 겉으로는 멀쩡하게 작동하는 것처럼 보이는 프로그램 같달까. 작년 연말에 잘린 K 말이야. 나랑 친했던.

응.

관두자. 얘기 안 하는 게 낫겠어. 넌 이해 못 할 거야.

내 착잡한 표정은 아랑곳없이 은유는 한심하다고 툴툴거렸다.

하려다 말고, 하고 싶은데 못 하고, 못 하는 것도 아닌데 안 하고. 너 예전엔 안 그랬잖아.

그런 말 하려면 가.

그러자 은유는 웃으며 나와 눈을 맞추었다.

이봐. 겉늙은 누님 같은 표정은 제발 좀 그만하고. 놀이를 한번 해보는 게 어때? 너의 일상을 다른 말로 바꿔보는 놀이. 일명 은유 놀이. 재미있을 거야.

은유 놀이?

응.

은유가 뭔데?

음…… 그건 내가 누구냐는 질문이나 마찬가진데.

은유는 한참 눈을 끔벅이더니 생각났다는 듯이 말했다.

그래. 수박씨!

수박씨?

기억 안 나?

여름이면 외할머니 댁에 갔다. 외삼촌은 어른들이 쉬쉬하는 이유로 대학을 중퇴하고 집에서 쉬고 있었는데, 세월이 지나서야 나는 당시 그가 다니던 대학을 떠들썩하게 했던 사건에 관해 알게 되었다. 모든 게 외삼촌의 의지는 아니었을 것이다. 유부녀 교직원을 사랑하게 된 것도, 그리고 그녀의 남편이 캠퍼스에서 난동을 부리다 불의의 사고를 당한 것도 말이다. 어쨌든 나는 그와 노는 게 좋았다. 외삼촌은 말수가 없었지만 어린 조카에게만은 엉뚱한 말을 잘했는데, 그럴 때마다 나는 그와 말이 통한다고 느꼈다.

밤이 되면 우리는 옥상으로 올라가 할머니가 잘라준 수박을 먹었다. 그때마다 그는 양볼이 터져나갈 듯 입안에 바람을 넣고 힘껏 수박씨를 허공으로 쏘아올렸다. 그 순간을 위해 수박을 먹는 것처럼. 수박씨는 푸우, 하는 소리와 동시에 어둠 속으로 돌진해 허공에서 자취를 감추었다.

삼촌은 왜 그렇게 하는 거야?

가슴속에 돌멩이들이 꽉 박혀 있어서 그래. 뱉어내면 시원해지거든.

근데 바닥이 더러워지잖아.

아니. 힘껏 뱉으면 하늘에 달라붙어버리지.

정말?

저 별들 보이지? 저거 다 내가 뱉어놓은 거야.

수박씨는 까맣잖아.

맞아. 까만데 불이 붙어서 반짝거리는 거야.

나는 뒤통수가 등에 닿도록 하늘을 올려다보며 와, 탄성을 질렀고 그는 말없이 내 머리를 쓰다듬어주었다. 외삼촌을 떠올리면 유독 그 기억만 선명하다. 지금도 밤하늘의 별을 보면 슬퍼 보이던 그의 얼굴이 생각난다. 아직도 이 세상에는 가슴에 돌멩이가 박힌 사람들이 참 많구나. 아마 그는 그렇게 말하겠지.

오래전에 네가 그랬잖아. 별은 하늘에서 굳어버린 슬픔이라고. 그게 은유야.

그건 삼촌의 감상일 뿐이었어. 아무도 이해 못 할 거야.

수수께끼처럼 들리는 은유도 있지. 은유는 태생적으로 모호하니까.

대체 모호한 말을 왜 해야 하는데?

그건 너만의 방식으로 세상을 보고 너만의 언어로 춤을 추는 거거든. 사무실에 종일 앉아 있는 거 늘 답답해하잖아.

겉멋 들린 화법은 여전하군. 내 귀엔 네가 말하는 은유라는 게 약자들의 언어처럼 들리는데? 수박씨가 무슨 얼어죽을 별이야. 따지자면 삼촌은 어린애한테 비약도 비유도 아닌 거짓말을 한 거야. 만약 지금 내가 똑같은 말을 듣는다면 삼촌이 측은해 보일 거야. 그가 끝에 어떻게 됐는지 생각하면 더욱…….

거짓말이고 아니고는 중요하지 않아. 네가 A는 B라고 하면 그냥 B인 거야. 그뿐이야. 네가 그 말의 주인이니까.

그러니까 억지라는 거네. 한가한 말장난은 사양할래. 나는 바빠.

은유는 한심하다는 듯이 나를 쳐다보았다.

바보들은 출구를 알려줘도 못 찾아가지.

그를 향해 가방을 집어던졌다. 가뿐히 피하며 킬킬대는 모습을 보자 더 화가 났다. 휴대폰도 집어던지려다 꾹 참았다.

경고하는데 다시는 수박씨니, 뭐니 말 같지도 않은 말 꺼내지도 마. 나를 바보로 만드는 건 바로 너야. 너만 안 만났어도 그동안 아까운 시간을 낭비하지 않고 헤매지도 않았어. 승진도 훨씬 빨랐을 거야. 말을 해놓고도 분이 풀리지 않았다.

너를 보니까 빨리 서울로 돌아가야겠다는 생각밖에 안 든다. 경태 말을 듣는 게 아니었어. 오늘 부서장 미팅에서 사장이 분명 나를 찾았을 텐데. 젠장.

미팅을 마치고 사무실로 돌아왔을 때, K가 쓰던 책상에 은유가 앉아 있는 게 보였다. 제주에서 화를 내고 헤어져 내심 미안했는데, 다시 보니 반가웠다. 그는 놀이기구에 탄 아이처럼 자신이 앉아 있는 회전의자를 좌우로 빙빙 돌리며 웃고 있었다. 운동화 한쪽 끈이 길게 풀려 있었다. 눈이 마주치자 은유는 해맑게 웃었다. 그 모습을 보자 그를 처음 만났을 때가 생각나 갑자기 마음이 덴 것처럼 혼란스러웠다. 무덤덤해지려고 애쓰며 그가 얼마나 대책 없는 족속인지를 상기했다.

잘 지냈어? 은유가 물었다.

응. 이제야 살 것 같아. 들으란 듯이 내가 말했다. 이번주는 정말이지 미친듯이 바쁘거든. 한 사람은 병가에 한 사람은 워크숍. 며칠째 셋이 쓰는 이 방에서 혼자 세 사람 몫을 하는 기분이야.

왜 세 사람이야? 책상이 네 개인데?

네가 앉아 있는 책상……K 자리였어. 지금은 비어 있어.

그때 제주도에서 말했던 K?

아, 몰라. 나 지금 바빠.

어차피 너는 늘 바쁘잖아. 그래야 안심이 되고 불평도 할 수 있으니까. 사실 그게 제일 편하니까. 아니야? 네가 맨날 욕했던 옛날 상사랑 똑같네, 뭐.

또 시작이군 싶었다. 한마디하려다 무시하고 자리에 앉았다. 메일을 쓰고, 전화를 받고, 책상 서랍에서 비타민과 홍삼을 꺼내먹고, 커피를 리필해오고, 사내 메신저로 말을 걸어온 동료와 킥킥대다, 다시 인상을 쓰고 컴퓨터 모니터에 시선을 고정한 채 키보드 위 손가락을 부지런히 움직였다. 다시 메일을 쓰고, 전화를 받고, 도돌이표처럼 반복 또 반복했다.

은유는 나를 지켜보다 지루해졌는지 슬그머니 내 책상으로 와 A4용지와 펜을 가져갔다. 그러고는 한 시간 넘게 구석에 쪼그리고 앉아 낙서하며 놀았다. 오후에는 계속 졸았다. 퇴근 시간이 가까워지자 그는 늘어지게 기지개를 켰다.

회사에서 너의 하루는 보통 이런 거야?

그렇지. 이를테면…….

이를테면?

한참을 생각했지만 적절한 비유가 떠오르지 않았다. 나는 생각에 잠겼다.

150년 전, 마누엘이라는 소박한 이름의 스위스 남자는 회사를 하나 만들었다. 세월이 흐르는 동안 회사는 쉼없는 세포분열을 거쳐 전 세계 66개국의 지사와 10만 명의 직원으로 불어났다. 지금도 지구 어딘가에는 똑같은 회사 로고가 찍힌 명함을 가진 누군가가 나처럼 일용한 양식을 위해 일하고 있을 것이다. 수리남이나 베냉처럼 어디쯤인지 상상조차 해본 적 없는 나라에서까지 말이다. 10만 명의 직원은 동일한 이메일 계정과 재무제표로 연결된 운명의 공동체이다. 그들은 범지구적인 연대 속에서 번갈아 잠자고 출근하고 퇴근한다. 그러니까 마누엘이란 남자는 그의 사후 지구가 백 번이나 공전을 반복하는 동안, 이 둥근 행성에 달라붙어 사는 10만 명의 일개미들이 그가 세운 회사를 위해 쉼없이 일하게 만든 것이다. 1초의 공백도 없이. 이게 신의 권능이 아니라면 무엇인가. 마누엘은 현대를 사는 내가 모시는 신이 된다. 그의 창업 비화는 성경이 된다. 설령 내가 그라는 신을 믿지 않는다고 해도 그는 언제든지 나를 축복하거나 벌할 수 있다.

가끔 마누엘이 되어 지구를 내려다본다. 고향이 있는 유럽 대륙에서 지구 반대편의 한국으로 시선을 돌린다. 조그만 나라다. 그다음엔 서울, 그다음엔 광화문, 그다음엔 K타워, 이어 25층 귀퉁이 사무실 그리고 그 안에서 종일 앉아 있는 한 여자를 본다. 너무 작아 잘 보이지도 않는다. 그녀가 용기를 내 하늘에는 슬픔이 타서 생긴 별이 진짜 있냐고 묻는다 해도 들리지도 않을 것이다. 그곳에서 그녀의 하루가 간다. 요일을, 계절을, 해를 의식하지 못할 정도로 비슷비슷한 하루가. 그렇게 평생이 지나 사라진다고 해도 그녀의 공백은 눈에 띄지 않는다. 나머지 9만 9999명이 있으니까. 금세 누군가가 그 자리를 다시 채우게 될 테니까.

웃음도 비웃음도 아닌 야릇한 미소를 지으며 은유가 다시 물었다.

정말 궁금해서 그래. 이런 하루는 네게 어떤 건지.

왜 항상 은유는 이런 식으로 유쾌하지 않은 고백을 유도하는 걸까. 이런 하루가 어떤 거냐고? 그러니까 이제는 지겨운 반복만 남아 관성으로 돌아가는 하루라고? 지겨운 반복이 계속되면 권태로워지고, 권태로워질수록 더 견디기 힘들어지는 딜레마에 빠져버렸다고? 갑자기 은유와 함께했던 시절이 잊고 싶은 추억처럼 떠올랐다. 시간 가는 줄 모르고 서로에게 빠져 있다보면 우리에게 와 있던 새벽빛. 그 빛을 볼 때마다 나는 다시 꿈꿀 수 있었다. 은유만 있으면 된다고, 끝까지 함께 갈 거라고, 정말 살아 있는 것처럼 살 수 있을 거라고 믿었었다. 그때가 생각나자 나도 모르게 언성이 높아졌다.

이 세상에 지겨운 반복이 아닌 게 있어? 이런 하루가 어떠냐고? 당연히 고마운 하루지. 다들 부러워하는 직장에서 일할 수 있다는 것만 해도 안 그래? 제발 철 좀 들어. 그때 네가 부추기는 바람에 대책 없이 회사를 그만두고 얼마나 힘들었는지 알기나 해? 이 회사에 취직이 안 됐다면 정말이지…… 생각만 해도 아찔하다고.

그런데 너는 왜 나를 그리워하지?

착각하지 마. 제발 가버려. 알아? 네가 이렇게 얼쩡거리는 게 더 머리 아파. 이렇게 하루가 지나는 것만으로도 나는 짓이 겨진 만두소가 된다고.

그러자 은유는 눈을 찡긋하며 말했다. 그게 바로 자기가 듣고 싶었던 은유라고.

다음날 출근했을 때 은유는 책상에 앉아 노트에 뭔가를 열심히 쓰고 있었다. 그 모습에 나도 모르게 미소를 지었다.

옛날 생각난다. 우리 카페에서 그렇게 종일 앉아 있을 때 많았잖아.

그제야 은유는 고개를 들어 나를 쳐다보았다.

맞아. 그때 우린 그렇게 시간을 이겼지.

그는 오늘은 방해 안 할 거니까 걱정하지 말라고 하더니 다시 고개를 처박고 쓰기 시작했다. 뒤에서 들리는 사각거리는 소리를 배경 삼아 업무를 시작했다. 회의를 다녀오느라 들락거리는 와중에도 은유는 등을 보인 채 계속 쓰고 있었다. 그런 그가 자꾸 신경이 쓰였다. K의 전화를 받은 건 콘퍼런스콜을 막 마쳤을 때였다. 그가 회사를 떠난 후 처음으로 내게 한 전화였다. 전해듣기로 그는 여전히 실직 상태인 것 같았다. 내 입에서는 어떻게 지내냐는 말부터 튀어나왔다. 잘 지내지. 잘 지내고말고. 그의 목소리가 진짜 잘 지내는 사람처럼 들려 좀 당황스러웠다. 이런저런 이야기를 나누는데, 그가 어디서 들었는지 경쟁사의 구조조정 소식을 전했다.

생각해봐. 그렇게 되면 회사가 어떻게 나올지 시나리오가

빤하지 않아? 우리도 업계 트렌드에 맞게 불필요한 라이선스를 반납하겠다, 그리고 한국에 있는 지점들을 하나로 통합하겠다, 그러겠지. 그건 작년보다 더 큰 규모로 자르겠다는 거고.

그는 사촌과 창업을 준비중이라고 했다. 전화를 끊고 나자 유기농 원단 사업이라는 게 과연 잘될까 싶어 심란했다. K가 잘린 후 한동안은 회사에 오면 웃을 수가 없었다. 그가 인사부 통보를 받고 하얗게 굳은 얼굴로 나를 찾아왔을 때가 잊히지 않았고, 그럴 때마다 눈뜨고 못 볼 지경이 된 내 주식계좌를 확인할 때만큼 착잡해지곤 했다. 뒤에서 쭉 대화를 듣고 있던 은유가 의자를 돌려 앉으며 말했다.

그 얘기는 끝까지 안 하는군.

무슨 얘기?

끝난 게임 말이야.

나는 눈을 흘겼다. 아직도 나는 K가 권고사직 서류에 너무 빨리 사인을 한 게 내 탓 같아 죄책감에 가까운 미안함을 느낀다. 그는 왜 '끝난 게임'이라는 표현을 자기식대로 해석해버렸을까. 내 말은 감원 자체가 돌이킬 수 없는 결정이라는 뜻이었지 결코 그가 가진 패가 전무하다는 뜻은 아니었다. 그때 잘렸던 사람 중 몇몇은 끝까지 버티다 K보다 몇 배나 많은 합의금을 받고 회사를 떠났다. 그 사실을 앞으로도 K는 모르는 편이 나을 것이다.

이제 알겠어? 어설픈 비유가 얼마나 위험한지? 그래서 너라는 애는 도움이 안 되는 거야.

매섭게 쏘아붙였지만, 은유는 아랑곳없었다.

뭐, 은유를 이해하지 못하는 인간들의 비극인 거지.

표정이 너무 뻔뻔스러워 뺨이라도 한 대 때려주고 싶었다.

잘난 척하지 마. K가 이해한 끝난 게임이야말로 얼마나 무서운 말인지 쥐뿔도 모르는 주제에. 그나저나 너는 지금 나한테 미안해해야 맞는 거 아냐?

내가 왜? 너야말로, 날 보면 너 자신에게 미안하지 않아? 솔직히 말해봐.

더 말을 하고 싶지 않았다. 뒤돌아 앉자 은유는 문을 쾅 닫고 나가버렸다.

내선전화가 울렸다. 영업부장이었다. 오늘 에이셉으로 주셔야 해요. 놀랍지 않은 그 후렴구를 듣자 짜증이 올라왔다. 이 인간은 '에이셉(ASAP)'의 뜻을 최대한 빨리가 아니고 '제시간에'로 아는지 항상 초치기 하듯 일을 주고 독촉했다. 보고서 작성일 기준으로 1년 치 자료를 다시 뽑아야 하는 걸 뻔히 알면서도 말이다. 손목시계를 보니 6시가 다 되어가고 있었다. 전에도 말씀드렸잖아요. 젠2 보고서는 최소 영업일 1일 전에 요청해주셔야 한다고. 결국 그의 에이셉이 이기고 통화는 끝났다. 보고서고 뭐고 다 집어치우고 집에 가서 와인이나 마시고 싶었다. 은유가 뱉어놓고 간 말이 머릿속에 박혀 떠나질 않았다. 뭐? 나야말로 나 자신에게 미안하지 않냐고? 한참을 책상

에 엎드려 있다 후다닥 보고서를 만들어 메일의 보내기 버튼
을 눌렀다.

　돈값 좀 합시다.
　나를 쓱 올려다보며 사장은 언짢은 얼굴로 말했다. 돈값이
란 말이 나왔다는 건 그가 몹시 화가 났다는 뜻이다. 문제의 보
고서를 보내고 이틀 후, 나는 영업부장의 보고를 받은 사장에
게 불려갔다. 물론 내 실수였다는 건 인정한다. 애초에 재무부
에서 받은 전년도 자료 파일에 소수점이 잘못 찍힌 숫자가 있
었다 해서 변명이 될 수는 없으니까. 충분히 의심할 만한 그 숫
자를 아무 생각 없이 연산에 사용한 건 엄연히 내 잘못이었다.
은유 때문에 마음이 어수선해서 그랬다고 핑계를 대고 싶지
도 않다. 어쨌든 그날 나는 평소답지 않게 주의를 기울이지 않
고 보고서를 만들었고, 영업부장은 그걸 토대로 급하게 만든
제안서를 고객사에 보냈으며, 고객사는 잘못 찍힌 소수점에서
파생된 엉뚱한 숫자들 때문에 곤욕을 치러야 했다. 고객사는
'수치로 환산 불가능한 신뢰 손상'을 이유로 잠정적인 거래 중
단을 통보했다. 사장이 돈값 좀 하라고 해도 나는 할말이 없
었다.
　돈값. 맞는 말이다. 월급을 받는 사람은 돈값을 해야 한다.
돈값이 5천인 자와 1억인 자가 치러야 할 대가가 같을 수는 없

다. 죄지은 자인 나는 시선을 떨구고 벌하는 자인 그의 심판을 담담히 기다린다. 이제 성난 폭언 아니면 차분한 비아냥거림을 견디며 후폭풍의 정도를 가늠하면 될 일이다. 하지만 사장은 더 말이 없었다. 길어지는 침묵이 부담스러워 내가 먼저 입을 뗐다.

죄송합니다. 앞으로 절대 이런 실수 없도록 하겠습니다.

하기 싫어 죽겠는 일, 억지로 해요 지금?

아, 아닙니다.

아니면?

일은…… 재미있습니다.

재미? 일이 재미있으면 돈 내고 다녀요.

그는 더 말하기도 귀찮다는 듯 턱짓으로 가보라는 시늉을 했다.

자리로 돌아오자 사장이 평소처럼 퍼붓지 않은 게 아쉬웠다. 덜 후련했다. 한껏 당하고 나면 죄의 대가를 치른 자에게 찾아오는 편안함, 그 마조히스트적인 쾌감이 없었다. 회사란 마조히스트로 훈련되는 새장이다. 그 새장 속에서는 영혼이 빠져나가 머리가 작아져야만 가볍게 훨훨 날 수 있다. 나는 언제쯤 그럴 수 있을까. 아무리 생각해도 지금 나는 너무 낮게 그리고 천천히 날고 있다.

퇴근해 집에 가려고 차에 시동을 걸었을 때였다. 무심코 고개를 돌렸다가 나는 비명을 지르고 말았다.

제발! 이런 서프라이즈는 사양이야, 알겠어?

은유는 뒷좌석 창가에 삐딱하게 몸을 기대고 앉아 재미있다는 듯 킬킬거렸다.

놀랐다면 미안. 그런데 너, 화풀이를 엉뚱한 사람한테 하는 거 같다.

한숨이 나왔다. 관두자. 싸울 기운도 없어.

주차장을 나섰다. 퇴근길은 러시아워에 도로공사까지 겹쳐 많이 막혔다. 신호가 바뀌어도 차들은 거의 움직이지 못했고 머릿속에선 사장에게 들은 돈값이라는 말이 떠나지 않았다. 겨우 집에 도착해 현관문을 열자 은유가 내 등뒤에 바짝 붙어 따라 들어왔다. 그는 신발장 앞에 쪼르륵 놓인 하이힐을 보더니 한마디를 했다.

병정놀이하는 아이들이군.

맞아. 나는 대답했다. 내 전투화 부대야. 저기에 발을 집어넣고 나간 여자는 종일 다른 사람인 척하면서 싸우지. 총도 맞아. 자주 맞다보면 쏠 수도 있게 돼. 때로는 사정없이. 변변한 전리품도 못 챙기고 부상병으로 돌아오는 때가 더 많지만. 그래도 여기로 돌아와 전투화를 벗어버리면 원래 모습으로 돌아갈 수 있어. 여기는 싫은 것들을 안 봐도 되는 방공호 같은 곳이니까.

싫은 것들?

말하자면 끝도 없지. 하나도 안 웃긴 사장의 농담에 사람들이 크게 웃는 거, 출근길 엘리베이터에서 회사 사람을 만나면 웃으며 인사를 해야 하는 것도 그렇고. 이메일 쓸 때 상습적으로 숨은 참조 쓰는 인간들, 한국말 잘하면서도 꼭 영어로 말하는 교포들, etc. etc. 어느 땐 그냥 사람 그 자체가 피곤해. 내가 사람이라는 거조차도.

브래지어부터 벗어버렸다. 티셔츠와 반바지로 갈아입자 허기가 몰려왔다. 밥을 해먹자니 귀찮았다. 배달음식을 주문할까 하다 그래놀라에 우유를 부었다. 한 수저를 떴다가 내려놓고 와인냉장고로 가 와인 한 병을 꺼냈다. 잔에 따른 와인을 벌컥벌컥 들이켜고 다시 잔을 채웠다. 한 번 심호흡을 하고 이번에는 천천히 잔을 기울였다. 경태에게 전화를 걸까 하다 이런 날은 통화가 유쾌하게 끝난 적이 없다는 걸 떠올리고 관두었다. 오늘따라 와인은 목구멍 깊숙이에서 끌어당기는 것처럼 쭉쭉 빨려들어갔다. 오늘 사장의 표정과 문제의 소수점이 찍힌 엑셀 시트가 번갈아 눈앞에 가물거렸다. 내일은 무슨 일이 있어도 이미 마감을 넘긴 분기 보고서를 끝내야 한다는 생각이 들자 이러다 상반기 인사고과가 하향 조정될지도 모른다는 걱정이 들었다. 생각을 돌리려고 해외 쇼핑몰 카트에 담아둔 점프슈트를 떠올렸다. 회사에 입고 갈 수 없는 옷이면 뭐 어때. 당장 결제하려고 사이트에 들어갔다가 다음 월급날까지 3주나 남았다는 사실에 포기하고 나왔다. 이건 뭐 회사가 아니라 신용카드회사를 위해 일하는 꼴이라니까. 그사이 그래놀라는 퉁퉁 불어 있었다. 매사가 불만인 권 대리의 뚱한 얼굴 같아 개

수대에 처넣어버렸다. 와인 한 병을 더 꺼냈다.

맛있나보군. 은유가 말했다. 그가 집에 있었다는 것도 잊고 있었다.

응. 맛있어. 이 와인 이름이 뭔지 알아? 텍스트북이야. 이름 깜찍하지? 뭐든지 제대로 배우려면 교과서가 중요하지. 이젠 이 와인을 저녁마다 마시려고 박스째 사다놓는 데 망설임이 없어. 더 좋은 와인을 못 마시는 게 아쉬울 뿐이지. 정말 월급이 더 많았으면 좋겠어. 싸구려 와인만 마시며 살아야 한다면 그건 참 끔찍한 일이야. 안 그래?

은유는 아무 말도 하지 않았다.

왜? 속물 같아 보여? 이제 은유 넌 이 와인만큼의 위로도 안 돼. 뭐야? 그 눈빛은. 자기 멋대로 나타나서 나를 내려다보는 네 눈빛. 기분 나빠.

왜? 속물 같아 보이는 건 또 싫어? 너야말로 얼마나 웃기는지 알아? 원하지 않는데 내가 자꾸 나타난다고? 솔직히 넌 내가 없으면 불행하잖아. 네 의지만 있다면 나는 언제든, 지금도 얼마든지, 너와 함께할 수 있어.

그러니까 의지의 문제라는 거지?

별안간 코끝이 시큰했다.

회사에서 돈값을 하려면 말이야. 100퍼센트 가지곤 안 돼. 죽어라 안간힘을 써서 120퍼센트는 해야 겨우 버틸 수 있어. 내 의지만 있다면 얼마든지 너와 함께할 수 있다고? 너도 회사랑 똑같아. 나한테 120퍼센트를 강요하는 거야. 어쩌면 의지의 문제가 아니라 능력의 문제일지도 모르지. 나는 능력이 없는 거고. 그러니까 꺼져!

잔에 남은 와인을 단숨에 비워버렸다. 오늘 저녁은 처음부터 끝까지 뭔가 성에 차지 않은 채로 마무리되고 있었다. 뜨거운 물에 몸을 담그면 기분이 나아질 것 같았다. 욕조에 물을 받았다. 콸콸 쏟아지는 뜨거운 물줄기에 욕실은 금세 증기로 뿌예졌다. 팔다리가 축축 늘어졌다. 흐느적거리며 물이 넘치기 시작한 욕조에 한 손을 집어넣고 휘젓는데, 은유가 내 반대쪽 팔을 세게 잡아끌었다.

미쳤구나. 죽고 싶어?

미쳤니? 죽고 싶게.

은유는 혀를 끌끌 차며 말했다.

옛날의 너는 이렇게 한심하지 않았어. 너 자신이 더 잘 알잖아. 너는 얼마든지 자유로울 수 있어. 불편해지는 게 두려우니까 안 하는 것뿐이야. 늘 똑같은 고민을 하는 거, 버릇처럼 불평만 하는 거, 지겹지 않아? 맨날 시키면 정장만 입고 그렇게 살고 싶어?

제발. 잘난 척하지 마. 다 너 때문이야. 네가 이렇게 나타나서 정신 사납게 하지만 않으면 나는 K한테 미안해할 일도 안 하고 사장한테 돈값 좀 하라는 소리도 안 들어. 조금만 빈틈을 보이면 넌 어김없이 나타나 엉망을 만들어버리지. 그 지겨운 패턴 이젠 진절머리가 나. 네가 이런 식으로 무책임하게 나를 부추기는 건 대책 없이 회사를 그만두라고 하는 거나 마찬가지야. 옛날에 너 때문에 회사를 때려치웠다가 어떻게 됐냐고. 신용불량자가 되는 게 얼마나 무서운 일인지 알아? 두 번 속지는 않을 거야.

내 말 잘 들어. 뭐든 나름의 정의를 내려놓으면 편해지는 법이야.

대체 뭘 어쩌라고?

한번 생각해봐. 지금의 네 인생을 하나의 은유로 표현한다면 뭐가 될지.

제발! 나는 두 손으로 귀를 막으며 빽 소리를 질렀다. 제발, 입 좀 다물어!

걷잡을 수 없이 화가 치밀어올랐다. 욕실 밖으로 나를 잡아끄는 은유를 사납게 밀쳤다. 중심을 잃은 그가 휘청이다 욕조 안으로 빠지면서 크게 첨벙 소리가 났다. 욕조에서 일어서려는 그를 죽을힘을 다해 욕조 속에 주저앉혔다.

다시는 내 앞에 나타나지 마. 차라리 죽어버려. 죽어버리라고!

몸을 일으켜 나를 부둥켜 잡으려는 그를 야멸차게 뿌리치고 욕실을 나왔다. 물을 뚝뚝 흘리며 침대로 가자마자 고꾸라지듯 쓰러졌다. 무섭게 피로가 몰려왔다. 머리맡의 불을 꺼야 한다고 생각하면서 나는 천근같은 잠 속으로 직진했다.

죽을힘을 다해 어항 밖으로 튀어나오는 데 성공한 붕어 한 마리. 동그란 입을 벌리고 뻥긋뻥긋 숨을 몰아쉬고 있다. 점점 호흡은 힘들어지고 입가에는 게거품이 번져간다. 물고기는 물에서 살아야지. 주제도 모르고 새가 되어 하늘을 날겠다고? 하이에나가 되어 들판을 질주하겠다고? 어느새 그 말을 하는 사람은 사장이 되어 있다. 아니 물고기는 꼭 물에서만 살아야 한다는 법이 있나요? 나는 항변하듯 입을 뻐끔거리다 훌쩍이기 시작한다. 질식할 것만 같다. 나는 그 지긋지긋했던 물속으로 다시 내동댕이쳐지길 소원한다. 하지만 꿈속에서도 기적은 일어나지 않는다. 사장에게 한 바보같은 말이 자꾸 맘에 걸린다. 일은 재미있습니다. 재미있으면 돈 내고…… 다니라고? 그럼 너도 돈 내고 다녀, 인마. 성질부리고 싶은 대로 다 부리며 사는 게 얼마나 재밌냐. 저, 저기요. 아니요. 아니에요. 저는 이상한 나라의 앨리스는 되고 싶지 않아요. 사원증을 반납한 적 없다고 비명이라도 지르고 싶지만 목소리가 나오지 않는다. 거칠게 숨을 몰아쉬며 가수면 상태에서 빠져나오지 못한다. 개새끼. 그 성질머리가 다 살덩어리가 되어라. 사장의 몸은 걸음을 떼기 힘들 정도로 점점 불어난다. 비만한 몸을 뒤뚱거리며 그가 말한다. 여러분, 우리 회사 직원의 글로벌 평균 나이가 몇 살인지 아십니까? 37세입니다, 하하하. 네? 37세요? 그래서요? 평균이 37이 되려면 그보다 큰 숫자도 필요한 거 아니에요? 생각해보세요. 그보다 더 작은 숫자만 있으면 평균이 20대로 내려갈 텐데 그게 박수를 칠 일인가요? 네? 박수를 칠 일이라고요? 아니 사장님도 나이가 많잖아요. 나보다도 더. 가만있자. 내 퇴직연금이 채권형이었던가 주식형이었던가. 맞아. 노후대책이 중요해. 하지만 욜로, 욜로도 중요하지. 욜로? 욜로 좋아하시네. 한참을 울먹이다 잠에서 깨어났다. 조금 젖어 있는 눈가를 비비며 침대에서 일어났다. 어둠 속에 우두커니 앉아 있다 욕실로 갔다. 문이 활짝 열려 있었다. 은유는 없었다.

계절이 바뀌었지만, 은유는 다시 나타나지 않았다. 어디로 간 걸까. 설마 죽은 건 아니겠지. 차라리 잘된 일이라고 생각하면서도 영영 은유를 다시 볼 수 없을까봐 두려웠다. 두려움이 커질수록 의식적으로 은유를 생각하지 않으려고 애썼다. 나는 다짐하고 또 다짐했다. 이제 은유 따위에 흔들리지 않고 현실과 살가운 친구가 될 거라고. 내 모국어는 주관이 배제된 언어가 되어야 한다고. 소수점까지 눈 밝은 사람이 되어 돈값을 할 거라고. 아니 언제나 돈값 이상을 한다고 인정받고 싶다고.

하지만 은유가 그리웠다. 나는 외삼촌이 말했던 가슴속에 박힌 돌멩이를 자주 생각했다. 제주의 그날이 생각나는 출근길이면, 속으로 말했다. 나는 지금 '서글픈 레드카펫'을 밟고 있다고. 스타벅스에선 커피를 주문하며 중얼거렸다. '나를 깨우는 은혜로운 검은 피'라고. 그리고 같은 부서의 동료는 '유산 싸움을 하게 될지도 모를 이복형제'가, 점심시간은 '혀를 잃은 미식가의 축제 기간'이, 워라밸은 '소수를 위한 모순어법'이 되었다. 포인트와 할인쿠폰에 목을 매는 동료를 볼 때는 '신흥종교에 경도된 열성 신자'를 떠올렸다.

오랜만에 회사로 찾아온 경태는 점심을 먹는 동안 내게 실없는 소리가 늘었다고 말했다. 내가 콩국수 국물을 들이켜며 한 말 때문이었다.

아, 이건, 여름의 모유네.

경태는 나를 빤히 쳐다보더니 엄마젖을 못 먹고 자란 애들은 확실히 좀 덜떨어진 데가 있다고 혼잣말을 했다. 그러고는 엄마의 젖무덤을 파듯 그릇에 얼굴을 파묻고 연거푸 국물을 들이켰다. 나는 은유가 찾아왔던 얘기를 꺼내려다 관두었다. 어차피 관심도 없을 터였다. 경태가 물컵을 집으며 말했다.

우리 결혼할래?

놀라서 뭐? 하고 반문도 나오지 않았다. 그는 무표정한 얼굴로 이어 말했다.

생각해보니까 나 집 계약만료일이 몇 달 안 남았더라. 우리 합치면 서로 월세도 절약할 수 있고 좋잖아. 뭐, 결혼이 별거야.

앞에 있던 냅킨 뭉치를 그의 얼굴에 던지고 일어났다.

오늘 밥값은 네가 내.

점심을 마치고 사무실로 돌아오자 책상 위에 새 명함이 다섯 통이나 놓여 있었다. 이 쳇바퀴 같은 하루하루가 앞으로도 계속될 거라고 알려주는 고지서 같아 가슴이 답답했다. 명함에는 'Sales Support Dept.'이었던 부서명이 'Business Process Optimization Dept.'로 바뀌어 있었다. 두 달 전 외부에서 영입된 새 글로벌 CEO는 취임과 동시에 혁신을 외쳤는데, 그가 제일 먼저 한 일은 글로벌 조직구조를 뜯어고친 것이었다. 그 결과 수십 개에 달하는 사업 부문과 부서명이 죄다 바뀌어버렸다. 누가 말리지만 않는다면 회사 로고에 그려진 화살촉까지도 뽑아버릴 기세였다. 한동안 희한한 말장난이 계속되었다. 'Counsel'이 'Advisory'로, 'Country'가 'Market'으로, 'Planning'이 'Strategy'로 바뀌었다. 새롭게 조합된 단어들은 다 거기서 거기지만 묘하게 낯선 뉘앙스를 풍겼다. 새로운 CEO는 은유의 대가였다.

사장이 물을 먹게 될 거라는 소문도 돌았다. 그게 사실이라면 조만간 그의 사임 소식을 전하는 메일이 날아올 것이다. 거기엔 그의 업적을 칭송하고 우정어린 응원을 보내는 외교적 수사로 가득하겠지. 그렇게 중증의 사디스트이자 뛰어난 모던 노동자였던 사장은 그가 사랑했던 회사와 원치 않는 이별을 하게 될 것이다. 그가 떠나도 기뻐할 필요는 없을 것이다. 누가 신임 사장으로 오든 회사라는 새장에는 사디스트가 필요할 테니까.

출근길 엘리베이터 안이었다. 철 지난 코트 차림의 은유를 발견하고 내가 화들짝 놀라자 그는 픽 웃었다.

잘 지내는 거 같군.

옆에 있는 남자는 우리는 안중에 없는 듯 엘리베이터 문에 비친 자신의 실루엣을 바라보며 앞머리를 정리하고 있었다.

응. 그럭저럭.

잠시 주저하다 이어 말했다.

그날 밤 네 질문 말이야…… 그동안 생각해봤어.

무슨 질문?

내 인생을 하나의 은유로 표현한다면 뭐냐고 물었잖아.

아, 그거. 뭔데?

발신인 불명 편지. 되돌려보낼 수가 없거든.

은유는 웃었지만 나는 웃음이 나오지 않았다.

열어보면 되잖아. 읽고 나서 버려버릴지 답장을 할지 결정하면 되지. 누가 보냈는지는 중요하지 않아. 어차피 네게 온 편지니까.

남자가 내리자 둘만 남겨진 엘리베이터 안이 더없이 고요했다. 은유가 속삭였다.

가자.

어딜?

제주. 레브드애월. 네가 가고 싶어하는 곳이잖아.

갑자기 엘리베이터 층수 표시등에 숫자가 바뀌는 속도가 한없이 느려졌다. 아득한 현기증에 힘주어 눈을 감았다 떴다.

아니…… 이젠 지쳤어. 엉뚱한 곳에서 힘을 다 써버렸어. 그리고 두려워. 지금 있는 것까지 다 잃게 될까봐.

정신을 차리고 황급히 9층 버튼을 연달아 눌렀다. 엘리베이터는 이미 10층을 지나 계속 위로 올라가고 있었다. 한숨을 내쉬자 은유는 또 픽 웃었다.

그냥 옥상까지 올라가.

뭐?

네가 층수 누르는 걸 깜빡한 건 너의 무의식이 다른 데를 가고 싶기 때문이야.

옥상까지 올라가면? 하늘로 날아가라고? 아니면 너를 떠밀기라도 하라고?

말했잖아. 가보면 알겠지. 추락하게 될지, 하늘로 날아갈지, 그냥 내려올지. 아니면 한동안 별구경이라도 실컷 하다 와야겠다, 그렇게 생각해.

은유는 뚫어질 듯 내 눈을 바라보았다.

어서.

그의 눈빛이 버거워 나는 잠시 눈을 감았다 떴다. 그래, 별구경이라도 실컷 하고 오면 되지. 나는 심호흡을 한 다음 떨리는 손으로 맨 꼭대기에 있는 버튼에 검지를 갖다대었다. 잠시 후 양옆으로 커튼이 젖혀지듯 엘리베이터 문이 열렸을 때, 나는 놀라 은유의 팔을 꽉 붙잡고 말았다. 눈앞은 온통 뿌옜다. 아무것도 보이지 않았다. 저 앞이 허공인지 아니면 발을 디딜 뭐라도 있을지 분간이 되지 않았다. 은유가 말없이 내 손을 힘주어 잡았다. 나는 조심스레 한 발짝을 뗐다. 이어 다른 한 발도 앞으로 내디뎠다. 더는 두렵지 않았다. ■

워커홀릭의 짧은 휴가

황현경(문학평론가)

떠나는 이들의 행선지는 제각각이지만 돌아오는 이들의 목
적지는 고만고만하다. 원점 회귀하는 순간에야 완성되는 여
정, 이것이 여행의 본질이다. 그러니 문득, "어차피 여기로 다
시 돌아올 텐데 왜 떠나나"(「흔들리는 것들」, 13쪽) 싶을 수도
있겠다. 쉬러? 글쎄, 챙겨간들 거들떠도 보지 않을 것을 예감
하면서도 끝내 여행 가방에 쑤셔넣어온 일거리 때문에 한숨
쉬느라 지쳐버리는 건 거의 클리셰 아니던가. 나를 찾으러? 아
니, 내가 누군지는 어제 벗어둔 모양 고대로 욕실 문가에 방치
된 양말이나 냉장고 깊숙이 잊힌 채 썩어가는 먹다 남긴 배달
음식이 이미 말해주고 있는걸.

이도 저도 아니라는 건 혹시 저 질문 그대로가 답이라는 의

미일지도 모른다. 여기로 다시 돌아올 수 있으리란 걸 알기에 떠날 수도 있는 거라고. 그때가 되면 잠시 멈춤 상태로 기다리고 있던 일상이 아무 일도 없었던 듯 다시 움직이리라는 걸 알아서라고. 그러게, 가령 가족 중 누군가 당장 내일을 장담할 수 없는 상황에 무심히 떠날 이가 있을까. 그러하다면 변화의 가망 없이 정체된 삶이야말로 여행을 위한 최상의 조건이 된다. 매일을 고만고만하게 만드는 그 지긋지긋한 일상의 관성 '때문에'가 아니라 '덕분에' 떠날 수도 있다는 게 아이러니하지만.

이 소설들은 떠나왔거나 머물러온 이들의 이야기다. 떠나온 이들은 다 돌아가고 싶고 머물러온 이들은 다 떠나고 싶어서, 머물다 떠났다 돌아오는 이야기라 해도 되겠다. 요컨대 이런 식. "그렇게 나는 전진과 후진을 반복하며 늘 제자리를 맴돈다."(11쪽) 그런데 삶이 매양 그 꼴임은 우리도 알지만, 아니 알기에 더욱이 저 얘긴 좀 이상하게 들린다. 제자리로의 후진에 저리 익숙해 보인다는 것은 곧 전진도 어지간히 했다는 건데, 그러면 '왜 떠나나' 하면서도 떠나고 또 떠났다는 것 아닌가. 그런 거라면 여행은 아무래도 선택의 문제는 아니지 싶다.

*

막무가내로 약속을 잡으려는 엄마의 문자로 시작된 아침이 여며지지 않는 원피스 지퍼와 떨리는 눈꺼풀과 무신경한 이

웃들과의 만남으로 이어진다. 그날따라 번잡한 카페에서 남의 것과 뒤바뀌어 나온 커피, 손이 거친 청소 아주머니가 흐트러놓은 사무실 책상, 대뜸 퇴사 의사를 밝히는 아끼던 직원 하영, 거기 재차 속을 뒤집는 엄마와의 통화가 더해진다. 나쁜 일 더하기 나쁜 일 더하기 나쁜 일, 이게 종일 추적추적 비가 내리던 '나'의 하루다. 게다가 남편 혁과의 결혼생활에 마침표를 찍게 될 내일을 앞둔 시점, 그 오늘에 이 소설이 붙여준 이름은 뜻밖에도 '무탈'이다.

출근길 라디오 뉴스 속 온갖 사건 사고의 주인공들에 비하면 그래도 '무탈'하니까? "별일 없으면 좋은 거"(219쪽)라며 아침에 서글서글한 목소리로 인사하던 박 전무의 모친상 소식에 비하면? 3주 전 밤에 배달 나갔다가 퍽치기를 당해 의식을 잃은 세탁소 사장이나, 그래서 죄송하지만 직접 세탁물을 확인하고 가져가시라며 전화 너머 흐느끼는 그의 여동생에 비하면? 함부로 아니라고 말하기도 어렵기는 하지만, 어쩐지 답은 이야기가 시작하던 순간에 일찌감치 제시된 것도 같다. "내일이 지나면 뭐가 달라지는 걸까. 아마 일상은 달라질 게 없을 것이다."(213쪽) 그리고 무엇보다,

오늘 하루가 지났다. 나는 무너지지 않았다. 어쩌면 아무것도 아닐지 모른다. 오늘이 어제와 비슷했듯이 내일도 오늘과 비슷하겠지. 따지고 보면 다 거기서 거기인 날들일 뿐이다.

무탈해 보인다고 무탈한 건 아님을 모르지 않지만, 나는 그렇게 보이는 것만으로도 안심이 되는 시간을 통과하고 있을 뿐이다. 삶이 무탈하기를 바라는 건 누군가의 순정한 얼굴만을 보길 기대하는 것처럼 어리석은 일임을 알고 있으면 된 것이다.(「무탈」, 233쪽)

이 일을 평생 계속한다 생각하면 숨이 막혀온다던 하영은 아직 제 삶에 기대하는 게 많은 거겠다. 먼 그날들에 '비하면' 지금은 불행해 보일 수밖에. 그러나 "내일도 오늘과 비슷"하리라는 걸 오래 확인해온 '나'라면 다를 수밖에 없지 않을까. 삶은 언제나 얼마간은 나쁜 것이라, 그렇게 어제만큼 나쁜 매일이 반복되리라는 걸 아는 '나'라면, "어쩌면 잘 산다는 건 헛된 믿음을 헛되지 않다고 믿으며 사는 것"(228쪽)인가 싶은 순간도 있겠지만, 실은 오늘과 내일 사이를 잇는 외줄을 위태롭게나마 타고 가는 데 나날이 성공하는 것만으로도 '무탈'하다 말할 자격은 충분할 것이다.

그러니 회사의 감사 건에 내일 당장 대응해야 한다는 사장의 채근에도 '나'가 휴가를 변경하지 않는 귀결은 당연하게 느껴진다. 지금 선제적으로 조처할 기회를 놓치면 나중엔 일이 더 힘들어질 수도 있겠지만 그게 뭐 그리 큰 문제라고. 혁이 내일 30분 늦은들 달라질 건 없듯, 일도 삶도 그래 봐야 지금껏 나쁘던 만큼만 여전히 나쁠 테니까. '나'가 즐겨 보던 유튜브 영상 속 남자의 바람처럼 그 지겨운 굴레를 벗고 완전히 새로운 내일을 맞이하는 일은 기적도 아닌 그냥 난센스(nonsense)일 뿐이다. 요컨대 내일의 휴가는 삶의 강력한 복원력에 대한 귀납적 확신에 기댄 짧은 일탈이다.

어떤 하루를 보내게 될까? 혁과의 이혼을 위한 외출이 되든 엄마와의 갑작스러운 동행이 되든, 어느 쪽이건 그 내일이 끝나면 평소와 다름없이 '무탈'한 내일이 또 찾아올 것이다. 그러니 돌아오는 순간까지를 여행이라 부른다는 것을 상기하며, 이제 그 하루의 여정에 '나를 찾아 떠나는 여행'이라는 이름을 붙여보아도 좋겠다. 회귀를 반복하게 되는 그곳이 '제자리'임을, 그곳에서의 모습이 바로 자기라는 것을 깨닫게 될 테니. 그 어떤 '다른 나'도 가능하지 않다면 오직 '지금의 나'만이 나일 수밖에 없지 않겠는가. 하여 '나'는 어김없이 이번에도 돌아오기 위해 떠나려는 참이다.

가정폭력을 일삼던 아빠와 5년 만에 이혼한 엄마를 따라 초등학교를 졸업할 즈음 미국으로 건너간 '린'이 끝내 실감하게 되는 사실도 다르지 않다. 그곳에서 취직해 한국지사로의 발령을 신청한 그녀에게 엄마는 "네 아빠랑은 절대 엮이지 않도록 조심"(「2백만 원어치 마음」, 199쪽)하라 당부하지만, 아빠의 장례식을 계기로 재회한 '언니' 앞에서 그녀는 다시금 '혜린'이다. 재혼이었던 아빠가 만삭의 엄마에게 데려온 다섯 살짜리 딸, 그 아이가 미리 '혜선'이었기 때문이다. 그래서 지금 혜린은 어렸을 때 헤어져 평생을 모르고 살아온 혜선과 자신이 과연 가족인지가 궁금하다.

아빠 병간호에 20대를 다 바쳤으니 이제라도 공부를 다시 시작하겠다며 5백만 원을 빌려달라는 혜선 때문에 그 질문은 한층 미묘해진다. "내 아빠는 다른 사람이라고 말하고 싶"(194쪽)은 혜린이라면, '가족이 아닌 혜선'에게는 빌려줄 수 있다. 인도 첸나이에서 행할 회사의 봉사활동에 항공료 198만 원을 부담하면서까지 참가하려는 그녀라면, 대학교 때부터 온라인 모금 사이트를 통해 일면식도 없는 이들에게 기부하며 "헬퍼스 하이(Helper's High)"(201쪽)를 느껴보았던 그녀라면, 그렇듯 "연민"(197쪽)을 느끼지 않을 수 없는 '남'인 혜선을 돕는 건 고려할 만한 문제가 된다.

그러나 친구의 범죄에 억울하게 연루된 남편의 변호사 선임비 때문이라는 진실을 알게 된 이상 5백만 원은 빌려주고 싶지 않은, 아니 빌려줄 수 없는 돈일 뿐이다. 가족인 남편을 위한 돈이라면 결국 가족인 혜선의 가족을 위한 돈이어서다. 이 정확한 셈법에 의해, 혜선을 돕는 것은 자신과 그녀가 가족임을 자인하는 것과 마찬가지가 된다. 잠시 남편이었으나 평생 남이었던 이의 장례식에 부조한 천 달러가 엄마에게 "마지막 교류"(188쪽)를 위한 돈이었던 것과는 반대로, 혜린에게 5백만 원은 혜선과의 내키지 않는 교류의 시작이 될 돈이다.

갑작스러운 혜선의 수술에 '보호자'로서 2백만 원가량을 입금하게 되고, "역시 핏줄밖에 없다"(208쪽)며 고맙다는 혜선의 문자가 도착했으니, '가족'이라는 답도 함께 도착한 셈이겠다. 마침 봉사활동이 취소되어 198만 원이 돌아오지 않았더라면 그 답은 회피할 도리도 없었으리라. 첸나이 대안학교를 후원하는 비영리단체에 그 198만 원을 송금하는 것이 혜린의 고육지책이다. '남'을 위해 그 정도는 낼 수 있는 이로 스스로를 규정해버리는 것. 그런들 혜선의 '보호자'였다는 사실이 지워지는 건 아니지만, 세상에 태어나던 순간부터 혜선은 가족인 듯 가족 아닌 이 아니었던가. 요컨대 그게 '제자리'다.

마저 「방문객」을 읽자면 이렇다. "미감을 극대화할 수 있는 정확한 위치에"(128쪽) 값비싼 가구와 소품들이 놓여 있고 널찍한 테라스 너머 절경이 펼쳐지는 고급 빌라에 촌스럽다 못해 사이즈도 작은데다 올까지 하나 풀린 스웨터 차림의 방문객 미스터 자파가 등장한다. 집에도 고급 커피에도 귀한 와인에도 합당한 찬사를 바치지 않는 그가 '남자'와 '여자'는 영 못마땅하다. 정치망명자라는 석연찮은 신분도 남자의 형이 느닷없이 대접을 부탁한 손님이라는 사실도 무려 욕조 목욕을 해야겠다는 요구도 그렇거니와, 공들인 음식들을 게걸스레 집어먹으며 "잘 먹고 잘 싸는"(136쪽) 게 전부라 단언하는 그를 환영하기가 물론 쉽지는 않아 보인다.

그렇듯 한 번씩 삐걱대던 자리는 미스터 자파가 아내 이야기를 꺼내면서 조금씩 정돈되어간다. 망명자 시절을 버티게 했던 아내와의 3년 만의 재회가 얼마나 아름다웠는지를 회상하더니, 아내가 좋아하던 곡이라며 〈물망초〉를 부르고서 15년 전의 사별을 고백하는 그에게 "두 사람의 마음속 빗장"(145쪽)은 마침내 무너진다. 그 결정적 순간의 결정적 질문. "두 분은 사랑이 뭐라고 생각하십니까?" 미스터 자파가 내처 정의한 "가장 순수한 사랑"(144쪽)의 대상이 남자에게는 여자가 아니었음이, "피노누아 같은 여인"(146쪽)은 따로 있었음이 여자에 의해 발설되며 그 밤은 쏟아진 와인에 흉하게 얼룩진 하얀 패브릭 소파처럼 처참해진다.

"부부에게는 아이가 없었기에 집안의 분위기는 생활의 흔적보다는 두 성인의 정연한 일상을 보여주는 완고함 같은 것이 배어 있었다"(128~129쪽)고? 아니, 보았듯 부부에게 없는 것은 아이만이 아니다. 집안 곳곳 온갖 아름다운 것들은 '없는 사랑'의 대체품이며, 그 없음을 상기시켜주는 것이 바로 이국의 방문객이 잠시간 만들어낸 비일상의 시간이다. 그가 쪽지로 인사를 대신하고 떠난 아침, 지난밤 신기루처럼 찬란하던 식탁 위에는 쓰러진 와인잔들과 지저분하게 말라버린 음식들만이 남아 있다. 겹겹의 포장이 벗겨진 후의 고작 그런 것들이 "굵고 길고 시커먼 똥"(149쪽)을 변기에 선사하고 간 미스터 자파가 꿰뚫어본 그들 부부의 현실일 것이다.

자그마한 균열로도 파괴되어버리곤 하는 일상에 대한 소설이라 요약하려는 참이라면 잠깐, 그깟 변기 물은 내리면 그만이고 식탁과 거실은 치우면 그만 아닌가. 식사를 앞두고서 "매번 똑같은 피노누아만 꺼내놓지 말라"(134쪽)던 여자의 주문은 곧 남자가 매번 똑같은 피노누아만 꺼내놓았다는 의미일 테다. 그렇다면 이건 균열에 대한 소설이 아니라 균열-봉합-균열-봉합의 반복에 대한 소설이다. 사랑의 회복은 요원하나 사랑 없이는 충만도 없어, 언제든 회복될 지금의 정연함은 언제든 찢어버려도 좋을 것이다. 상대에게서 튕겨져나온 마음이 머물던 한때의 기억을 간직한 채 하염없이 비틀대며 떠도는 이야기, 이게 정당한 요약이다.

여기까지 읽으니 저들이 갈망하는 건 떠나는 것이라기보다는 도리어 돌아오는 것처럼도 보인다. 그러나 떠나지 않고서는 돌아올 수도 없기에, 떠나고 싶다며 자신을 애써 기만하고 있는 것은 아닌지. 가만히만 있어도 결과는 '제자리'로 같지만, 자기기만에 능숙한 저들이라면 제자리로 '돌아오는' 것과는 달리 제자리에 '머무는' 것을 자신의 삶에 대한 방기로 여길 수도 있을 것이다. 그렇게 보면 변화를 갈구하는 이는 고착화된 저 자신과 제 삶에 이골이 난 것이기도 하겠다. 원하는 만큼 원하지 않기, 원하지 않는 만큼 원하기. 저들에게 '제자리'라는 건 그 사이 어디쯤인 모양이다.

*

　「파라다이스 리조트」의 희수는 '워라밸(work & life balance)'을 강조하는 신임 사장의 말에 "직속 상사와 닮아 보여야 한다"(97쪽)는 나름의 철칙으로 맞장구를 치다보니 어느새 몰디브에 도착해 있는 신세다. 사장의 휴가지 필독서라던 『월든』까지 챙겨오긴 했지만, 지금 희수가 정말로 읽고 싶은 건 먹통인 인터넷 탓에 확인할 수 없는 메일들이다. 그렇듯 자기 없이도 평소와 다름없이 돌아가고 있을 회사 생각과, "모두 전진하고 있는데 혼자만 멈춰 선 것 같"(107쪽)은 불안감에서 당최 벗어날 수가 없는 그 닷새를 '휴가'라 부를 수 있을까? 그놈의 『월든』마저 "회의자료라고 생각하고 집중"(116쪽)해야지만 겨우겨우 붙들고 있는 게 가능한데도?

　이런 식이라면 휴가는 일'을' 떠나는 것이 아니라 일'과' 떠나는 것이라고 해야 하겠다. 그 징조는 도착하기도 전에, 곧 휴가지로 향하는 비행기에서 승무원을 보고 예전 비서를 떠올리는 순간에 이미 엿보인다. 그녀의 눈에 그들은 "딱 일용할 양식을 구할 정도의 의욕과 능력밖에 없는"(98쪽) 자들일 뿐이고, 이는 자신이 그들과 다르다는 알량한 안도감의 원천이 된다. 프라이빗 빌라에 배정된 출중한 외모의 집사 아니쉬에 대한 그녀의 태도가 "할렐루야!"(100쪽)에서 "세이 예스!"(111쪽)로 금세 변모하는 것을 보라. 이 희수는 회사에서 부하 직원들을 닦달하던 그 희수와 완전히 같은 사람이다.

휴가지가 바뀐들 달라질 것은 없다. 「흔들리는 것들」에서는 발리, 자신의 대학생 조카를 거기서 한번 만나주라던 부장의 오더와 함께 떠나온 이는 10년째 다니고 있는 회사의 인사고과를 앞둔 '미소'다. 이름처럼 잘 웃어서 좋다는 부장의 반갑지 않은 칭찬에서 잠시 좀 멀어졌나 싶을 때, 그곳에서 만난 마사지사 하스나가 그녀를 부르는 이름은 다시금 '미스 스마일'이다. 마사지를 하는 꿈을 꿔 굉장히 기분이 좋다는 그녀에게 하스나는 말한다. "저런, 나쁜 꿈을 꾸었군요." 하스나에게는 그게 "어쩔 수 없이 하는 일"(19쪽)이라는 당연한 사실을, 저 역시 회사를 관둬야지 관둬야지 하며 버티고 버텼던 미소가 모른다.

그래, 모를 수밖에 없다. 왜냐하면 지금 그녀는 팁으로 주기에 과한 액수의 지폐를 내밀 수 있는 위치에 있으니까. 알바 형식으로 그냥 호텔에서 마사지를 하면 어떻겠냐는 하스나의 제안을 "도움을 베풀 수 있는 기회"로 여기며 "선심"(18쪽) 쓰듯 응해줄 수도 있으니까. 그런 미소가 위치한 그 세계는 휴양지가 아니라 다시금 사용자-피용자의 세계다. 그런 미소의 모습이 부장을 못 견뎌 하면서도 "변화를 갈구하는 만큼 변화에 저항"(13쪽)하며 결국 회사라는 익숙한 공간 밖으로 한 발짝 내디뎌본 적 없는, 스스로도 오래 지긋지긋해했던 그녀 자신의 모습 그대로임은 물론이다.

이들이 휴가가 아니라 거의 외근중인 것처럼도, 그러니까 '워라밸'이 일 쪽으로 무너져 있는 것처럼도 보이겠지만 그게 또 그렇게 간단하지가 않다. 「파라다이스 리조트」에서 희수가 아니쉬를 유혹하려 하는 것은 다만 그녀가 '사용자'이기 때문만은 아니다. 거듭하여 마주치게 되는 노부인 '마담 모로'의 모습은 그녀에게 "'설마, 이렇게 끝나진 않겠지' 하는 기대 때문에 참고 보는 지루한 영화"의 "보고 싶지 않았던 결말"(106쪽)로 받아들여지고, 그 뻔한 미래에 대한 강렬한 예감은 그녀로 하여금 현재의 자신을 확인하게끔 강제한다. 술기운에 제법 만족스러워 보였던 거울 속 모습과는 달리, 체크아웃을 마친 그녀는 아니쉬가 혀를 찰 만큼 딱한 존재일 뿐이다.

「흔들리는 것들」의 미소도 마찬가지다. 호텔방으로 딸과 함께 찾아온 하스나가 잠깐 자리를 비운 사이 그녀는 아이를 소파 위로 들어올려 "가상의 트램펄린" 위를 뛰어오르게끔 한다. 상승 하강 상승 하강. 어느새 돌아온 하스나의 행복해하는 표정에 "아예 오늘밤 자고 가면 안 되겠냐고 묻고 싶은 충동"(25쪽)까지 느낀다. 면세점에서 큰맘먹고 산 블루투스 스피커에 아이가 콜라를 쏟고서도 완전히 가라앉진 않던 그 고양감은, 그러나 지진을 계기로 급히 귀국길에 오르게 된 순간 마사지값을 요구하는 하스나의 간청에 즉각 소멸한다. "다음에 줄게요"(34쪽) 말하며 떠나는 미소는 '다음에'를 입에 달고 살며 죽어라 일만 하던 그녀의 부모님과 닮아도 너무 닮았다.

이 두 겹의 레이어 때문에 두 작품 모두의 '회귀'하는 결말
은 섬세한 독해를 요구한다. 미소에게 공항까지 무사히 도착
해야만 하는 이유는 제때 출근하기 위해 비행기를 놓치지 말
아야 하기 때문이고, 희수는 얼른 서울로 돌아가서 비서에게
밀린 매출 자료부터 뽑아달라고 할 작정이다. 우연찮게 마주하
게 된 자신의 본모습을 외면하고만 싶어, 그래서 일과 삶 중 삶
을 피해 차라리 일로 돌아가려는 걸까? 만약 그게 정답이려면
일은 일이고 삶은 삶이어야 한다. 죽지 못해 출근하게 하고 퇴
근 후에나 생기를 되찾게 하는, 일은 그런 것이어야 한다. 과연?

「디디를 기다리며」의 단호한 결론을 맞이할 때다. 오지 않
는 그는 일주일에 지구를 몇 바퀴 돈다는 금융업계의 거물이
자 억만장자 '딜런 다다르(Dylan Dadar)', 곧 '디디'다. 그와의
만남만으로도 삶이 완전히 뒤바뀌리라는 식의 막연한 기대를
품고서 고급 파티장 '빌라 그레이'에 모여 기다리는 이들에게
그는 일종의 '꿈'과도 같은 존재다. 디디의 사모펀드 알파 인베
스트먼트의 한국지사 부사장이자 파티의 기획자인 '제프 강'
에게도 그렇고, 디디에게 자신이 속한 회사 코즈모예술재단이
발족한 젊은 예술가 그룹 '타(Ta:打)'의 행위예술가 이효를 선
보일 생각에 들떠 있는 '나'에게도 일단은 그렇다.

그런 그들 앞에서 과거 〈응시〉라는 제목의 퍼포먼스를 하던
그 모습 그대로 눈만 빼고 온몸을 검게 칠한 채 도끼로 'DD'라
는 글자가 크게 박힌 얼음조각을 깨부순 이효의 의도는 다른

것일 수 없다. 모두들 그 미몽에서 깨어나라고, 지상의 인간일 뿐인 저 자신들을 부디 '응시'하라고. 사방으로 튀는 얼음 파편에 "히스테릭하게 환호의 비명을"(175쪽) 지르며 디디를 연호하는 참석자들에게 외면당한 그 호소는 그러나 '나'에게만은 얼마간 가닿은 듯하다. 저 멀리 빌라로 다가오는 자동차를 향해 디디가 온다며 달려가는 이들의 반대편에서 강가로 위태위태하게 걸음을 옮기는 이효를 발견한 '나'가 길을 잃고 멈춰 서는 결말이 그 증거다.

꿈도 현실도 시원스레 승인하지 않는 이 결말의 의미를 충분히 읽어내려거든 '나'를 오래도록 끌고다녔던 '아버지'의 그림자를 살펴야 한다. 작품의 시작에서 '나'는 평생을 충성하던 회사로부터 억울하게 내쫓긴 후 스스로 생을 마감한 아버지의 삶을 비행에 중독되어 "거의 하늘에 떠 있다"시피 한다는 디디에 빗대 "지상에 매인 사람들에겐 불가능한 중독"(154쪽)을 꿈꾸었던 것이라 이해한다. 그랬던 '나'가 결말을 앞두고서 새삼 떠올리는 아버지의 말은 이렇다. "부러우면 지는 게 아니야. 부러운 걸 못 갖는 게 지는 거지."(177쪽) 그런 '나'라면 아버지가 어딜 몽유하였는지를 이제는 모르지 않으리라.

"난 말이야. 신은 안 믿어. 이런 걸 매일 마시게 해주는 사람을 믿지."
나는 제프 강이 경도되어 있는 삶이 어떤 건지 어렴풋이 이해할 수 있을 것 같았다. 이 매혹적인 액체에 맛을 들이면, 이게 설령 백만, 천만 개의 눈물방울이 모여 만들어졌다 해도, 맛의 아름다움은 부인할 수 없을 것 같았다. 아버지가 내게 바랐던 삶은 이런 순도의 아름다움을 마음껏 음미하는 삶이었을 것이다.(「디디를 기다리며」, 166쪽)

여기, 정신을 번쩍 들게 하는 맛의 최고급 샴페인이 넘쳐흐르는 이곳, "모든 게 견디기 힘들 정도로 아름다우면서도 역겨"(177쪽)운 여기 물질세계(material world)가 바로 거기다. 처음부터 회사생활이 몸에 맞지 않는 옷 같았다던 '나'일지언정, 아버지와 다르다는 걸 스스로에게 "증명"할 방법은 결국 자본의 논리로 작동하는 이 세계에서 "끝까지 포기하지 않고 버텨내"(161쪽)는 것뿐이지 않은가. 오직 저 압도적 물성(物性)을 뿜내며 식도를 타고 흐르는 매혹적인 액체 같은 것들만이 삶을 증명한다. 그러하다면 삶이 충만에 닿는 순간을 찾아 먼 곳을 더 헤매다닐 필요가 있을까? 여기, '웰컴 투 파라다이스!'

희수는 사람들이 퇴근한 후 아무의 방해도 받지 않고 업무에 집중할 수 있는 저녁 시간을 사랑했다. 방이 생긴 후부터 굳어진 버릇이었다. 딴생각할 틈을 주지 않는 그 꽉 찬 시간 속에 머물 때 희수는 살아 있음을 느꼈다. 시간도 잊은 채 일에

몰입해 있다보면, 보이지 않는 누군가와 밀폐된 공간에서 은
밀한 사랑을 나누는 것 같은 착각이 들었다.

(「파라다이스 리조트」, 109쪽)

　박이강만의 것이라 단언해야 마땅할 이런 대목들에서 일은
삶의 대척점에 놓인 무언가가 아니다. 삶과 제로섬게임을 벌
이는 무언가도 아니며, 삶에 부가적으로 딸려 있거나 반대로
삶을 지배하는 무언가도 아니다. 살기 위해 일하는 것도 일하
기 위해 사는 것도 전부 아니다. 일에 몰입해 있는 그 꽉 찬 시
간에 느껴지는 감정의 정체가 "살아 있음"이라지 않는가. 말하
자면 그들에게 일은 삶이며 삶은 일이다. 일도 있고 삶도 있는
게 아닌, 차라리 '일-삶(work-life)'이라 새로 이름 붙여 불러
야 할 그것만이 그들 정체성의 구심점에 꿋꿋이 자리잡고 있
는 무언가다.

　일로 회귀하는 듯도 보인 앞선 두 소설의 결말이 '일과 삶
(work & life)'의 리밸런싱 차원으로 접근해서는 정당히 이해
되지 않는 게 그래서다. 비로소 또렷해지는바 그들의 종착지
는 일-삶, 달리 말해 그저 그들 자신일 뿐이다. 아닌 게 아니라
삶이라는 것도 결국 먹고살고 먹고사는 '일' 아닌가. 이 인물들
의 구체성, 정확히는 이 소설들의 구체성이 기업 세계에 대한
묘사의 독보적 디테일에만 힘입은 것이 아님도 이로써 명백해
진다. 삶의 목적 삶의 가치 삶의 이유 삶의 의미, 그런 말들과

함께 자주 추상화되곤 하는 삶이 이렇듯 박이강에게는 '일'만큼이나 단단한 구체다. 한마디로, 일은 곧 삶의 현현이다.

*

낮에는 불미스럽게 퇴사한 전임자의 업무를 순식간에 파악해 사장 앞에서 막힘없이 대답하는 계약직 회사원, 밤에는 자신의 열 평 남짓한 오피스텔의 창가에 앉아 "거대한 묘비" 같은 빌딩들을 바라보며 술기운에 혼잣말하는 "묘지기"(「도시는 밤」, 66쪽), 이게 「도시는 밤」의 화자 김지수의 두 가지 정체성이다. 바쁘게 전진하는 낮의 시간과 후진을 거듭하는 밤의 시간이 교대를 거듭하기에, 읽는 우리로서는 일터에서의 업무 자체에도 인간관계에도 능숙한 낮의 지수와 한 캔만 마시자는 다짐을 어기길 반복하는 밤의 지수를 자연히 저울질하게 된다. 기준은 물론 지수의 뇌리에 박힌 그 말, '프로페셔널'이다.

도대체 프로페셔널한 게 뭐기에. 3년 전에 속했던 회사의 상사 P 말마따나 "이 일이 나의 전부라는 마음가짐"(71쪽)이 있어야? 이번 사장의 주문처럼 "자기 생각으로" "스마트하게"(88쪽) 일할 줄 알아야? 혹은 자평하였듯 "회사에 가면 나를 어딘가에 떼어놓고 무대에서 주어진 배역을 연기"(72쪽)할 줄 알면? 이것들을 다 모아보면 프로페셔널함은 결국 일하는 동안 '일하는 나' 외의 '다른 나'를 얼마나 지워 없앨 수 있는가에 달린 것처럼도 보인다. 늦지도 이르지도 않게 출근하기, 업무에 필요한 이상의 인간적 관계는 맺지 않기, 요컨대 일은 일 나는 나. 그런 거라면 일터에서의 지수는 프로페셔널이 맞을 것이다.

그런데 그 '다른 나'가 있기는 있던가. 싱가포르에서 하루의 행복을 공유했던 남자의 자살 소식을 접한 회상 속 그녀는 혹 자신이 그 일에 얽히게 될 것을 두려워하지 않았나. "지나온 자리에 흔적을 남긴다는 건 자신에 대한 무책임한 방임 같"(82쪽)다며 방에 있는 짐들을 강박적으로 정리하는 그 지수는 회사에서의 그 지수와 얼마나 다른가. 거기다 전임자 지복희가 찾아달라던 컵을 기껏 찾아서는 돌려주지 않는 것, 무슨 사연인지도 알고 싶지 않아 하는 것. 어쩌면 지수는 다만 고독하기만한 이인지도, 스스로를 고립시키는 데 있어서만 프로페셔널한 이인지도 모른다.

이 미묘한 질문의 힌트는 복희의 전화번호가 적힌 쪽지를 찢어버리는 결말에 있다. 낮이면 조금 흐려졌다 밤이면 더욱 짙어지는, 도시인의 숙명적 고독에 대한 이 소설이 한 차원 더 높은 의미를 획득하게 되는 것도 바로 그 결말 때문이다. 회사에서 지수는 남겨진 메모와 파일들을 통해 "왠지 웃음소리도 크고 말도 많은 사람"(79쪽)으로 복희를 그려보기도 했다. 그 '대한고속버스운전자연합회'라고 적힌 스테인리스 컵에 맥주를 따라 홀짝이는 밤에는 "내게도 딸내미를 떠올리며 신나게 고속도로를 달리던 아빠가 있었던 것 같"(86쪽)다고 느끼기도 했다. 그런 그녀라면 복희에게 선뜻 연락하는 게 오히려 더 쉬운 일 아닐까? 컵이라는 핑계도 인수인계라는 명분도 충분한데?

그러나 쪽지를 찢는 게 "내가 그녀에게 할 수 있는 최선의 정직"(91쪽)임을 아는 지수는 그렇듯 제멋대로 상상한 그이와 만나는 일이 저와 복희 모두를 얼마간 기만하는 것에 지나지 않음도 안다. 말하자면 지수는 복희가 복희인 만큼만 자신도 자신일 수 있음을 안다. 낮이 물러간 자리를 밤이 채우듯 전임자가 떠난 자리를 후임자가 채우는 이 소설의 절묘한 구조를 상기한다면, 네가 너인 만큼만 내가 나일 수 있다는 저 결연한 논증은 이렇게 바뀌어도 무방하리라. '일하는 나'가 프로페셔널인 그만큼만 '다른 나'도 프로페셔널이다. 다시 말해 일하는 모습이 곧 사는 모습이라는 것, 다시 말해 일-삶. 이게 일하는 그들이 사는 법이다.

아니, '일하는'이 아니라 '일해온'으로, '그들'이 아니라 '그녀들'로, 늦게나마 이제라도 고쳐 말하자. '일하는 그들'이나 '일해온 그들'에 대한 너무 많았던 이야기들 사이로 '일하는 그녀들'의 목소리가 이제야 조금씩 들려오기는 해도, 박이강의 페르소나인 저 '일해온 그녀들'의 이야기를 지금 우리가 그 어디의 누구에게서 이만큼 들을 수 있을까. 하이힐이라는 "전투화"에 발을 집어넣고 "종일 다른 사람인 척하면서 싸우"(「어느

날 은유가 찾아왔다」, 256쪽)며 차곡차곡 쌓아올린 '커리어'로
제 삶을 당당히 증명하는 그녀들의 모습이야말로 여기 '일하
는 그녀들'의 가능한, 아니 가능해야 할 미래일 것이다.

다섯 명이 모여 일하던 광고대행사의 추레한 사무실에서
8년을 보내고 이제 고층빌딩에 위치한 글로벌 기업의 개인 오
피스 문턱에까지 이른 「오피스」의 '나' 최세영을 보라. "미래
의 가능성"(42쪽)을 그 조그만 회사에 한정하는 걸 "나 자신에
게 비겁한 일"로 느꼈던 세영이라면, 그녀는 일뿐 아니라 삶의
"주도권"(43쪽)을 가지고 싶었을 테다. 그랬던 그녀이거늘 지
금은 자신의 책상이 있는 일반 직원용 사무공간과 문 하나를
사이에 두고 분리된 피 이사 오피스의 꽃병의 물을 갈아주길
자청한다. 그렇게 9제곱미터 크기의 "영예의 공간"(40쪽)인 오
피스에 대한 세영의 욕망은 "비굴에 가까운 선의"(46쪽)로 굴
절된다.

세속의 인간이 세속의 성공을 꿈꾸는 게 이상한 일도 아니
긴 하나, 사실 그녀의 욕망에는 더 내밀한 근거가 있다. 과거
어려워진 집안 사정으로 집을 줄여 이사하며 '자기 방'을 빼앗
겨보았던 그녀에게는 다시 '방'을 갖는 것이 출세의 문제인 동
시에 자기 증명의 문제이기도 하다. 가족 일로 장기휴가를 떠
난 피 이사의 업무를 대신하게 되면서 그 실현이 점점 가까워
지나 했는데 웬걸, 피 이사의 비어 있는 방에서 셀카를 찍는 자
신의 웃는 모습도 보스인 스티브의 농담에 큰 소리로 터뜨린

웃음도 피 이사의 그것과 닮아 있다. 어느새 자기 증명과 일에서의 성공이 반비례 관계가 되어버린 셈이다.

이 아이러니는 피 이사의 복귀로 오피스가 자신의 차지가 될 가능성이 자연 소거되며 해결의 기미를 보인다. 그런 세영이라면 이제 남은 선택지는 자기 증명뿐, 그녀는 어릴 적 가세가 기울며 접었던 피아노 앞으로 다시 돌아가 앉는 것을 "나만의 프로젝트"(60쪽)로 삼는다. 일과 삶이 둘 아님을 아는 우리이기에, 이를 일로부터의 도피와 삶으로의 귀환으로 읽을 까닭이 더는 없다. 더욱이 세영에게 결정적이었던 계기는 피 이사의 귀환 따위가 아니니까. 휴가중인 피 이사 앞으로 도착한 초대권으로 찾은 공연장, 앙코르를 연호하던 관객들에게 "피아노 뚜껑을 탕, 하고 내리쳐 닫아버"리는 것으로 "연주가 끝났음을 선언"(58쪽)하던 피아니스트, 그가 세영을 다시 깨어나게 한다.

결말의 세영은 "갈아줄래?"(61쪽) 하는 피 이사의 익숙한 주문에 빈 꽃병을 들고 돌아가 항변하고는 오피스를 나온다. "탕."(62쪽) 피 이사가 '탕' 하고 닫고 들어가던 그 문을 그녀가 닫고 나오는 이 귀결이 통쾌한 것은 그 순간 세영이 비굴하지 않았기 때문만은 아니다. 피 이사는 세영에게 거기 그 자리에 천년만년 있고 싶은 게 아니라면 "자기가 나라면, 지금 내 자리에 있다면, 어떻게 할까를"(49쪽) 생각하라던 이다. 그런데 왜, 세영은 왜 '그 자리'에 있으면 안 되지? 저렇듯 문이 닫히면, 오피스에서는 '그 자리'가 밖이지만 '그 자리'에서는 오피스가 밖이지 않나. 저렇듯 문의 주인이 바뀌면, 거기서는 '그 자리'인 그게 여기서는 '이 자리' 아닌가.

피 이사의 자리를 단번에 차지하게 되는 식의 크나큰 변화가 일에서나 삶에서나 드물다는 것은, 고작 꽃병의 물을 더는 갈지 않는 게 어쩌면 일어날 변화의 전부이리라는 것은, 세영도 알고 우리도 안다. 눈에 보이는 변화는 그게 전부일 테지만, 이제 '이 자리'를 '제자리'로 느끼게 될 세영 내면의 변화는 결코 작다고만은 할 수 없겠다. 그렇게 한 발씩 전진(상승)과 후진(하강), 그 결과가 지금의 세영임은 물론일 것이다. 말하자면 이건 '다른 자리'로 자신을 옮기는 이야기가 아니다. '제자리'는 그렇듯 새롭게 발명되는 것이 아니다. 다만 '제자리'로 돌아오는 이야기다. '제자리'는 이렇듯 새로이 발견되는 것이다.

이제 여러모로 이 소설집의 피날레가 제자리인 소설 「어느 날 은유가 찾아왔다」를 읽는다. 주인공 '나'는 과거엔 짝사랑하던 선배 때문에 무턱대고 옐로나이프로 오로라를 보러 떠날 줄 알았던 이다. 어렵게 들어간 첫 직장을 넉 달 만에 박차고 나올 줄도 알았던 이다. 하지만 이제 '나'는 무작정 월차를 내고 제주도를 찾아와서도 금세 오후 비행기로 돌아가려 마음을 먹는다. "하루하루를 견디는 데 몰두하느라 충동이 멋진 추동이 되는 순간을" 잊어버린, 그저 "권태 같은 놈이"(242쪽) 어울리는, 그렇듯 "하려다 말고, 하고 싶은데 못 하고, 못 하는 것도 아닌데 안 하"(243쪽)는, 그게 지금의 '나'다.

"의지의 문제"(258쪽)? "능력의 문제"(259쪽)? 아니 도대체 '먹고사는 일'을 도대체 왜 계속하고 있는가 물으면 도대체 뭐라 답해야 하나. "그냥 사람 그 자체가 피곤"하다 못해 "내가 사람이라는 거조차"(257쪽) 피곤하다 한들 나는 정말이지 잠시라도 사람이 아닐 수는 없지 않나. 그리하여 함께 실린 어떤 소설보다도 일-삶에 대한 애증이 격렬히 끓어오르는 이 작품에서 일은, 함께 실린 모든 소설이 입을 모아 이야기한바 우리 산 자들에게 삶이 그러하듯 오직 자명하기만 할 따름이다. "도돌이표처럼 반복 또 반복"(248쪽), 그뿐. "지겨운 반복만 남아 관성으로 돌아가는 하루"를 떠나고 싶어? 그런데 "이 세상에 지겨운 반복이 아닌 게 있어?"(250쪽) 그러게, 그러면 이 세상을 뜰 게 아닌 이상 여기 그냥 있으면 되겠다.

의인화된 형태의 '은유(metaphor)'는 어느 날 다시 '나'를 찾아와 자기소개를 하듯 말한다. "거짓말이고 아니고는 중요하지 않아. 네가 A는 B라고 하면 그냥 B인 거야. 그뿐이야. 네가 그 말의 주인이니까."(246쪽) 그런 은유와 함께라면, 여기 나의 일-삶 A를 내가 B라고 하면 A는 그냥 B다. 같이 조금 더 가볼까? 은유에 있어 (보조관념) B는 (원관념) A와의 유사성에 의존하는 것이므로, 은유를 만난 후의 A는 그래서 A인 동시에 B다. 곧 A로부터 B는 발견되며, 다시 B로부터 A는 새로

이 발견된다. A에서 B로 떠났다가 A로 돌아오는 짧은 여행, 이게 은유가 우리에게 선사하는 축복이다.

한때 자신을 "살아 있는 것처럼 살 수 있을 거라고"(250쪽) 믿게 했던 은유를 지금의 '나'는 "죽어버리라고!"(260쪽) 소리치며 사납게 밀쳐낸다. 될까? 아니, 우리가 여기 머무는 한 은유는 언제고 우리를 '찾아온다'. "그 성질머리가 다 살덩어리가 되어라"(261쪽) 하는 저주에 사장의 몸이 불어나는 건 꿈속에서나 가능한 일이긴 하지만, 꿈속에서나마 그럴 수 있어야 현실의 사장도 견뎌내지는 것일 테다. "하늘에서 굳어"(245쪽) 별이 될 거라면 슬픔은 조금 뱉어내어도 되는 것일 테고. "서글픈 레드카펫"(262쪽) 위를 걷는 거라면 출근길은 다소나마 견딜 만하지 않은가. 그러니 '나'의 곁에 늘 "그 경탠가 권탠가"(242쪽) 하는 누군가 혹은 무언가 머물듯, 은유와의 영원히 반복되는 재회 또한 선택의 문제는 결코 아니다.

잠시 후 양옆으로 커튼이 젖혀지듯 엘리베이터 문이 열렸을 때, 나는 놀라 은유의 팔을 꽉 붙잡고 말았다. 눈앞은 온통 뿌옜다. 아무것도 보이지 않았다. 저 앞이 허공인지 아니면 발에 디딜 뭐라도 있을지 분간이 되지 않았다. 은유가 말없이 내 손을 힘주어 잡았다. 나는 조심스레 한 발짝을 뗐다. 이어 다른 한 발도 앞으로 내디뎠다. 더는 두렵지 않았다.

(「어느 날 은유가 찾아왔다」, 266~267쪽)

출근길 엘리베이터 안, 당장 여길 떠나자는 은유의 속삭임에 내려야 할 층을 지나쳐 옥상으로 향하는 버튼에 손을 올린 '나' 앞에 마침내 뿌옇기만 한 풍경이 펼쳐진다. 이 결말에서 딱 한 번, 내내 강하게 의식하던 현실의 중력으로부터 박이강 소설은 살며시 떠오른다. 아무렴 진짜 허공일 리는 없겠지만, 갑갑하다 못해 막막하기까지 한 일-삶을 계속한다는 것은 때로 안개 속에서 허방을 딛는 기분이기도 하겠다. 허공처럼도 느껴지는 그곳은 그러나 내가 그곳을 허공이 아니라 하면 그냥 허공이 아니다. 하여 두려울 게 없지 않은가. 이내 다시금 살며시 내려앉은 그녀의 발 아래 탄탄히 자리한 그곳이 어디인지는 당신도 이미 알고 있으리라. Enjoy your flight. 오늘의 그곳으로 내일도 무탈히 다녀오시길.

작가의 말

소설을 쓰는 일로 기업 세계에서의 삶을 견디는 시간을 지나왔다. 퇴근 후에도 글 쓸 여력이 남아 있는 날엔 낮의 허물을 벗듯 옷부터 갈아입고 노트북을 챙겨 집 근처 카페로 갔다. 카페가 문을 닫을 즈음 터벅터벅 집으로 향하는 길이면 삶의 무의미와 열심히 싸우다 돌아가는 기분에 종종 가슴이 벅찼다. 하지만 자주 허탈했다. 소설은 지금까지 내가 일해온 세계에서 익숙한 가치들과 정반대 극단에 위치한, 지독히도 비효율적이고 허망하기 짝이 없는 세계였다. 나는 점점 매혹되었다. 그리고 매혹의 대가를 치러야 했다.

성인이 된 후로 절대적 시간을 회사일에 바쳐온 나로서는 우연히 만난(실은 우연을 가장한 필연임에 분명한) 소설이라는 블랙홀에 빠져들면서 혼란을 겪어야 했다. 나는 이질적인 두 세계를 오가며 지쳐갔고, 점점 어느 쪽에도 속하지 못한다는 괴리감에 움츠러들었다. 그만 쓰는 게 맞지 않나 하는 회의가 쓰고 싶은 열망과 다투었던 시간도 길었다. 하지만 함부로 낙담하고 자책하던 시간에도 나는 알고 있었던 것 같다. 소설을 쓰고 읽으며 나는 조금이나마 더 나다워질 수 있었다는 걸, 그리고 소설 속에서 만난 수많은 이들과 그들의 세계 덕에 한 시절을 견뎌냈다는 걸 말이다. 글이라면 영어로 주고받는 업무용 이메일을 가장 많이 써온 이에게 생각해보면 그건 작은 기적이었다. 이제 쓰고 싶고 쓸 수 있는 글을 맘껏 쓰는 일만 남았다.

첫 소설집이다. 이 책이 세상에 나올 기회를 얻게 된 건 2022년 대산창작기금을 수혜한 덕이다. 신인 작가로서는 더없이 감격스러운 일이었기에, 대산문화재단과 심윤경, 백민석, 정지아, 세 분의 심사위원님께는 말로 표현할 수 없을 정도로 감사한 마음이다. 특히 추천사를 써주신 심윤경, 이만교 작가님께는 평생 감사의 마음을 간직하려 한다. 아울러 해설을 써주신 황현경 평론가님과 책을 출판해 주신 교유서가의 신정민 대표님께도 감사드린다.

소설은 혼자 쓰지만 그 여정은 혼자가 아니다. 여정을 가장 가까이에서 함께한 수영에게 애정과 응원을 보낸다. 소설을 매개로 소중한 시간을 함께한 인디소회 친구들에게도 감사를 전한다. 어서 그들의 멋진 작품들이 많은 독자를 만나길 기도한다. 지금까지 많은 가르침을 주신 선생님들 그리고 늘 충실한 독자가 되어준 엄마와 친구 헬렌에게도 감사를 전한다. 지나, 유환, 윤경에게도 사랑을 보낸다.

마지막으로 주말이면 양평의 별하늘에 빠져 있는 그에게 당신이야말로 내 인생을 밝혀준 가장 아름다운 별이라고 말하고 싶다.

박이강

앤솔러지 『폴더명_울새』로 작품 활동을 시작했다. 소설집 『어느 날 은유가 찾아왔다』
로 2022년 대산창작기금을 받았다. 장편으로 제10회 교보문고 스토리공모전 최우수
상 수상작 『안녕, 끌로이』(근간)가 있다. 2022년 아르코 창작기금을 받았다. 여러 글
로벌 기업에서 일했다.

어느 날 은유가 찾아왔다

1판 1쇄 2023년 9월 8일
1판 2쇄 2023년 9월 25일

지은이 박이강

편집 이경숙 이희연 정소리 | 디자인 윤종윤 이주영
마케팅 김선진 배희주 | 저작권 박지영 형소진 최은진 서연주 오서영
브랜딩 함유지 함근아 김희숙 고보미 박민재 정승민 배진성
제작 강신은 김동욱 이순호 | 제작처 한영문화사

펴낸곳 (주)교유당 | 펴낸이 신정민
출판등록 2019년 5월 24일 제406-2019-000052호

주소 10881 경기도 파주시 회동길 210
전화 031.955.8891(마케팅) | 031.955.2692(편집) | 031.955.8855(팩스)
전자우편 gyoyudang@munhak.com

인스타그램 @gyoyu_books | 트위터 @gyoyu_books | 페이스북 @gyoyubooks

ISBN 979-11-92968-48-3 03810

이 책은 2022년 대산문화재단 대산창작기금을 받아 출판되었습니다.